August Becker

Vervehmt

Zweiter Band

August Becker

Vervehmt
Zweiter Band

ISBN/EAN: 9783741157240

Hergestellt in Europa, USA, Kanada, Australien, Japan

Cover: Foto ©Andreas Hilbeck / pixelio.de

Manufactured and distributed by brebook publishing software
(www.brebook.com)

August Becker

Vervehmt

Vervehmt.

Roman aus der Gegenwart

von

August Becker.

Zweiter Band.

Berlin, 1868.

Druck und Verlag von Otto Janke.

Inhalt des zweiten Bandes.

Erstes Capitel.

Mit welchem ein neuer Band und neues Leben beginnt.

Heiß lag die Nachmittagssonne auf den Feldern
und Wäldern der weiten Ebene vor dem Weichbilde
der großen Stadt. Trotz der drückenden Schwüle
standen die Fluren noch grün und frisch, und die Mai-
flora an den Rainen zeigte den Glücklichen, welche
dem Lärm und Staube der städtischen Straßen ent-
flohen, daß der Lenz noch nicht vorüber, der
Sommer noch nicht gekommen. Auf dem kiesigen
Schienendamme eilte vor langer Wagenreihe die Locomotive mit Schnauben und Pusten dahin, warf glim-
mende Kohlenstücke über den Bahnrand und dampfte
keuchend weiter in den Forst hinein, über welchen ihr
qualmender Athem in dicken Rauchwolken emporwirbelte. Bei den Haltstellen auf den Oasen der
Waldfläche verweilte der Zug minutenlang, um einige
Passagiere abzusetzen und dann den rasenden Lauf im

A. Becker, Bervehmt. II.   1

Angesichte des fern hereinschauenden Hochgebirgs von Neuem zu beginnen.

Da wo das Land höhere Wellen wirft und weithin gedehnte Buchenhalden in langgezogenen Linien zu sanften Bergkuppen anschwellen und wieder abfallen, hielt der Zug so hart am obern Rande einer Thalschlucht, daß die Passagiere aus allen Wagenfenstern bewundernd in den stillen, kühlen Mühlengrund hinunterschauten. Denn das anmuthige Thal senkt sich gerade an dieser Stelle fast lothrecht ab in die Tiefe, welche, den jenseitigen Buchenwald umwindend, in malerischen Curven nach zwei Seiten hin ihre geheimen Reize öffnet. Tief, eng, kühl, vom Flusse durchwunden, der über die Mühlenwehre rauscht, von Hütten belebt, wie sie sich ein Künstlerauge hineindenken würde, voll lauschiger Plätzchen, wo der Friede selbst geboren sein könnte: ist es eine rechte Weide für Auge und Gemüth, und war vor den Zeiten des Dampfrosses für schwärmerische Spaziergänger die beglückende Eingangspforte zu den Prachtscenen des Hochlandes.

Heut zu Tage eilt der Touristenschwarm mit einem flüchtigen Blicke in den stillen Grund vorüber, mancher Hauptstädter in Erinnerungen schönerer Zeiten froher Jugendseligkeit. Auch an jenem Maientage mochte manches aus den Wagenfenstern in die Tiefe blickende Auge goldener Stunden der Vergangenheit gedenken.

Unten im Grunde neben dem Mühlenwehre auf dem sandigen Pfade stand eine Gruppe, die erwartungsvoll hinaufzusehen schien und, als der Zug langsam oben anfuhr, mit lebhaften Bewegungen emporwinkte. Es war eine Dame mit halb erwachsenen Kindern, deren Stimmen hörbar heraustönten. Es wurde also Jemand von denselben erwartet, wie unschwer von all denen erkannt werden konnte, welche aus den Wagenfenstern lehnend auf die freundliche Gruppe in der Thaleinsamkeit niederschauten. Einige weibliche Passagiere strengten dabei neugierig ihre Augen an, um zu errathen, wer schon zu so früher Jahreszeit in dem außer Mode gekommenen Winkel seinen Sommeraufenthalt genommen. Während sie nasenrümpfend spähten, wer da aussteige, sah auch ein scharfgeschnittenes Künstlergesicht mit fast übermüthigem Ausdrucke, dem sich jetzt etwas von flüchtiger Ueberlegung beimischte, in den Grund, während ein einziger Passagier in grauer Reisejoppe den Wagenzug verließ und eben noch einem Sitzenbleibenden die Hand durch das Fenster reichte.

4

Unter den Häuptern, welche sich aus den Wägen reckten, befand sich das eines blühenden, jungen Mädchens mit brauner Lockenfülle und üppigen, frischen Lippen. Sie hatte den Gruß des Künstlers mit leichtem, trotzigem Nicken fast hochmüthig erwiedert, auch dem ausgestiegenen Passagier zugenickt, während ihr Auge jedoch an dem edel gezeichneten Männerkopfe hing, nach welchem sich Antlitz und Worte des Ausgestiegenen beim Abschiede richteten. Die kräftige Bruststimme des Letzteren dröhnte jetzt gleichsam durch dessen röthlich grauen Vollbart und war von eigenthümlich ironischer Heiterkeit durchzittert, als er in folgenden Worten Abschied nahm:

„Nachdem uns das glückliche Ungefähr zusammengeworfen, müssen wir uns nunmehr schon trennen. Meine actenbestäubte Seele sehnt sich in den grünen, verborgenen Winkel zu meinen vorausgeeilten Lieben. Nun steig' ich hinunter in den „träumerisch-wogenden Buchenwald,“ indeß Sie sich von der blaugrün gewandeten Seefrau munter schaukeln lassen wollen. So wünsch' ich Ihnen denn bessere Unterhaltung und vergnügteren Sinn. Leben Sie wohl, mein melancholischer Reisegenosse! Friede sei mit Ihnen!“

Damit trat die kräftige, hochaufgerichtete Gestalt in der Reisejoppe von der Bahn hinweg an den äußersten Rand des Thales hin, winkte hinunter und schwenkte den Filzhut der Gruppe in der Tiefe zu. Dann neigte er diesen mit nachlässiger Höflichkeit nochmals gegen die Wagenreihe und wollte eben das Hinunterklettern beginnen, als lauter Zuruf aus einem der Wagenfenster ihn veranlaßte, seinen Fuß zurück zu ziehen und sich umzusehen. Der Ruf war von dem Künstler mit den scharfen Zügen ausgegangen, welcher, laut nach dem Conducteur schreiend, diesen veranlaßte, nochmals in demselben Momente eine Wagenthür zu öffnen, wo die Locomotive schon wie= der weiter zu fahren im Begriffe war. Rasch sprang nun der Künstler aus dem Wagen, nachdem er erst im Anblicke des Thalgrundes den Entschluß gefaßt, den Zug schon hier zu verlassen und mit dem Herrn in der Reisejoppe in die grüne Tiefe hinunter zu klettern.

„Nehmen Sie mich mit!" rief er diesem zu. „Nehmen Sie mich mit und meinetwegen — ob der Belästigung — unter Ihr ironisches Bügeleisen."

„Ah," erwiederte der Andere, „Maler Sturm, den wir mit Stolz den unsern nennen. Sie wollen ben Landweg zu Ihrem Eden einschlagen, wo Cibli — anmuthiger als die des seraphischen Klopstock — als holde Hebe Ihrer harrt. Aber, mein Lieber, da Sie mich zum satyrischen Schneider machen, werden Sie schon der Tuchlappen für mein Bügeleisen sein müssen."

„Nur zu!" rief Maler Sturm und strich sich das Haar zurück. „Ich lasse Alles über mich ergehen und werde mich mit guter Laune in mein Schicksal finden."

Indeß bewegte sich schon die Wagenreihe des Zugs wieder vorwärts. Die Augen des Passagiers, von welchem der Herr in der Reisejoppe Abschied genommen, weilten noch auf den Gestalten der Ausgestiegenen, während er selbst von dem jungen Mädchen, dessen brauner Lockenkopf noch unter dem Fenster lehnte, mit unverkennbarem Interesse gemustert ward. Ohne Ahnung der Aufmerksamkeit, die seinem Profil gewidmet wurde, zog er den Kopf zurück, da sowohl der Einblick in die grüne Thalschlucht, als die Gestalten der Ausgestiegenen rasch entschwunden waren. Denn der Zug bewegte sich bereits wieder langsam durch den tiefen Bergeinschnitt, um dann in eine stundenweite muldenförmige Vertiefung des Landes

hinunterzurollen, welche sich als flacher Grund öff=
nete. In dessen Verlängerung blitzte es wie Glas,
während vom fernen Horizont prächtige Schneefirnen
hereinleuchteten.

Mancher Kopf reckte sich da wieder zu den Wa=
genfenstern hinaus, um in eine Landschaft von jener
harmonischen Pracht der Erscheinung zu blicken, wie
sie nur den bevorzugtesten Stellen des Erdballes ver=
liehen ist. Im Vordergrunde zwischen blühenden
Bäumen malerische Häusergruppen bis zur Höhe eines
alten Schlosses hinan, von da aus zwischen sonnigen
Waldhöhen in weiter Umspannung ein überaus herr=
licher, meilenweiter und langer, wunderschöner Wasser=
spiegel, an dessen fern verschwimmendem Ende die
Hochalpen ihren Fuß zu netzen scheinen und, bei duf=
tigster Färbung, des Bildes prächtigsten, ja einzigen
Hintergrund in gewaltiger Gebirgsreihe bilden. Darü=
ber der klarste Himmel und die schönste Spiegelung
freundlicher Villen, welche gleich einer Perlenschnur
die grünen Ufer umspannen und hellschimmernd in
die blaue Fluth blicken. Die zarten Farben der Na=
tur — Grün, Blau, Weiß — zeigen sich so dorten
überall in den wirksamsten Contrasten, Uebergängen
und Mischungen, daß die anschauende Seele sich auf=

lösen und zerfließen möchte in diese göttliche Harmonie des Schönen.

Hart am Strande des blauen Seespiegels steht die Bahnhalle, wo der Zug hielt und seine Waggons leerte. Ein buntes Gewimmel belebte für einige Minuten den breiten, kiesigen Quai des Bahnhofplatzes, dessen Blumeneinfassungen von der anschlagenden Seefluth besprißt werden. Zwar hatte die eigentliche Sommerfrische noch nicht ihr wechselndes Leben auf diesen prächtigen Strand gezaubert. Dennoch schien die warme Maiensonne dorten jeßt auf ein ziemlich bewegtes Bild, das sich für den Beschauer freundlich auf dem Seespiegel abhob. Denn von der Armee von Sommergästen, welche alljährlich dessen ganzes Strandgebiet besetzt, waren bereits die Vortruppen eingetroffen und die Villen der Hauptstädter zum Theil schon von den Familien ihrer Besißer bezogen, während die Bahnzüge ganze Schwärme von solchen auswarfen, die sich auf einen oder zwei Tage hier umhertreiben oder sich nach geeigneten Sommerasylen umsehen wollten.

So kam es, daß auch der heutige Zug von vielen Harrenden empfangen wurde. Frauen mit Kindern begrüßten da die aus der Stadt anlangenden

Gatten und Väter; Gruppen von eleganten Früh-
lingstoiletten wollten gesehen werden; junge, geputzte
Damen flogen einander stürmisch in die Arme, um
die scheelsüchtigen Blicke zu verbergen, mit denen sie
heimlich ihren Anzug gegenseitig musterten; Studenten
mit farbigen Mützen und Bändern sprangen zu den
Kähnen, um sich in irgend einer Kneipe am weiten
Strande zu verlieren, während klügere Staatsbürger,
dem See keinen Blick gönnend, sich nach dem nächsten
Gasthofe wandten, um bei gebackenen Hühnern und
Fischen den schönen Tag zu genießen.

Mindestens die Hälfte der mit dem Bahnzuge
Angelangten eilte jedoch über den Quai auf den langen, hölzernen Steg nach dem Verdecke des Dampfschiffes, das dorten am Hafendamme hielt, seine gel-
lende Glocke erklingen und seine schmutzig-grauen
Rauchwolken in die blaue Herrlichkeit der Luft hin-
einpuffen ließ. Ausländer beabsichtigten die Rund-
reise, um den prächtigen See auf dem sonnigen Verdecke, Einheimische wollten an einem der gastlichen
Uferorte des schönen Maientags sich freuen.

Unter den Damen, welche sich nach dem Verdecke des kleinen Dampfers wandten, befand sich auch
das blühende Mädchen, das mit dem Zuge angekom-

men war und von zwei Frauen und einem jungen, unbärtigen Herrn empfangen wurde. Die Schöne war von großer, schlanker Gestalt, aber weichen, etwas üppigen Formen, welche durch eine violenfarbige Blouse weniger verhüllt als hervorgehoben waren. Ihr braunes Haar fiel in reichen Locken auf ihre halb entblößten weißen Schultern, oder flog in romantischem Durcheinander, unter dem leichten Hute hervor, um ihr blühendes Gesicht und bewegliches Köpfchen, so oft sie dieses auf- oder zurück warf, — was oft geschah, denn es stand ihr gut. So war sie, in Gesellschaft der beiden älteren Frauen und neben der unscheinbaren Gestalt einer mit ihr gekommenen Freundin, eine Erscheinung, die auffiel und Aufmerksamkeit beanspruchte. Mit leichtem, herablassendem Nicken, das fast Unaufmerksamkeit verrieth, und mit zerstreutem Blicke hatte sie die Grüße der Studenten erwidert, welche nach den Kähnen am Ufer gesprungen waren. Dabei ging sie zögernd und so langsam von dem Bahnhofsplatze nach dem hölzernen Stege, daß sie bald die letzte in der Reihe ihrer Gesellschaft wurde, während ihre Augen wiederholt zu dem Gewimmel auf dem sonnigen Quai zurückkehrten und dort etwas zu suchen schienen, indeß sich die

Menge allmählig verlor. Nun hielt sich die Schöne auch am Geländer des Stegs auf, blickte in die grün anwogende Fluth oder sah immer wieder, die reiche Lockenfülle schüttelnd, nach dem Quai zurück. Sie hatte offenbar keine Eile, ihrer nach dem Dampfer vorangegangenen Gesellschaft nachzukommen.

„Pauline, mein Kind, so spute Dich doch!" tönte eine kreischende Frauenstimme vom Verdecke her.

Aber die hochgestaltete Brünette machte nur einige Schritte vorwärts, blieb dann wieder am Steggelän= der stehen, beugte sich über die Lehne desselben, daß ihr Busen wogend über den Balken quoll, und sah dann wieder auf, nach dem Platze vor dem Bahnhofe hin, wo jetzt ein einzelner Herr mit auf der Brust verschränkten Armen stand und fortwährend auf die weite Seefläche hinausschaute. Noch ließ das hübsche Mädchen einige Landleute an sich vorüber nach dem Verdecke stolpern und machte noch immer keine Miene ihren Platz zu verlassen.

Auch der einzelne Herr drüben auf dem Quai verweilte noch auf derselben Stelle, welche er gleich beim Verlassen des Waggons eingenommen hatte. Unverwandten Blicks sah er hinaus auf den leuchten= den See. Die hohe, vornehme Gestalt, der etwas

ernste, fast melancholische Ausdruck seines männlich-
schönen Gesichtes, die ganze Erscheinung hatte soviel
Anziehenbes für das hübsche Mädchen, daß ihre Augen
fortwährend mit der Erwartung, er werde doch end=
lich nach dem Schiffe folgen, nach ihm zurückschauten.
Aber, wenn er jetzt auch einige Schritte vorwärts bis
dicht an die blüthebuftigen, von der anschlagenden
Woge benetzten Blumenrabatten machte, so war sein
Auge doch nur immer von dem Anblicke des Sees
gefesselt, der grün an den Damm wallte, indeß seine
Fluth, aus der Ferne gesehen, braußen die Farbe des
Himmels trug.

Offenbar beachtete der Fremde hierbei weder den
Dampfer, noch die nach demselben eilenden Personen.
Das Mädchen in der violettfarbigen Blouse konnte
sich dieser Wahrnehmung nicht länger verschließen.
Ihre rothen Lippen warfen sich mit schmollendem Aus=
brucke auf, ihre beschattete Stirne und verdüsterten
Augen gaben den Verbruß kund, da sie sich so gar
nicht von dem beachtet sah, dem sie alle Aufmerksam=
keit allein gewidmet hatte. Als er nun zufällig ein=
mal herüber blickte und seine Augen flüchtig auf der
schlanken Frauengestalt am Stege weilten, klopfte ihr
das Herz im stärker wogenden Busen und färbte sich

ihr Antlitz in Purpur. Sogleich aber kehrten seine
Blicke wieder gleichgültig in die frühere Richtung zu-
rück und verharrten auf dem leise wallenden See.
Selbstvergessen und verloren starrte er hinaus.
Nicht ein einziges Mal streiften seine Augen wieder
herüber.

Es war die höchste Zeit, sich nach dem zur Ab-
fahrt bereiten Schiffe zu wenden. Verstimmt wollte
dies die braunlockige Schöne eben thun, als der junge
unbärtige Mensch, der ihre Ankunft am Bahnhof mit
erwartet, von dem Verdecke hergerannt kam und sein
bleifarbiges Ohrfeigengesicht gegen das Mädchen vor-
streckte.

„Wollen Sie etwa zurückbleiben, Fräulein Pauline?" fragte derselbe mit knabenhaft scharfer, schnar-
render Stimme, von deren Ton das Mädchen sichtlich unangenehm berührt war. Sein höhnisches Grin-
sen verrieth ebensoviel Argwohn als Vorwitz, als er
in seiner Ermahnung neben ihr herschreitend weiter
fortfuhr: „Wo schweifen denn Augen und Gedanken
wieder umher? He? Ist etwa — Er vorübergerit-
? He?!"

Das Mädchen hatte den gelockten Kopf nach
ı Fragenden gewandt, sah ihn dann vornehm, mit

abweisender, fast verachtungsvoller Kälte an und fragte kurz:

„Wer?"

„Ei, Sie fragen noch!" antwortete der Jüngling keck, dennoch etwas aus der Fassung gebracht. „Hab' ich doch mit angehört —"

„Was?"

„Wie ihm Ihre Mutter sagte, daß die „schöne Pauline" noch nachkommen werde," versetzte etwas stockend der Jüngling.

„Wem? Wann?" fragte Pauline in demselb kalten Tone, während ihre Unterlippe sich vorsch indem sie neben dem jungen Herrn den Steg e lang schritt.

„Wem?" wiederholte der bleifarbige Jüngli „Dem schönsten Cavalier seiner Zeit, wie Ihre Fr Mama schwärmerisch zu sagen pflegt. Wann? 2 er heut Vormittag vom Seeschloß herüber geritt kam, das der König demnächst bezieht. Hm! We das am dürren Holz geschieht, was erst am grünen

„Was geschieht? Herr Felix — Herr von Fuch verbesserte sich Pauline gleichgültig und zerstre indem sie im Begriffe, das vom Dampfschiffe h übergelegte Brückenbord zu beschreiten, nochm

einen längern Blick nach dem Quai zurück sandte, wo
die einnehmende Gestalt des Fremden noch auf der=
selben Stelle verweilte. Ihr Begleiter war der Rich=
tung ihrer Augen gefolgt, — der Fremde stand allein
auf dem leeren Platze, und nun konnte sich Herr Felix
von Fuchs nicht enthalten, zu bemerken:

„So, das war der Magnet, der Sie.—"

Das Wort erstarb ihm auf der Zunge vor dem
unmuthvollen funkelnden Blicke der jungen Dame,
deren dunkelroth aufflammendes Gesicht durch Zornes=
blitze verhüllte, daß sie sich getroffen fühlte. Mit
einem verächtlichen Ruck, als fühle sie den
Herrn Felix von Fuchs ihres Zornes nicht werth,
warf sie dann ihre braune Lockenfluth aus dem blü=
henden Gesichte, von den Schläfen hinweg auf den
Nacken zurück, und schritt nun, leidenschaftlich erregt,
dem Verblüfften voraus auf das Verdeck.

Die Schaufeln des Rades griffen alsbald in die
grüne Fluth und warfen, tausend Perlen ausstreuend,
das Element wieder in sein gewaltiges Becken. Der
Dampfer wendete und durchfurchte geräuschvoll die
smaragdnen Wogen, daß sie hinterm Kiele zusammen=
schlagend in Schaum und Gebraus aufwallten, und
die kleinen Kähne tanzen ließen, aus welchen die

Studenten nochmals ihre Mützen grüßend schwenkten, da sie der schönen Pauline neben ihrer kleineren Freundin ansichtig wurden. An der Gallerie des Schiffes lehnend blieb sie lange durch die violette Blouse kenntlich, während sie mit dem Ausbrucke der Enttäuschung nach dem verlassenen Strande noch zurück sah, als die Gestalt des Fremden dorten kaum mehr zu erkennen war.

Der Dampfer zog, die crystallene Fluth durchschneidend, eine breite Wasserfurche nach. Unterdeß brannte die Nachmittagssonne heiß auf den kiesigen Platz vor dem Bahnhofe, ohne den Einsamen verscheuchen zu können, der dorten in Anschauung des großen Naturgemäldes versunken stand. Mit verschränkten Armen verharrte er in derselben Stellung. An den Damm des Quaies zu seinen Füßen pochten die grünen Wogen. Seine Augen aber flogen weit, weit hinan über die in der Sonne blitzende und glänzende Fläche, bis dorthin, wo der See an das ferne Hochgebirg anzulehnen scheint. Wie eine Möve schwebte auf der Wölbung der Fluth ein Segelschiff mit geblähter Leinwand, kaum erkennbar. Außer dem Dampfer belebten nur erst wenige Kähne den weiten Seespiegel, über welchen des Fremden Blicke verlore

in die unfaßbare Herrlichkeit irrten. Aber während
seine Augen schwelgten, lag auf seiner Miene ein
Anflug schmerzlichen Entsagens und sehnsüchtigen
Verlangens.

Hatte ihm der Dampfer entführt, was er vermißte? Oder wonach suchte seine Seele auf der blauen
lichten Fluth?

Da unterbrach eine fremde Stimme die träumerische Stille umher. Aus seiner Versunkenheit er-
schreckt, bemerkte der Einsame erst, daß der schöne
Quai wieder veröbet und menschenleer am Rande des
Sees lag. Nur ein Mann in der Tracht des Volkes
stand da, mit dem Hute in der Hand, und wiederholte auf den fragenden Blick des Fremden hin seine
schüchterne Anrede:

„Wollen Sie fahren, gnädiger Herr?“

„Ja, ich will.“

„Wohin, gnädiger Herr?“

„Wohin Ihr wollt.“

Der Schiffer sah mit schlau prüfendem Blick zu
dem Fremden empor und sagte dann:

„Aber auf mich kommt's ja nit an, Herr.“

„Bringt mich dahin,“ erwiederte der Fremde,
„wohin Ihr am liebsten fahrt, gleichviel an welches

Ufer, nur nicht allzu weit, falls ich noch heute zur Stadt zurück wollte."

Ohne weitere Einsprache sprang der Schiffer nach seinem Kahne am Ufer zurück und richtete denselben so, daß der Fremde bequem einsteigen konnte. Bald plätscherten die Ruder auf den grünen Wellen, deren Fluth beim weitern Vorbringen stets dunkler anwogte. Geheimnißvoll schaute die feuchte Tiefe herauf zum lichten Tag. Der Glanz der Sonne durchleuchtete die obere Wasserschichte mit ihrem Golde — unten dämmerte es je tiefer je dunkler in lauter Smaragd, während die Wassertropfen perlenlicht von den Rudern abfielen, welche sich mit regelmäßigem Schlag und einschläferndem Tact · in dem flüssigen Crystall der Seefluth badeten.

Der Wasserspiegel war noch nicht so belebt, wie in den spätern Sommermonaten, die Weihe seliger, einschmeichelnder Ruhe noch nicht von ihm genommen. Nur da und dort schwamm ein Schifflein über der weiten Fluth, die jetzt tief und dunkel unten floß. Auf leichtem Kahne, mit leisem oder lauterm Sirenensang, einer Nixe gleich, kam da in leichtem Gewande wohl eine malerisch gelockte städtische Jungfrau hergerudert, deren Erscheinung die Aufmerksamkeit des

Fremden erregte. Prüfend spähte dann sein Blick nach der eleganten Schifferin, die seine Bahn kreuzte, kehrte aber ebenso oft unbefriedigt zurück, um sich in die grüne Tiefe zu versenken, in welche das Ruder glucksend tauchte; oder er sah träumerisch hinaus auf das leise Wallen und Wogen, Blitzen und Flimmern des Sees. Einmal klang es leise summend von seinen eigenen Lippen:

„O pescator dell’ onda!"

Welche Erinnerungen mochten ihm erweckt sein?

Die halbe Breite des Sees war zurückgelegt, als der Träumende sein Antlitz von der grünen Fluth zu dem des Schiffers hob und fragte:

„Sind schon viele Fremde am See?"

„Nicht gar Viele," war die Antwort. „Es geht mehr ab und zu. Außer den Herrschaften aus der Stadt mit eignen Landhäusern nur wenige."

„Einige also doch schon. Ausländer?" fragte der Fremde ziemlich theilnahmlos und melancholisch.

„Engländer und Nordbeutsche," erklärte der Schiffer.

„Nordbeutsche?" fiel jetzt der Andere nachbrucks= voll ein, indem er aufmerksamer nach dem Schiffer herüber sah.

2*

„Ja," meinte dieſer, „eine ganze Familie, die ſich
da rechts oben eingemiethet hat."

Damit deutete der Schiffer mit einer Schwen=
kung des Hauptes nach dem weſtlichen Ufer, und der
Fremde folgte mit den Blicken, während der Schiffer
fortfuhr:

„Hab' ſie am Dienſtag über's Waſſer gefahren.
Dem alten Herrn iſt dabei der Hut in's Waſſer
g'flogen. Und die Frauenzimmer hat's erſchreckt!"
fügte der Schiffer in der Erinnerung lachend hinzu.

Der Fremde horchte jetzt mit unerwartetem In=
tereſſe. Nach einer eingetretenen Pauſe, in welcher
er auf weitere Reden des Schiffers zu warten ſchien,
fragte er:

„Zwei Damen?"

„Drei, gnädiger Herr," verſetzte der Schiffer
ruhig.

„Drei?!" wiederholte der Fremde mit nachdenk=
licher, unbefriedigter Verwunderung. „Drei Damen?
— Der alte Herr mit langen grauen Haaren, goldner
Brille, wie ein Gelehrter —"

„Ja, ſo ſchaut er g'rad ſchon aus, und das
Fräulein —"

„Ein junges, zartes, ſchönes, blondes Mäd=

chen!" fiel der Fremde eifrig und mit blitzenden
Augen ein.

„Na, so jung und zart grad nit, aber g'spaßig
g'wiß, und schön für denselbigen, dem's gefällt," sprach
der Schiffer, indem er wieder lachend seine Zähne
zeigte, die Ruder einen Augenblick emporhob und sich
mit dem Daumen der linken Hand über die Oberlippe
strich, wobei er noch erklärend hinzufügte: „Die, Herr,
hat Haar auf den Zähnen, — g'wiß ist's wahr."

Der Fremde konnte des Schiffers Erläuterung
nicht mißverstehen und hörte nur stillschweigend eine
Beschreibung, die mit der eignen Vorstellung wenig
übereinzustimmen schien. Denn beschämt sah er wie=
der nieder in die vorbeigleitende grüne Wellenfluth
oder griff mit der Hand in das weiche, geschmeidige
Element, über welches hin der Nachen ihn trug.
Wieder versank er dabei in nachdenkliches, träumeri=
sches Schweigen, während die Wasserfläche sich weithin
zu kleinen Falten kräuselte. Glänzende Lichter erhell=
ten den weiten Seespiegel nah und fern; aber die
Sonne lag drückend heiß und schwül auf demselben.
Wie ließ sich's jetzt von den beschatteten Pfaden und
Lauben des Strandes aus, wie durch die Fenster der
Villen auf die blitzende Fluth schauen!

Am Ufer, nach welchem der Kahn schwebte, glänzte das Seeschloß aus dem Grün des Parks und in scharfer Spiegelung aus der Fluth, weiterhin freundliche Landhäuser aus blühenden Bäumen. Der laue Wind führte deren Duft hinaus auf den See, bis zu dem schaukelnden Kahne.

Zweites Capitel.

Was man sich am See erzählt.

In den duftigen Jasmin- und Fliederlauben vor
der italienischen Façade eines der Häuser am Ufer
saßen zu dieser Stunde an blankgescheuerten Wirths-
tischen Gruppen städtischer Gäste, meistens Damen.
Diese sahen nicht oder doch nur zufällig auf den See
hinaus, dessen Spiegel durch das Laubwerk da und
dort gebrochen herein blitzte; oder sie sahen aus den
schattigen, lenzfrischen Laubgewölben am Strande nur
dann auf die leuchtende Fläche, wenn ein Nachen da-
herschwebend, das Dampfschiff lärmender, neue Gäste
brachten. Auch horchten die Damen nicht auf den
Gesang der Sprosser im nahen Wäldchen, noch auf
das melodische Geschwätz der Staare auf den blühen-
henden Obstbäumen, zwischen welchen das Wirthshaus
am Uferhäng stand. Vielmehr wurde die schöne
Stunde benutzt, um viel und Vielerlei zu plaudern
und die Unterhaltung mit dem braunen duftigen

Tranke zu würzen, der aus den Kannen der Aufwär=
terin dampfte.

Auch an einem Tischchen unmittelbar vor dem
Portal des Hauses saßen zwei Frauen aus der Haupt=
stadt, welche auf wenige Tage mit ihren Kindern vor=
läufig an den See gekommen waren, um den schönen
Mai zu genießen, bevor die Saison das Landleben
ungenießbarer machte. Die eine der Frauen war eine
kleine, lebhafte Brünette mit scharfen, ausgesprochenen
Zügen, — die andere eine liebliche Blondine mit
sanftem Ausdrucke und seelenvollen guten Augen, die
sich von Zeit zu Zeit von der beweglichen Nachbarin
ab und auf ihre Häkelarbeit wandten, oder sorgsam
hütend eine kleine Heerde jubelnder Kinder über=
sahen. Diese sprangen am Seegestade auf und ab,
und jauchzten jedesmal laut auf, wenn ein in's Wasser
geworfener Kiesel, Ringe ziehend, untertauchte und die
getäuschten Enten am Ufer dann suchend die Köpfe
in's Wasser und die Körper verkehrt in die Luft reck=
ten. Auf der Bergwiese suchten zwei heranwachsende
Mädchen nach Blumen, um sich Kränze zu flechten,
welche sie ihren Müttern bringen wollten.

Die beiden Frauen waren durch die Ankunft
einer Gesellschaft, die vom Dampfschiff gebracht wor=

den war, in ihrer Unterhaltung über die Verhältniffe
bei Hof und am Theater unterbrochen. Nun beugte
fich die Blondine über den Tifch und fragte leife ihre
Nachbarin:

„War die Eine, welche herübergrüßte, nicht die
Langenbècque?".

„Ja, die Langenbècque," antwortete die kleine
Brünette etwas farkaftifch: „Mutter des fchönften
und gebildetften Mädchens der Stadt, Gattin des
klügften Mannes im Lande, eine feltene Frau, die
fchon zwölf Kinder geboren, was fie zur Erhöhung
ihrer Reize den jungen Herren zu erzählen pflegt."

„Sie erzählt das?" fragte die Blondine un=
gläubig.

„Allen jungen Herren, welche ihrer Pauline
wegen das Haus befuchen."

„Das ift aber auch wirklich ein anziehendes
Mädchen," meinte die blonde junge Frau, nachdem
fie einen Blick nach der Laube geworfen, in welcher
die vom Dampffchiffe gekommene Gefellfchaft Platz
gefunden hatte. Dagegen machte jedoch die Brünette
geltend:

„Aber kokett, fchrecklich kokett. Und dann theils
zu rückfichtslos, theils zu herausfordernd, um lebens=

würdig zu sein. Das ist eben die Erziehung ihrer
verdrehten Mama."

„Die Mutter scheint doch eine artige und ist
immer noch eine hübsche Frau!" ließ sich die sanfte
Stimme der Andern wieder vernehmen.

„Aber eine geschupfte Person!" versetzte die Brü=
nette, sich über den Tisch beugend, indem sie zur
drastischen Bezeichnung einen Provinzialismus ge=
brauchte. „Trotz ihrer zwölf Geburten und großen
Tochter, hätte sie nicht übel Lust nach einer Gelegen=
heit, die Rolle der Werther'schen Lotte nachzuspielen!"

„Ach, Frau Professor," fragte die Blondine jetzt
gutmüthig zweifelnd, „ist sie denn wirklich so ein=
fältig?!"

„Ich kenne sie ja," versetzte die Frau Professor
in einem Tone, der jeden Zweifel beseitigen sollte.
„Sind doch unsere Männer so zu sagen Freunde,
wobei ich alle Mühe habe, mir die holde Gattin fern
zu halten, die immer von ihrer „Inclination für die
Aristokratie" spricht. Denken Sie nur, da hat ihr
Jemand gesagt, es sei guter Ton in der vornehmen
Welt, sich nur beim Taufnamen zu nennen. Was
thut sie? Am letzten Abend bei Frau von Luckner
läuft sie dieser in die Arme und ruft schwärmerisch:

Ach, Elischen, wie lieb' ich Sie! Sie begreifen, daß eine so feine Frau, wie die Luckner, der Thörin nur mit um so würdevollerer Ruhe und Höflichkeit begeg= nete, bis sie sich ganz consternirt zu mir wandte: Ach, Trudchen, hat Elise auch ein fühlendes Herz?"

. Die hübschen Züge der Zuhörenden erheiterten sich bei dieser Mittheilung zu einem milden Lächeln, das fast wie eine Entschuldigung aussah. Vielleicht wollte sie von dem Gegenstande abkommen, als sie fragte:

„Werden Sie die nächste — letzte Soirée bei Frau von Luckner besuchen?"

„Gewiß, es wird kaum Jemand dabei fehlen. Kommen Sie doch auch, bevor Sie Ihrem Manne in die geliebten Alpen folgen, die wir auf seinen Bil= dern bewundern, — kommen Sie doch, wäre es auch nur, um zu sehen, wie sich Ida in die Ankunft ihres Vetters schickt."

„Wie so?" fragte die Malersfrau verwundert.

„Man will ja behaupten, er sei ihr verlobt von früher."

„Man sagt es! — Ich höre von meinem Manne und Anderen, daß er eine eben so anziehende Per= sönlichkeit, als ein ausgezeichneter Künstler sei."

Die kleine Frau Professor rümpfte die Nase und warf den Mund mit listigem Hohne auf, als sie nun entgegnete:

„Aber gegen Herrn von Leith kommt eben keiner auf."

„Sie scherzen, Frau Professor!" sagte jetzt die Malersfrau ernst, indem sie ihre Häkelarbeit vor sich auf den Tisch sinken ließ. „Mag Fräulein von Luck= ner noch so bewunderungswürdig und umschwärmt sein, wird sie es doch stolz als ein Glück empfinden, mit einem begabten Manne voll reicher Zukunft vor den den Altar zu treten."

„Hm! Auch hinsichtlich der Zukunft," meinte die Professorin, „dürfte Herr von Leith einen Vorsprung vor dem Architekten haben. Mein Vater, mein Mann, unser ganzer Gesellschaftskreis huldigt schon jetzt dem mächtigsten Mann im Lande, der zugleich nach dem Urtheil aller Mädchen und Frauen der schönste ist. Nicht? Ist er nicht die Ritterlichkeit und Anmuth selbst?"

„Anmuth ja!" antwortete die Malersfrau. „Er reitet mit Anmuth, tanzt mit Anmuth, bringt die aus= gesuchtesten Plattheiten mit Anmuth vor, — kurz, er ist über die Maßen anmuthig."

„Nun also?"

„Er ist eben kein Mann," sprach die Malersfrau mit ruhigem Ernste und nahm ihr Häkelarbeit wieder vor, während die Professorin erstaunt, befremdet, ja fast betreten von der bestimmt urtheilenden Weise der sonst so gutmüthigen und sanften Tischnachbarin nach dieser schaute. Erst nachdem sie sich von ihrer Ver= wunderung erholt hatte, begann sie mit einem eigen= thümlichen Lächeln:

„Das heißt nur, Sie haben andere Ideale vom Manne. Wen stellen Sie z. B. höher?"

„Nun — —" und die hübsche Malersfrau ward durch ein sichtliches Erröthen sogar reizend — — „da ist mein Werner —"

„Doch ein anderer Mann. Natürlich!" erwie= derte ihre Tischnachbarin nicht ohne Spott. „Aber da sind Sie, meine Verehrte, doch zu sehr Parthei, um objectiv zu urtheilen. Um mich zu überzeugen, müssen Sie schon Andere nennen."

Frau Werner hob wieder ihr hübsches Haupt, sah auf den See hinaus und sagte unbefangen:

„Der Doktor Brand!"

„Der maliziöse Gerichtsrath, — das wär' gerade der rechte!"

„Er ist doch ein Mann, voll Geist und Bedeutung," entgegnete die junge Frau, hinzufügend: „oder
Doktor Herbert!"

„Bitte Sie, der einsiedlerische Griesgram, dessen
bedauernswerthe Frau in keine Gesellschaft kommt!"

„Und doch eine der glücklichsten Frauen ist, —
ich kenne meine Schulfreundin Bertha!" sagte Frau
Werner mit ruhiger Bestimmtheit. „Ich könnte Ihnen
noch Andere nennen; selbst der Maler Sturm —"

„Der dem Schenkmädchen oben die Cour macht?"
fiel die Brünette geringschätzig ein. „Mein Gott, Sie
fallen aus Ihrer Rolle, Verehrte! Warum nennen
Sie denn nicht den Dr. Spatz, den Balthasar
Schnippser, oder meinen Casimir — ach, du grund-
gütiger Gott! alles geistreiche Männer. Was haben
Sie denn eigentlich gegen Herrn v. Leith?"

„Nichts, als Mangel an Achtung," sprach Frau
Werner ernst.

Die kleine lebhafte Professorsgattin machte eine
Bewegung und Geberde, welche ebenso viel Mitleid
mit dem Standpunkte ihrer Tischgenossin, als Gering-
schätzung ausdrücken konnte, indem sie bemerkte:

„Hm! Etwa, weil er ein Leichtfuß ist!"

Offenbar fand sie diesen Fehler, wenn es überhaupt einer war, sehr verzeihlich. Und es ward scherzend gesagt, aber ernst gemeint, als sie hinzufügte:

„Ich versichere Sie, solche Leichtfüße können sehr liebenswürdig sein, — — und geistreiche Män= ner sehr langweilig."

Das Letztere begleitete sie mit einem überzeugen= den Nicken, als wisse sie das sehr genau — aus eigener Erfahrung. Dann fuhr sie fort, ihre Auf= stellung zu bekräftigen:

„Wie gerne sehen die Mädchen an den geist= reichsten Männern vorüber nach Herrn von Leith. Ich weiß es ja, und meine Schwestern wissen nicht wenig davon zu erzählen. Was treibt denn die Pau= line Langenbècque heute heraus an den See? Sie werden sehen, wie belebt es diesen Sommer hier am Strande wird. Ich will mich nicht wundern, wenn selbst die Luckner mit der schönen Ida ihre Som= merfrische hier am See nimmt."

„Aber gewiß doch ohne Nebenabsicht."

„Hm! Ohne Zweifel!" war die ironische Ant= wort. „Wie gutmüthig Sie sind! Sie kennen meine kluge Luckner noch nicht. Glauben Sie jedoch, daß Herr von Leith sich fangen lasse?"

„Fangen lasse?" fragte die Malersfrau mit zu=

rechtweiſender Verwunderung zurück. „Ah! Braucht
Frau von Luckner für ihre Jda Schlingen nach Män=
nern zu ſtellen? Es ſcheint doch, daß dieſer Leith
ſchon lange genug um das ſchöne Mädchen flattert
und gerne in einem Netze hängen bliebe, wenn man
eins nach ihm auswerfen wollte. Jedenfalls iſt Frau
von Luckner eine zu verſtändige Frau, als daß ſie
das Glück ihrer Tochter auf Sand bauen wollte.“

„Sonderbar,“ erwiderte die Frau Profeſſor lächelnd,
„ſonderbar, daß ſie es dennoch will. Ja, ja! Das
macht der Ehrgeiz! Und noch ganz andere möchten
auf dieſen Sand bauen — glauben Sie mir's —
und ſeien Sie überzeugt, daß z. B. auch die kleine,
reiche Gräfin Adele Walbburg gar gern in dieſen Sand
bauen würde. Und wer weiß — — jedoch, was
ſorgen wir für die Luckner! Die iſt ja die Klugheit
ſelbſt!“

„Und die Liebenswürdigkeit,“ fügte die Malers=
frau voll Ueberzeugung hinzu. „Ihr Umgang iſt wahr=
haft herzgewinnend!“

„O ja, das verſteht ſie — zu feſſeln!“

Die gutherzige Malersfrau überhörte den Ausbruck, mit dem dies geſagt war und fuhr eifrig fort:
„Wer ſie nur je geſprochen, ſchwärmt für ſie und

selbst Fremde, die sie nur vom Hörensagen kennen,
sind ihres Lobes voll, wie z. B. Frau von Helming."

„Ah, Sie kennen diese Leute! Sie sollen ja den
Sommer am See zubringen wollen, — eine feinge-
bildete Familie, nicht wahr?"

„Sehr! Welch' reizendes, anmuthiges Mädchen ist —"

„Im Gegentheile!" fiel die Frau Professor ein,
indem sie ihrer Tischnachbarin in die Augen sah.
„Sie sind in liebenswürdiger Laune und finden mit
Ausnahme des Herrn von Leith alles reizend. Fräu-
lein von Helming soll zwar sehr geistreich und pikant,
aber nichts weniger als hübsch sein. Sie ist ein
Blaustrumpf und wechselt mit meinem Manne gelehrte
Briefe. Aber hören Sie doch — was schreit denn die
Fuchs da innen?"

Und damit neigte die Frau Professor ihr Ohr
gegen die Laube, in welche sich die Gesellschaft vom
Dampfschiff zurückgezogen hatte. Ihre Tischgenossin
wollte nicht gleich ihr horchen, jedoch war ihre Neugierde erregt, so daß sie leise fragte:

„War die hagere Dame die reiche Frau v. Fuchs?"

„Die reiche Fuchs; ja! das beste Herz und die
schärfste Zunge!"

„Wie vereinigt fich das?"

„O fehr gut!" antwortete die Frau Profeffor
flüfternd. „Sie ift überall zur Hülfe bereit, weil
das ihr Gelegenheit gibt, fich in anderer Leute Ange=
legenheiten zu mifchen. Und ihre „innige Freund=
fchaft" berechtigt fie allenthalben den Leuten die bit=
terften Wahrheiten zu fagen. Sie ift das pure Ge=
gentheil der Langenbècque, die lauter artige Dumm=
heiten macht, — darum vertragen fie fich auch fo gut.
Die Fuchs glaubt ein Privilegium darauf zu haben,
von den Leuten Schlimmes zu reden; es erweckt fo=
gleich ihre Eiferfucht, wenn das eine Andere wagt
und fie verfällt in einen wahren Paroxismus des
Lobs derjenigen, über welche gefchmält worden, wenn
nicht fie felbft es gethan."

„Alfo ein Original."

„Und was für eins! Ihre fchwächfte Seite ift aber
der Herr Sohn, deffen Hand fie für das Ziel aller
Mädchenwünfche hält und geltend macht, — der
junge Menfch, der dort vor der Laube auf dem Stuhle
lümmelt."

Die Malersfrau warf einen Blick hinüber, wo
der Bezeichnete, auf feinem Sitze fchaukelnd, mit breit=
geöffnetem Munde den Rauch feiner Cigarre in die

sonnige Luft am Seestrande blies. Dann meinte sie
lächelnd:

„Nun, bei diesem Jungen hat 's doch noch gute
Weile."

„O, so grün er aussehen mag, ist er doch schon
majorenn, mindestens fünf Jahre älter, als Pauline,
die er jetzt mit seiner Eifersucht verfolgt. Und die
Langenbècque, so einfältig sie ist, hat doch die Schlau=
heit, sich den holden Felix in Reserve zu behalten
und mit der Fuchs nicht zu brechen."

„Ihrer Tochter wegen? Nicht möglich."

„Ich weiß es ja. Allerdings machen sich die
Mädchen über den grünen Jungen lustig, und selbst
die arme Luise, die nun schon seit einem Lustrum
achtzehn Jahre alt ist —"

„Luise Sperling? Ach nein!"

„Ist dreiundzwanzig Jahre alt gewesen!" war
die nachdrucksvolle Antwort. „Sie ist sicher nur mit
Paulinen herausgefahren, weil sie wußte, daß der
kleine Arthur Maier, auf den sie ein Auge hat, sich
eben am See herumtreibt. Er ist ja vorhin da vorüber.
Selbst die arme Luise — wollte ich sagen — lacht
den Felix nur aus. Aber hören Sie doch, was sie
miteinander haben! Was es nur wieder gibt! —

Ach, daß jetzt die Rangen so schreien müssen, man
versteht kein Wort. — Wollt ihr ruhig sein."

Das Letztere, mit gerunzelter Stirne gesprochen,
galt der Kinderschaar am Ufer, die sich noch immer
lärmend am Wasser herumtrieb, während die Unterhaltung in der Laube einen allerdings lebhaften Charakter angenommen hatte. Frau Werner erhob sich
indeß vom Tische. Entweder war ihre Neugierde
nicht so stark, oder ihr Zartgefühl ausgebildeter, als
das der Anderen: sie schien am Aufhorchen nicht theil-
nehmen zu wollen.

„Ich muß meinen Kleinen zur Ruhe bringen!"
sagte sie, nahm eines der Kinder auf den Arm und
trug es schaukelnd hinweg, während die Zurückge-
bliebene einem Kindermädchen befahl, die übrigen
Schreier — ihre eigenen Sprößlinge — hinweg zu
führen und anderswo zu beschäftigen, damit ihrem
lauschenden Ohre nichts von der lauten Unterhaltung
entgehe, welche in der Laube stattfand.

In dieser genoß man unterdeß den schönen
Maientag am prachtvollen See so ziemlich in der näm-
lichen Weise, wie draußen, — man trank Kaffee und
hechelte schon auf der Hechelbank mit einem Elfer,
als hätte es die größte Eile. Das graue Seidenkleid

der Malersfrau, die auch schon wieder am See sein
müsse, gab für einige Minuten Stoff, ebenso die
Hochnäsigkeit der Andern; — wenn die auch eine
Tochter des einflußreichen Geheimraths präsidenten sei,
so heiße sie doch einfach Frau Professor Baber und
man kenne ja, was Casimir Babers Gelehrsamkeit
bedeute, — jedermann lache ihn aus und er heiße
allgemein der Universitätsbaber. Die beiden Mädchen
nahmen weniger Theil an dieser Unterhaltung, zischel=
ten, flüsterten und kicherten vielmehr zusammen und
ließen ihre Augen manchmal durch das Blattwerk
hinaus auf den See, oder auf den Uferweg streifen,
indem sie bei jedem Laut erwartungsvoll auffahen,
als harreten sie der Ankunft Anderer.

Vor dem Eingange der Laube, den beiden Mäd=
chen zugewendet, saß inzwischen Herr Felix von Fuchs
auf schaukelndem Stuhle, mit weit vorgestreckten
Beinen, in einer Lage, die er für nachlässige Eleganz
erklärt hätte, wenn er um deren Natur befragt wor=
den wäre. Den Rücken gegen den See gekehrt, der
in sonniger Herrlichkeit draußen lag und hörbar an
den grünen Strand wallte, sah er nichts von der
Schönheit des Maientags, sondern war für jetzt
einzig bestrebt, sich vor den beiden Mädchen im

Glanze eines weltmännischen Jünglings, in der Glorie eines feinen, raffinirten und eleganten Rauchers zu zeigen. Dabei warf er ihnen manchmal unwiderstehliche Blicke zu, völlig unbekümmert um die Verheerungen, die er damit in den Herzen der armen Mäd= chen anrichten mochte. Da blies er nun den Rauch kunstgemäß bald mit weitgeöffnetem, bald mit ugespitztem Munde langsam und stetig oder puffweise vor sich hin in die blaue Luft. Dann ging er zu dem Effektstücke über, den Rauch in blauen Ringen aus seinem, wie ein Karpfenmaul geöffneten Munde ausgehen zu lassen, um ihn wieder aus der Luft künstlich aufzusaugen und zum Zweitenmale durch die Nase in's Freie zu befördern, — ein Anblick von großer Wirkung. Das that er so lange und sperrte dabei den Mund mit so unnachahmlicher Rundung auf, daß die hübsche Pauline ihn hierüber ansah und fragte:

„Fürchten Sie nicht, daß Ihnen ein Staar in den Mund fliegen möchte?"

„Ein Staar? Warum ein Staar?" erwiderte er, indem er wieder den Rauch seiner Cigarre mit graziöser Haltung des Hauptes in zwei zierlichen Strahlen durch die Nase über den Tisch hin blies. Pauline wandte das Gesicht ab und meinte hierauf:

„Wenn's in der Dämmerung wäre, würde ich sagen, eine Eule oder Fledermaus, was Sie vorzögen, Herr Felix."

„Auch eine gebratene Ente fände Platz," fiel die aschblonde Luise ein, und die beiden Mädchen lachten heiter zusammen, als mit einem Male aus der Tiefe der Laube sich ein Paar funkelnde Augen herrichteten und die scharfe Stimme der Frau von Fuchs vernehmbar wurde:

„Warum sagen Sie nicht lieber ein Gänschen?"

Die arme Luise ward roth, wie eine Päonie. Pauline jedoch hob ihre Kaffeetasse zu den Lippen, schaute über dieselbe nach Frau von Fuchs und entgegnete:

„Weil die Gänschen jetzt noch von den alten Gänsen gehütet werden, wie Ihnen bekannt sein wird, Frau v. Fuchs. Auch wollten wir keine Reminiscenz an das Lied: Fuchs, du hast die Gans gestohlen."

Mit spitziger Nase und weitgeöffneten Augen starrte die Angerufene nach der unbegreiflich kühnen Sprecherin. Denn nach einer in diesen Kreisen oft erzählten Anekdote hatte der verstorbene Herr von Fuchs einst in Gesellschaft das zufällige Absingen jenes Kinderliedes, als Anzüglichkeit auf die Art, wie

er zu seiner reichen Frau gelangt war, aufgefaßt und
eine Scene veranlaßt. Während nun Frau von Langenbècque ihrer Tochter einen bedenklichen aber doch
bewundernden Blick zuwarf, sah auch Luise mit heim-
lichem, schadenfrohen Lächeln von der erzürnten Dame
nach der entschlossenen Freundin, freilich mit einer
Miene, welche die Mahnung enthielt: Gieb Acht,
daß sie Dich nicht beißt!

Wider Erwarten jedoch schwieg Frau von Fuchs
und begnügte sich, mit geschlossenen Lippen und blitzenden Augen, theils durchbohrende, theils musternde
Blicke nach Paulinen zu werfen. Dabei fühlte sie sich
offenbar in unerwarteter Weise überrumpelt. Sie
konnte sich eines unwillkürlichen Respectes vor diesem
Beweise einer scharfen Zunge nicht erwehren und zog
es vor, eines günstigeren Augenblicks zur Entgeltung
zu harren, indem ihre Geberde die Zuversicht ausdrückte: „Ich bekomme Dich doch noch unter mich!“
Pauline aber wandte sich ganz unbefangen, als sei
nichts vorgefallen, mit der Frage an den holden Felix:

„Und wer hat Sie denn das raffinirte Rauchen
gelehrt? Auch wieder Ihr Freund, der Marquis ode
Marqueur im Kaffee Emanuel?“

„Oh!“ machte Felix mit ablehnender Wichtigkeil

„So was lernt sich nur in feinster Gesellschaft. Es hat aber auch Schic und verve, nicht wahr?"

„Und wie!" entgegnete Pauline. „Sie rauchen ja wie ein Vulkan."

„Neben der Venus, he! Solch' einen Vulkan ließe man sich wohl gefallen, he! Vulkan war ja der Gemahl der Venus, oder wie?"

Die beiden Mädchen wechselten Blicke höhnischen Einverständnisses bei diesen Worten des jungen Herrn. Was er nicht sah, hatten doch die scharfen Augen seiner Mutter bemerkt.

„Also der Fremde," fing sie gegen Frau Langenbècque gewendet an, „der junge Fremde, für welchen Pauline schon beim ersten Anblicke so viel Aufmerksamkeit hatte —"

„Meine Pauline aufmerksam gegen einen Fremden?!" fiel hier die Langenbècque im Tone der Zurückweisung ein, während die Gluth auf des Mädchens Wangen eine verrätherische Bekräftigung jener Annahme zeigte. „Meine Tochter, von den ausgewähltesten jungen Männern umschwärmt —"

„Ja, meine Liebe, was hilft die Umschwärmerei einem Mädchen, das nicht viel mitbekommt?" sagte Frau von Fuchs freundschaftlich.

„Nicht viel mitbekommt?! Ei, beste Frau v. Fuchs, wie ist Ihnen denn bewußt, daß Pauline nicht viel mitbekommt?"

„Aber, Theuere, das ist ja kein Geheimniß."

„Kein Geheimniß?!" kreischte jetzt die Langenbècque. „Verehrteste Frau v. Fuchs —"

Der wohlgesittete Sohn der Letzteren hatte sichtlich seine Freude an dem gehobenen Ton, in welchem die Unterhaltung nunmehr geführt wurde. Er zwinkerte den Mädchen zu und flüsterte: „Gebt Acht, sobald sie sich lieb, theuer und verehrt werden, geht's los!" Dann ließ er einen leise zischenden, hetzenden Ton hören, der gerade kein Beweis seiner kindlichen Pietät war, während die beiden Mädchen nicht ohne peinliche Empfindung auf die Erregten schauten. Frau v. Fuchs aber sprach mit boshafter Ruhe und mit stillem Hinweis auf ihren einzigen Erben:

„Sie sagen es ja selbst aller Welt, daß Sie schon zwölf Kinder geboren. Neun davon leben also neun Theile!"

„Aber das große, blühende Geschäft me Mannes, die großen Einnahmen!" rief Frau Lang bècque über den Tisch herüber.

„Ja, man sieht nicht hinein, Liebe, man se

nur von mißlungenen Speculationen und hält sich im
Urtheil an die übermäßigen Ausgaben. Sie machen
ein großes Haus, das ist bekannt."

„Aber theuerste Frau v. Fuchs, ich wiederhole —"

„Meine Freundschaft für Sie hat schon lange
gefürchtet, daß Pauline ihre hohen Ansprüche etwas
moderiren müsse."

„Pauline wird nur einem sehr reichen, oder sehr
vornehmen Manne die Hand reichen, darauf können
Sie sich verlassen, beste Frau v. Fuchs."

„Ja wohl, Millionär oder Graf, anders thut
man's nicht," erwiderte die Frau v. Fuchs, wieder
ganz in ihrem Elemente, und darum mit hämischer
Ruhe. „Leider ist Herr v. Leith nicht das Eine
und noch nicht das Andere. Der interessante Fremde
aber, den Pauline mit dem Gerichtsrath Brand sprechen sah, wahrscheinlich ein Gelehrter oder Künstler,
denn mit Andern geht der Brand nicht leicht um."

Froh, von dem verfänglichen Gang des Dialogs
ablenken zu können, sagte jetzt Frau Langenbècque:

„Der hat wieder seine Familie in den abgelegen-
sten weil wohlfeilsten Winkel des Landes für den
ganzen Sommer gesteckt."

„Sie meinen doch den Gerichtsrath? Ja, er ist

nicht blos ein natursinniger und geistreicher, sondern auch ein verständiger Mann, liebe Freundin!"

„Wo zeigt sich aber dabei der Verstand?"

„Darin, daß er sich genau nach der Decke streckt, liebe Langenbècque."

„Erlauben Sie mir, Frau v. Fuchs, warum sagen Sie mir das und mit dieser Miene?"

„Weil Sie zu Catarrh geneigt sind und ich Sie vor Erkältung geschützt wissen möchte, meine Freundin. Nun denken Sie, wenn dieser Fremde also der zurückgekommene Neffe der Luckner, der Vetter Ida's wäre?"

„Das," erwiderte die Langenbècque mit einem bedeutsamen Nicken des Hauptes, „das könnte freilich einen Strich durch eine gewisse Rechnung machen. Die Luckner soll ja diesen Sommer auch hieher an den See ziehen wollen."

„Ich höre, sie habe schon eingemiethet," sagte die Fuchs mit der Absicht, ihre Freundin zu ärgern, und diese erwiderte denn auch:

„Nun ja, man weiß warum."

„Freilich, es ist nicht schwer zu errathen, warum man hieher kommt, — nicht wahr, meine liebe Langenbècque. Uebrigens wenn Sie meinen, daß wir durch den Schloßpark zurückwollen, ist es Zeit aufzubrechen. Sie rechnen ja doch darauf, Herrn v. Leith zu treffen und durch seine Galanterie das Innere des Seeschlosses besehen zu dürfen. Also kommen Sie!"

Und so brach die Gesellschaft nach wieder hergestellter Einigkeit auf. Draußen saß die Frau Professor Baber, anscheinend in die Betrachtung des See's versunken, noch immer allein an ihrem Tischchen. Man wechselte freundschaftliche Worte, knickste sich an und schied. Die Frau Professor verließ hierauf ihren Platz, unsere Gesellschaft wanderte den Uferweg entlang unter den Bäumen hinweg.

Pauline ging zufällig hinten nach an der Seite des jungen Herrn v. Fuchs. Da belebte und färbte sich plötzlich ihr hübsches Gesicht. In einem Kahne, der eben vom See her an's Land zu stoßen im Begriffe war, erkannte sie den Herrn, dessen Erscheinung heute schon mehrmals ihre Theilnahme erweckt hatte. Zögernd ging nur noch ihr Fuß. Wie unangenehm, in demselben Moment den Platz zu verlassen, da der Fremde daselbst landete. Ihre Leidenschaftlichkeit fügte sich nur widerwillig dem Zwang der Sitte, und so empfand sie ihr Mißgeschick um so bitterer, als sie fühlte, daß sie unter keinem Vorwande an die Stelle zurückkehren konnte, wo sie erst jetzt so gern verweilt hätte.

„Thut Ihnen der Fuß weh?" fragte Felix listig, ihre Unruhe und ihren zögernden Schritt bemerkend, da sie nach der Stelle zurücksah, wo der Fremde an's Land stieg. „Haben Sie Ihr Füßchen plötzlich über=treten? Oder reut Sie, den schönen Platz verlassen zu haben?"

Pauline hatte darauf rasch einige Schritte vor=wärts gemacht, kehrte sich jedoch eben so rasch um und sagte, ihre Verwirrung bemeisternd:

„Was fällt Ihnen ein? Warum soll mich's reuen?"

„Weil wir vielleicht die Bekanntschaft von Ida's Vetter gemacht hätten."

„Ida's wegen möcht' ich allerdings wissen, ob es Herr Wildhoff sei, glaub' es jedoch nicht."

„Ich glaub's."

„Ah, er ist's nicht," sagte Pauline stehenbleibend, mit einem Blicke nach dem Wirthshause zurück, vor dessen Portal sich der Ankommende eben niederließ.

„Er ist's. Wetten wir."

„Gut. Um was?" fragte Pauline, und Felix erwiderte:

„Gewinnen Sie, so können Sie mich heißen, was Sie wollen. Gewinn' ich, so — fahren Sie mit mir Abends bei Mondschein im Kahn."

„Ja, damit Sie in Ihrem Kaffeehaus damit prahlen."

„Ich? Nie!! Ich schwöre!"

„Lassen Sie's. Aber wie kommen wir hinter die Wahrheit?" fragte sie, dahin zurückblickend, wo der Fremde saß und in die Pracht des See's hinausschaute. Felix aber setzte sich bereits in raschem Lauf nach dem Wirthshause zurück, indem er der allein Gelassenen noch zurief:

„Das überlassen Sie getrost meiner Feinheit, meinem Tact."

Sie konnte keine Einwendung mehr machen und sah nur noch, wie er nach Zurücklegung der kurzen Strecke mit komischer Würde auf den Fremden zutrat und wie dieser sich nach ihm umkehrte, als er sich folgendermaßen angeredet hörte:

„Mit Verlaub, mein Herr, darf ich Sie nicht um Feuer ersuchen?"

Obgleich Zündhölzchen daneben standen, reichte der Fremde seine Cigarre hin, worauf Felix die seinige ansteckte, dankte und weiter fragte:

„Habe ich nicht die Ehre, mit dem berühmten Schriftsteller Arthur Maier zu sprechen?"

„Nein!" erwiderte der Fremde. „Wie kommen Sie zu dieser Annahme?"

„Nun, er soll eben am See grassiren," war die belustigende Antwort. „Dann sind Sie vielleicht der Maler Werner?"

„Nein!" sprach der Fremde gelassen und sah auf den See hinaus.

„Und doch sind Sie mir so bekannt. Habe ich die Ehre, Herrn Professor Bader —"

„Sie sind im Irrthum," fiel der Fremde kurz ein. —

„Dann müssen Sie entweder Maler Sturm oder Gerichtsrath Brand sein."

„Keiner von Beiden," sprach der Fremde und kehrte halb den Rücken her.

„Ich bin ganz verwirrt," meinte Felix. „Erlauben Sie mir —"

„In diesem Fragestyl fortzufahren. — Fragen Sie immerhin."

„So dürften Sie zuletzt gar Herr — Architekt Wildhoff sein?"

Der Fremde kehrte sich um, fixirte den Fragenden etwas scharf und sagte dann kalt:

„Der bin ich. Was wünschen Sie, mein Herr?"

„Nichts weiter, — sehr verbunden: die Wette ist gewonnen!"

„Halt! Bitte!" sprach jetzt der Fremde, als der Andere mit dieser Nachricht davon eilen wollte. „Wenn Sie mich zum Gegenstand Ihrer Wetten machen, habe ich doch ein Recht zu fragen, was Sie dazu veranlaßt."

„Ach! Sehen Sie dort unter den Bäumen die junge Dame in violetter Blouse? Fräulein Pauline Langenbècque wollte nicht glauben, daß Sie der Vetter von Luckner's seien. Nun muß sie die Mondschein= fahrt mit mir machen. Empfehl' mich!"

Und mit triumphirender Miene eilte Herr Felix v. Fuchs zu dem harrenden Mädchen, dessen Antlitz sich mit Purpur übergoß, als es merkte, daß des Fremden Blick prüfend herüberstreifte. Mit pochen= dem Busen hatte sie dagestanden und ging jetzt mit dem jubelnden Felix den Vorangeschrittenen nach.

Folgten ihr die Gedanken des Zurückbleibenden? Der saß einsam wieder über den sonnenbeglänzten See hin bis zum fernverschwimmenden andern Ufer. Weit draußen auf der blauen Fluth schwebte kaum erkennbar ein Nachen, an dem seine Augen unwill= kürlich hafteten. Der eben stattgehabte Vorfall war darüber bald vergessen.

Drittes Capitel.

In welchem Leid und Luſt wechſeln.

Nach den Eröffnungen, die Frau v. Luckner ihrem
aus dem Süden zurückgekehrten Neffen gemacht, und
nach ſeiner eignen Erklärung, durch welche die Ver=
hältniſſe unter den Verwandten weſentlich geklärt wor=
den, hatte Wildhoff die Tage damit ausgefüllt, alles
ihm Neue in der rieſig anwachſenden Stadt zu beſehen
und inzwiſchen ſeine Wohnzimmer im Hauſe der Tante
einzurichten. Auch hatte er den Contract mit der
jungen Verlagsfirma auf Herausgabe ſeines Werkes
in Heften abgeſchloſſen und, im Hauſe ſeiner Tante
aufgeſucht, mit dem Factotum des reichen Barons
v. Buchberg eine Unterredung gehabt, welche ihm
einen etwas eigenthümlichen Begriff von den „gemein=
nützigen Unternehmungen," wie deſſen Bauſpekulatio=
nen, die von der dienſtfertigen Localpreſſe angekündigt
wurden, geben mußte.

Solche Beſchäftigung hatte ſeinem äußeren Men=

schen Bewegung, seinem Sinne Zerstreuung gegeben, aber seinem Herzen kein Genügen, seinem Geiste keine Befriedigung mehr gewährt. Mit der ersten großen Enttäuschung war ihm ein Ziel seines seitherigen Strebens entrückt. Die in seinem Denken und Wollen entstandene Lücke klaffte wie ein Riß durch sein Leben; dessen Vergangenheit und Zukunft lagen als Fragmente unvermittelt neben einander, — jene in klarem Lichte, leicht zu übersehen, — diese ein dunkles Chaos, scheinbar ohne Keim eines ferneren gedeihlichen Geschickes, das sich daraus entwickeln sollte.

Mit welcher Freundlichkeit auch Tante und Bäschen bemüht waren, ihm das Zusammenleben traut und heimisch zu machen: das Haus erschien ihm fremd, und er fühlte sich in seinem Verwandtenkreise einsamer, als bei früheren Streifereien auf der griechischen Trümmerwelt Calabriens und Siciliens. In der Leere seines Herzens drängte es ihn zu einem Freunde. Und doch vermied er, Herbert aufzusuchen, dessen Anblick ihn an alle seine schönen Hoffnungen in den Tagen seiner Ankunft, an alle die leichtgenommenen Warnungen erinnert hätte, welche sich schon jetzt als wirkliche Enttäuschungen erwiesen. Wie tief fühlte er sein eigenes Schicksal schon jetzt in die

Günstlingswirthschaft des Landes verstrickt, sein Lebens=
glück von ihr alterirt, wenige Tage später, nachdem
er eine solche Möglichkeit verlacht und als die Aus=
geburt schwarzsüchtiger Hypochondrie weit hinweg=
gewiesen hatte. Seltsame Fügung, die ihn, den kaum
in's Vaterland Heimgekehrten, sogleich als Opfer der
Verhältnisse erlesen, welche so verhängnißvoll das
Schicksal des Staates bestimmten. Welche Belege
für die Begründung von Herberts trüben Anschauun=
gen konnte er selbst nun bringen, nachdem er seine
Tante gehört, und die Motive ihrer hochstrebenden
Pläne und schwer zu bezeichnenden Handlungsweise
kennen gelernt hatte! —

Freilich suchte er dabei wenigstens nach Trost in
sich selbst. Und mehr als einmal raffte er sich mit
dem Gedanken auf: „Enttäuschung wäre da, — aber
Unglück? Es kommt darauf an, ob ich es als solches
empfinden will. Mein Stolz mag verletzt sein, —
aber ist auch mein Herz verwundet?" Mit solchen
Betrachtungen wischte er aber nicht den Nebelhauch
von seinem Seelenspiegel, und immer wieder verfiel
er momentanen, schwermüthigen Empfindungen, welche
ihm sein seitheriges Leben gleichsam als verfehlt er=
scheinen ließen.

So sehr er sich nun auch oft nach einem mit=
fühlenden Freundesherzen sehnen mochte, machte ihn
sein Stolz abgeneigt, als lebendiger Beleg für die
düsteren Aufstellungen Herberts zu erscheinen. Und
so hatte er sich fortgesehnt aus der Heimath und
ihren verschrobenen Verhältnissen, fort, wieder in den
schönen Süden, in das Land der Kunst, fort nach
Rom, Neapel oder — an den Comer=See. Es hatte
ihn hinausgedrängt in die Einsamkeit der Natur, fort
aus der Stadt, welche ihm manchmal nur noch als
Trümmerstätte seiner Lebenshoffnungen erscheinen
wollte, — fort, wenn auch nur auf einen Tag.

So war er herauf an den See und nach dessen
östlichem Strand gekommen und weidete wenigstens
seine Augen an der entzückenden Landschaft vor der
Façade des freundlichen Hauses am See. Der
Aufwärterin befahl er, den Kaffee in eine der leer=
gewordenen, blühenden Lauben zu bringen, welche sich
unmittelbar am Ufer wölbten. Da hinein setzte er
sich dann mit seiner Cigarre und schaute hinaus auf
den blauen Wasserspiegel, von welchem im Rahmen
der Fliederlaube ein prachtvolles Fragment weit und
breit draußen lag und von den fernen jenseitigen
Uferlinien bis zu seinen Fußspitzen erglänzte. Ueber

den See her schaute die erhabenste Spitze des fernen Hochgebirges grade durch den Eingang der Laube herein. Auf den Bäumen am Ufer lag der Schnee und Purpur ihres Frühlingsschmuckes, hinter ihnen ragten einige braune, malerische Holzgiebel mit Galerien und die Façade einer stattlichen Villa. – Die Wirthstische selbst waren nicht mehr besetzt; nur aus einer Nebenlaube tönten noch lachende und kichernde Stimmen, welche es den Staaren gleichthun wollten, die auf den Bäumen in den Tag hineinschwatzten. Bald aber schwieg jeder menschliche Laut, als die Gesellschaft in der Nebenlaube ebenfalls aufgebrochen war und sich in den schattigen Bergpfaden des Uferwaldes verlor. Nur die Staare auf den Bäumen plauderten noch fort, nur der See ließ seine melancholischen Laute hören.

Unmittelbar vor der Laube und neben ihr gluckste die Fluth und pochten schwach herangleitende Wellen in unregelmäßigen Schlägen an das Kiesufer. Draußen auf dem weiten See feierte der Nachmittag eine stille Stunde. Kein Kahn durchstrich jetzt die glänzende, ruhige Fläche. — Doch, ein einziger war sichtbar, auf welchem Wildhoffs Blicke manchmal unwillkürlich hafteten; — aber er schien unbeweglich drau-

ßen zu stehen über den tiefen Wässern. Schwül lag
es über dem See, dessen Bewegung sich nur in dem
leisen Klopfen am Strande zu erkennen gab.

Wildhoff sah hinaus von seinem Sitze, lange,
lange nach dem fernen, westlichen Ufer, über welchem
der Dunst des heißen Tages brütete. Nach Süd=
westen hin erhellte sich die Luft, und die Bergconturen
zeichneten sich schärfer ab. Aber über seine Seele
war jenes träumerische Sinnen gekommen, zu wel=
chem Anblick und Stimmung des Sees manchmal ein=
ladet, — sie war umflort von wehmüthigen Gedanken
und Erinnerungen. Das Gefühl der Vereinsamung
erfaßte ihn mit innerlicher Gewalt. Es kam über=
wältigend über ihn, daß er allein stand in der Welt

Er dachte an die Begegnungen des Tages, —
an den Gerichtsrath Brand, der glücklich jetzt inmit=
ten seiner Familie den traulichen Frieden jenes Tha=
les genoß, in welches ihm auf der Herfahrt ein Blick
gegönnt war. Er dachte an den Maler Sturm, der,
nach Brands Aeußerung zu schließen, liebenden Augen
entgegen ging, — dachte an die Andern, die in ge=
selligem Zusammenleben hier geplaudert hatten und
nun die heimlichen Wege der Uferhöhen wandelten.
Und er saß allein mit der Leere seines Herzens einem

nunmehr ziellosen Leben gegenüber, ohne Trieb, ohne
Freude. Ja, ohne Eltern, ohne Freunde, getäuscht
in den Hoffnungen seines Lebens, mit denen er seine
Zukunft auszuschmücken gewohnt gewesen war, nun=
mehr selbst seinen nächsten Verwandten innerlich ent=
fremdet, war er ein Einsamer auf Erden, einsamer
als jenes ferne Schifflein, das mitten im See zu
stehen schien und in der lichten Fläche den einzigen
unterscheidbaren Punkt bildete.

Trauer um den Verlust oder Bitterkeit über die
Verletzung seines Stolzes hatte an dieser Stimmung
geringern Theil, als eine gewisse Sehnsucht nach
einem unbestimmbaren Glücke, das sich mit der Er=
lösung aus seiner Vereinsamung verknüpfte. Sein
sonst so männlicher Sinn, der, sich selbst genug, auf
sich selbst zu bauen gewohnt war, verlangte jetzt, von
Wehmuth umfangen, nach einem Glücke aus anderer,
lieber Hand. Niemals hatte er sich verlassener ge=
fühlt, als in diesem stillen Momente; und dennoch
wieder nie vorher liebebedürftiger, als da er verein=
samt von dem blühenden Strande aus nach dem ein=
samen Kahne auf der weiten Seefluth ausschaute.

Diese lag so still von der Sonne beschienen
draußen in der Schwüle, während nun erst bemerkbar

wurde, daß jenes Schifflein sich dennoch fortbewegte,
da es endlich langsam hinter dem Rahmen des Laub=
werks verschwand. Wildhoff hätte die Einsamkeit
jetzt noch tiefer empfunden, wenn nicht wieder ein
Menschenlaut durch die Stille erklungen wäre, — ein
ferner Gesang, der am Strandwege herunter durch
Wald und Wiese näher und näher kam, bald aus=
setzte und bald in wiegender Ländlermelodie, wie aus
Schmerz und Lust gewoben, sich lauter wieder erhob.
Endlich erklang die Stimme des Burschen, der am
See herunter wandernd vorüberkam, ganz nahe, so
daß man die Worte verstehen konnte:

> „Und wenn d' grad alloa bist,
> Muaßt trauri nit sei',
> Denn Heut' oder Morg'n
> Trifft's Glück wieder ei'.“

Wildhoff fühlte sich seltsam angemuthet von der
kunstlosen Strophe, da der Bursche, hinterm Hause
vorüberwandernd, nochmals die Worte wiederholte:
„Muaßt trauri nit sei'!“ als hätte er sich selbst mit
der wiegenden Melodie Trost und Muth einzusprechen.
Dann klang es wieder fern und ferner am Seestrand
hin, je weitere Strecken der Sänger auf seinem
Wege zurücklegte. Nur noch die Fluth pochte un=
ausgesetzt und einschläfernd an das Ufer, und ein

wetterverkündender Fink piepte klagend vom nächsten
Apfelbaum.

Wildhoff horchte noch lange dem melancholischen
Anklopfen der Wellen am Strande, dem klagenden
Finkenruf und dem fernverhallenden Liede des dahin=
wandernden Burschen, als plötzlich ein helles Lachen
vom See her in die Stimmung des Moments einen
ungemischt heitern Ton brachte.

Er saß so ganz allein da an der wallenden Fluth,
überkommen von wehmüthigen Empfindungen, — und
nun dieses freundliche, erquickende Lachen vom Wasser
her, ohne daß er Jemanden zu erblicken vermochte.
Durch das hohle Glucksen und eintönige Pochen der
Wellen am Strande mit einem Male dies helle, hei=
tere Lachen, das ihn so seltsam anregend, so eigen=
thümlich wohlthuend berührte, — dies reizende, mäd=
chenhafte Lachen, das wie fröhlicher Zuruf einer mit
der Fluth schäkernden Seenixe klang.

Und bald schlug auch die Wellenfluth bewegter
an den Strand, — der geschmeidige, flüssige Crhstall
wogte merkbar heran, — lebhafter wallte und rollte
das Wasser über die Uferkiesel. Dann leiser Ruder=
schlag, — und ein Lied in sanftem Gesumme schwebte
vorüber. Durch das dichte, grüne Gezweig schimmerte

das Wasser des Sees und leuchteten weiße, lichte
Gewänder, als schwämmen draußen Schwanjungfrauen
singend den blühenden Strand entlang.

Wildhoff war wunderbar angeweht. Er reckte
den Kopf, um etwas mehr zu erkennen. Aber die
dichte Fliederhecke hinderte ihm in dieser Richtung
jeden freieren Ausblick. Nur am Geräusche des Ru-
ders ließ sich entnehmen, daß da ein Kahn vorübergekommen, — dessen Besatzung war von seinem Platze
aus nicht zu entdecken.

Nun aber kam das Schifflein am Rande der
Hecke in Sicht und steuerte dem schwanken Stege zu,
wo gelandet zu werden pflegt. Nebst dem Schiffer
saßen drei Frauen in dem Kahne, von welchen er
eine nur halb sehen konnte, denn sie war von der
Gestalt einer andern zum Theil verdeckt. Er fühlte
dabei eine leise Enttäuschung, — er hatte nur zwei
Frauen in dem Schifflein zu sehen erwartet. Seine
Theilnahme für die Anfahrenden war wieder erloschen.
Er schlürfte seine Tasse leer und blies blaue Rauch-
ringe vor sich hin, daß sie wie Seifenblasen in der
Luft verschwebten.

Nun war der Schiffer herausgesprungen, um den
Kahn in eine feste Lage zu bringen und das Aussteigen

der Damen zu erleichtern. Eine derselben stand mit abgewandtem Antlitze aufrecht, hatte die Sitzbretter erstiegen und schon einen Fuß auf die Landungsbank gesetzt, während sie mit dem andern den Kahn neckend in schaukelnde Bewegung brachte.

Es war eine ungemein anmuthige, schlanke Gestalt im blütheweißen Gewande mit blauer Garnitur, blauem Gürtelband und langen, wallenden Seidenbändern derselben Farbe am leichten Sommerhütchen, das auf einer herrlichen goldenen Lockenfülle saß. Die reizvolle Erscheinung hob sich hell und licht auf dem grünblauen Wasserspiegel ab. Die Sonnenstrahlen stahlen sich in die goldnen Flechten ein und spielten wonnig mit dem Glanze ihres Haares. Jetzt lachte sie in ihrer Neckerei, mit der sie ihre Gefährtinnen im Kahne schreckte, und es war dasselbe glückliche Lachen, das vorhin vom See ertönt war. Und nun wandte sie das Köpfchen halb herüber, als eine der Frauen halb strafend, halb flehend ihren Namen rief.

Da schnellte Wildhoff von seinem Sitze auf. Als ob eine Sonne plötzlich hinter den Wolken seines Gemüthes aufsteige, den umflorenden Schleier durchbreche und sein Inneres mit fabelhaftem Glanze erfülle, so leuchteten mit einem Male seine Augen und

glühten seine Wangen. Eine herrliche Morgenröthe
seines seelischen Wesens spiegelte sich auf seinem Ant=
litze, als er mit hochaufathmender, fast laut aufjauch=
zender Brust nach dem morschen, schwanken Borde
eilte, an welchem der Kahn angelegt hatte.

Veranlaßt durch das Geräusch der nahenden
Schritte sah das noch sehr junge Mädchen sich um
und wandte ein schönes, holdes Antlitz her. Kaum
aber hatte es den Nahenden in's Gesicht gefaßt, als
es erglühend in den Kahn zurückprallte und gleichsam
vor Schreck und Ueberraschung auf einen Sitz nieder=
sank, so daß das Schifflein in's Schwanken gerieth,
worüber eine ihrer älteren Begleiterinnen laut auf=
schrie, während die andere durch einen vernehmbaren
Ausruf freudige Wiedererkennung ausdrückte.

Das eben noch so muthwillige Mädchen war jetzt
ganz still geworden; nicht traurig, aber doch in
schweigsamer Verschüchterung und sichtlicher innerer
Bewegung saß sie da und erhob sich dann, um mit
der freudig erregten älteren Dame sich der Beihülfe
des Herrn zu bedienen, der so unverhofft auf dem
Platze erschienen war. Sie reichte ihm zu diesem Be=
hufe ihr Händchen und schritt schweigsam über das
Brett vollends zum Strande. Nicht Wehmuth um=

florte die tiefblauen Augen, als sie nun dorten stand
und vor sich hinsah, sondern es war eine Art nach=
denklicher, verschleierter Freude über das unerwartete
Zusammentreffen. Ihre schönen Augen glänzten jedoch
bald wieder schelmisch, und ihre Lippen kräuselten sich
zu einem heitern Lächeln, als nun auch die Dritte
im Kahne sich von dem Erschienenen heraushelfen
ließ und dabei dessen Hand so fest hielt, daß er ge=
nöthigt war, seine ritterliche Galanterie gegen die=
jenige zu bewahren, welcher er solche freiwillig am
wenigsten gewidmet haben würde: sie nämlich bis an
einen der leeren Gartentische zu geleiten.

Es war dies ein den Blüthejahren schon sehr
entwachsenes Frauenzimmer von untersetzter Gestalt,
entschlossener Haltung und — buchstäblich — Haare
auf den Zähnen, denn der dunkle Flaum auf ihrer
Oberlippe hätte die Eifersucht eines Lieutenants erregt.
Braune Locken gaukelten in der klassischen Form der
Hobelspäne um ein Haupt von kühner Haltung, wäh=
rend ihre Miene es jetzt vorzog, einen höchst mäd=
chenhaften Ausdruck anzunehmen. Das leichte, un=
garische Hütchen mit seiner Adlerfeder gab der ganzen
Erscheinung etwas Unternehmendes.

Als sie sich auf eine der Bänke niederließ und

Wildhoffs Hand frei ließ, sprach sie mit einer kräfti=
gen, fast männlichen Stimme:

„Mein Herr, ich danke Ihnen. Dank, Mylord,
sprach einst Maria Stuart ebenso wahr und schön
zu Burleigh im letzten Acte, — wem aber hab' ich
selbst jetzt freundlich Dank zu sagen?"

Damit ließ sie ihre Augen von ihrem Ritter
fragend nach den Gefährtinnen gleiten. Deren Ver=
legenheit zuvorkommend, ergriff der Architekt eifrig den
Anlaß, sich selbst vorzustellen, indem er sagte:

„Da kein Herold vorhanden zur Präsentation,
erlauben Sie, daß ich mein eigner sein darf: mein
Name ist Wildhoff."

„Architekt?" fragte die andere ältere Dame
mit freudiger Ueberraschung auf den mildfreundlichen
Zügen.

„Heinrich Wildhoff?" flüsterte auch das Mäd=
chen unwillkürlich, und der Klang seines Taufnamens
von diesen Lippen berührte ihn wie Engelsgruß, so
daß er mit freudigem Herzen bestätigte:

„Architekt Heinrich Wildhoff."

„Wie schön," fing jetzt die ältere Frau an des
Mädchens Seite freundlich an, „wie schön, in dem
Unbekannten, der uns bei jeder Begegnung verpflich=

tete, einen von meinem Manne so sehr geschätzten
Künstler zu finden."

„Sie beschämen mich, gnädige Frau —"

„Helming!" ergänzte Frau v. Helming einfallend
und fuhr mit einer leichten Handbewegung fort:
„Meines Mannes Halbschwester, Fräulein Wanda
Schuld, und meine Tochter. Irene, deren Vater mir
viel von Ihren Schriften gesprochen."

Wildhoffs Miene verrieth, daß er dies für ein
Mißverständniß halte. Seine Schriften waren ja
noch nicht veröffentlicht. Da sprach Irene mit ihrer
sanften, holden Stimme vermittelnd das erklärende
Wort, daß Papa die Manuscripte im Kunstverlags=
bureau von Bernhard Dingler zur Hand gehabt und
gelesen habe. Als nun wieder Irenens Mutter fragte,
ob er schon einen Tisch erwählt habe, lag in ihren
Worten eine so herzliche Einladung, ihre Gesellschaft
zu theilen, daß Wildhoff durch das Portal in das
Gastzimmer eilte, um die bequemsten Stühle für die
Damen herbeizuholen, bevor er sich selbst niederlassen
wollte.

Diesen kurzen Moment der Entfernung des jun=
gen Herrn benutzte Fräulein Wanda Schuld, um halb
vorwurfsvoll, halb bittend Irenen zuzuraunen:

„Nenne mich doch heute nicht Tante!"

„Warum denn nicht?"

„Es klingt so matronenhaft."

„Gut," sagte das junge Mädchen, „ich werde Dich für meine Nichte ausgeben."

„Das ist nun gerade auch nicht nöthig, aber nenne mich Freundin oder Cousinchen!"

„Ich bitte Dich, liebe Wanda!" meinte jetzt Frau v. Helming. „Ich bitte Dich, sei doch heute vernünftig."

„Als wär' ich das nicht je gewesen!" sagte die untersetzte Dame und warf ihren Lockenkopf unternehmend zurück, da eben Wildhoff mit den Stühlen kam.

Dieser befand sich in einem wahren Taumel der Freude und hatte alle Mühe, sein Entzücken über dieses glückliche Zusammentreffen nicht zu auffallend werden zu lassen. Da hörte er nun mit leuchtenden Augen zu, wie Irene den Bericht ihrer Mutter hie und da durch ein freundliches Wort ergänzte, daß der Vater nach der Rückkehr aus Italien in den Museen und Bibliotheken der nahen Stadt den Lieblingsstudien obliege, seiner Familie indeß am See eine Wohnung für die ganze Saison gemiethet habe und

hie und da herauskomme, um sich mit derselben der
herrlichen Natur zu erfreuen. Heute war man über
den See gefahren, wollte an dem schönen, östlichen
Strande Kaffee trinken und dann den Abend oben
auf der Höhe zubringen, um dann in der Kühle des
Abends die Rückfahrt anzutreten.

Da gab es nun viel zu reden, zu fragen und
zu antworten in Erinnerung der verschiedenen Begeg=
nungen — vor Wochen auf dem Comer = See und
dann in der nahen Stadt. Irene plauderte allmäh=
lig lebhafter und wußte Allem die heiterste Seite ab=
zugewinnen. Sie schien glücklich, und Wildhoff war
es in einem Grade, wie er es selten gewesen. Er
wußte nun, wohin die Sehnsucht, jenes liebebedürftige
Verlangen der jüngsten Stunde gestrebt hatte.

Mit wahrer Seelenlust hing sein Auge an dem
holden Antlitze des schönen jungen Mädchens, das
von der Erregung der lebhaften Unterhaltung durch=
glüht ihm gegenüber saß. Etwas in ihren Zügen er=
innerte wirklich an sein Bäschen Ida. Doch war
ihr Ausdruck vergeistigter, ihre Miene seelisch bewegter
und drückte schon jeden Gedanken lebhaft aus, bevor
er gesprochen war. Die Heiterkeit ihres Gemüths
spiegelte sich in dem reinen Glanze ihrer wunderbar

blauen Augen, die unter den dunkelfarbigen langen
Wimpern wie Seen im Waldsaume voll magischer
Geheimnisse lagen; sie strahlte aber auch aus dem
glückseligen und beglückenden Lächeln ihres reizenden
Mundes, wenn von der Schönheit der Landschaft, von
der anziehenden geheimnißvollen Pracht des weiten
Wasserspiegels und von der erhabenen Herrlichkeit
des Gebirges die Rede war.

Fräulein Wanda hatte indessen nur einige wenige
Bemerkungen anzubringen vermocht, aber sie genügten,
um Wildhoff einen Blick in ihr exaltirtes Wesen wer=
fen zu lassen, das mit der zartfühlenden, ruhig verständigen
und taktvollen Art ihrer Schwägerin, mit der ungekünstel=
ten, gefühlvoll heitern, fast kindlichen und doch schon
jungfräulich überlegten Weise Irenens in eben dem
scharfen Gegensatze stand, als ihr äußeres Auftreten
zu der gewinnenden Erscheinung von Mutter und
Tochter. Ihre verschrobene Vorstellungsart und Aus=
drucksweise, in welcher sie oft köstliche Dinge über
sittliche Weltordnung und religionsphilosophischen
Standpunkt vorbrachte, wurde nur noch durch ihre
grenzenlose Citatenlust übertroffen, in deren Anwen=
dung sie Großes leistete und ihre Umgebung plagte
oder belustigte.

Wildhoff war jedoch geneigt, ihr Alles und noch mehr zu verzeihen, als es ihm klar wurde, daß sie nicht wenig dazu beitrug, seinem Verhältniß zu Irenen rasch den Charakter einer gewissen Vertraulichkeit zu geben, indem das reizende Kind bei verschiedenen Aussprüchen der Tante den Architekten lächelnd ansah und in seine Augen gleichsam die Bitte legte, Wanda zu nehmen wie sie einmal sei und ihr Alles zu Gute zu halten.

Als man nun aufbrach, um die Höhe zu ersteigen, fand sich Wildhoff leicht an die Seite Irenens, und wandelte gewöhnlich mehrere Schritte mit dem jungen schnellfüßigen Wesen der Mutter und Tante voraus. Hinter ihnen öffnete sich allmählig die ganze blaue Seefläche in ihrer Länge und Breite, ein prachtvoller Anblick, — aber der Reiz der Landschaft spiegelte sich doch viel schöner noch in dem zarten Grunde des lieben Auges, das ihn während ihres Geplauders manchmal neckisch heiter, manchmal in kindlicher Herzlichkeit treu und gut anschaute, wenn sie eine Frage stellte oder eine Antwort gab. Die Blumen am Wege, zu welchen sie sich oft zu gleicher Zeit bückten, deren Namen und Eigenschaften gewährten ihnen Stoff zu leichtem unbefangenen Geplauder. Eine Biene, welche

Irenen drohend umsummte und endlich von Wildhoff
verscheucht wurde, gab dem Mädchen zu der Bemer=
kung Anlaß:

„Warum die Bienen doch stechen müssen? Es
wären sonst fast die liebewerthesten Geschöpfe — diese
kleinen Honigfabrikanten!"

„Sie lieben sie wohl des Honigs wegen, gnädiges
Fräulein?" fragte Wildhoff scherzend.

„Nicht deswegen allein," antwortete Irene mit
einem Ernste, der sie eben so gut kleidete, als ihre
Heiterkeit. „Sie wissen aus der Natur stets das
süßeste zu saugen, ohne den Blumen von ihrem Reiz
zu nehmen, und sind in ihrem nützlichen Fleiße nir=
gend Zerstörer, wie es die Menschen so oft sind."

„Das haben sie eben doch mit den Dichtern und
Künstlern gemein!" sprach jetzt Wildhoff.

„Ah, Sie sprechen pro domo!" erwiderte Irene
heiter. „Und dennoch — seien Sie aufrichtig, Herr
Wildhoff, — dennoch wirkt gerade Ihre Kunst zer=
störend, um aufbauen zu können. Ein Steinbruch,
eine Lehmgrube, eine Baustelle sind Zerstörungsmerk=
male. Was haben Sie dagegen zu sagen?"

Wildhoff hätte viel zu sagen gehabt, aber er
wurde jedes Einwands durch die kräftige Stimme

Wanda's überhoben, welche in erhabener Haltung, ihre Hand gegen den unten ausgebreiteten See ausgereckt, von ihrem Platze herrief:

„Wie, Herr Wildhoff!? Erinnert das nicht an die eben so wahren, als schönen Worte, mit welchen einst die Braut von Messina das Meer begrüßte: „Klein fühl' ich mich in diesem furchtbar Großen!"

„Sehr! sehr! mein Fräulein!" entgegnete Wildhoff. „Ganz außerordentlich."

Mit dieser Zustimmung gab sich Wanda leicht zufrieden; ihre untersetzte Gestalt bewegte sich vorwärts die Höhe hinan, und Wildhoff eilte wieder an die Seite Irenens. Die Stunde war ihm theuer, die Augenblicke kostbar, — er wollte sie nicht unbenützt verstreichen lassen. Und so fing er wieder an:

„Nun aber, mein gnädiges Fräulein, haben Sie mich wirklich sogleich wieder erkannt, als ich Ihnen in der Stadt begegnete?"

„Gewiß!" erwiderte sie mit lächelndem Munde. „Ich sagte es Ihnen ja schon."

„Es macht mich glücklich, das immer wieder zu hören."

„Das ist ja Eitelkeit!" sprach Irene und lächelte ihn wieder heiter an.

„Dichten Sie mir immerhin solche an, wenn ich nur
die glückliche Gewißheit habe, daß Sie meiner nicht
ganz vergessen hatten," sprach er mit einer Wärme
in Wort und Blick, welche sie verwirrt machte.

Erst nach einer kleinen Pause entgegnete sie in
holder Verlegenheit:

„Ich weiß nicht, ob ich Sie verstehen darf, aber
mein Gedächtniß prägt sich leicht Physiognomien ein,
und so glaubte ich auch Ihren Begleiter schon Tags
zuvor in einem Hausgärtchen der Stadt inmitten
seiner Familie gesehen zu haben."

„Sie irren sich nicht, mein gnädiges Fräulein,
— es war mein Freund Ernst Herbert."

„Der Dichter des Oswald?"

„Derselbe."

„Ah, das ist schön! Seine Lieder haben mir schon
manche glückliche Stunde bereitet!"

„Und ich werde ihm eine ähnliche bereiten, indem
ich ihm Ihre Worte wiederhole, meine Gnädige," fügte
Wildhoff hinzu, als man eben die Höhe erreicht hatte.

„Wie?" ertönte wieder die Stimme Wanda's.

„Erinnert das nicht an den Moment, wo der selige
Heine am Meeresstrand stehend über die See hinsang:
Thalatta! Thalatta!"

„Auffallend!" erwiederte Wildhoff, bereitwillig jeder Meinung Wanda's zustimmend, um nur immer rasch wieder an Irenens Seite zu kommen, was er auch jetzt that, während Wanda noch immer am Rande der Höhe stehen blieb und in Heine'schen Reminiscenzen lebte. „Ihre Tante," fing er zu Irenen gewendet an, „Ihre Tante hat seltene Einfälle."

„Ja, sie ist darin unberechenbar und das unterscheidet sie z. B. sehr von einem Rebus im Bazar."

„Wollen Sie mir nicht den Unterschied mehr detailliren, gnädiges Fräulein?"

„Ein Rebus im Bazar erräth sich schon, bevor man ihn recht ansieht, während Wanda's Citate immer unerwartet und in origineller Anwendung kommen."

„Ja, mein gnädiges Fräulein, sie sind stets überraschend," sagte Wildhoff, ihr heiter zulachend, während sie neben einander den schmalen Feldweg entlang über die angebaute Höhe dahinschritten. Aus deren Fruchtfeldern vor ihnen ragte ein weißer Kirchthurm mit einer kleinen Häusergruppe.

„Darf ich Sie um etwas bitten?" fragte nach einer kleinen nachdenklichen Pause Irene mit geändertem Tone.

„Sie dürfen nur befehlen, mein gnädiges Fräulein!"

„Dann befehle ich Ihnen kraft dieser Vollmacht und bei Verlust meiner ganzen Gnade, mir die Gnädigkeit zu erlassen!"

„So furchtbar Ihre Androhung, macht sie mich doch sehr glücklich."

„Warum denn?"

„Weil die Androhung des Verlusts mir einfach beweist, daß mir Ihre Gnade schon geworden."

„Das ist — ein kühner Schluß."

„Hoffentlich aber kein falscher."

Irene wandte das Köpfchen etwas seitwärts, da sie den Blick bemerkte, mit welchem er in ihren Augen forschte. Dann aber erwiederte sie in dem seitherigen leichten Tone:

„Ich will es nicht läugnen, — und so werde ich Ihnen gnädig bleiben, wenn Sie mich nicht mehr so nennen."

„Unter dieser Bedingung werden wir also Freunde bleiben, nicht wahr?" sagte Wildhoff und seine Augen weilten glücklich auf dem rosig angewehten, lieblichen Antlitz des Mädchens, indem er seine Hand ausstreckte, als erwarte er einen bekräftigenden Handschlag.

Aber Jrene berührte dieselbe nur flüchtig mit ihren Fingerspitzen und zog ihr Händchen rasch und erglühend zurück, als wieder die poetisch gestimmte Wanda, nach den Wolken schauend, welche nun häufiger aus Südwesten über den See zogen, emphatisch ausrief:

„Wie, Herr Wildhoff! Möchte man nicht wieder= holen, was Maria Stuart eben so schön als wahr vor dreihundert Jahren sang: Eilende Wolken, Segler der Lüfte!"

„Gewiß möchte man das!" sagte Wildhoff höf= lich sich zurückwendend, während man jetzt den um die Kirche gruppirten Häusern näher kam.

Mutter und Tante Jrenens konnten auf dem ebenen Wege leichter gleichen Schritt mit dem jungen Paare halten. Und so hatte die frageluftige Wanda volle Gelegenheit, den Architekten zu Antworten zu nöthigen, wobei sie stets eine malerische Haltung annahm und Stellungen suchte, in denen sie auf Photographien Effect gemacht haben würde. Jhre Fragen und ihr Gedankengang waren dabei so unberechenbar, als möglich, indem sie ihr Licht vor dem anziehenden jungen Manne leuchten lassen wollte. So blieb sie plötzlich in einer Weise neben Wildhoff stehen, daß dieser selbst zum Verweilen an der Stelle genöthigt war, während sie anhub:

„Was hat wohl der Jüngling Phaon gedacht, da sich Sappho vom leukadischen Felsen in's Meer stürzte?"

„Es wäre mir lieb, dies von Ihnen zu erfahren," versetzte Wildhoff.

Aber sie schritt ohne Antwort weiter und fragte dann plötzlich:

„Lieben Sie die Antike?"

„Ja, doch nur in Marmor."

Irene blieb bei dieser Antwort Wildhoffs mit verstecktem Lachen ein wenig zurück, und dieser benutzte die erste Gelegenheit, rasch wieder an ihre Seite zu kommen. Mit Lust sah er ihr dabei in die heiter funkelnden Augen, als sie nun sagte:

„Sie sind boshafter, als ich annahm. Gut, daß die Tante Ihr Compliment nicht verstanden."

„Ach!" sagte Wildhoff seufzend. „Ihre Tante — wie ist doch ihr Name? Wanda —"

„Wanda. Wanda Schuld," bemerkte Irene. „Denken Sie nur an Müllners Schuld, oder auch an den Satz, mit welchem der Chor eben so wahr als schön seinerzeit die Familientragödie der Braut von Messina abschloß: Der Uebel Größtes aber ist die Schuld! — Doch nein, wir dürfen nicht ungerecht gegen die gute Tante sein," unterbrach und verbesserte sich Irene gutmüthig. „Wanda ist bei allen Schwächen das beste, treueste, lauterste Herz, trägt keinen noch so bittern Witz nach, und in Bezug auf sie ist es geradezu Verläumdung, wenn der alte Harfner im Wilhelm Meister singt: Jede Schuld rächt sich auf Erden!"

Wildhoff sah mit leuchtenden Augen auf das schöne Mädchen, über dessen Lippen so die neckischen Worte spielend quollen. Ihre Stimme klang ihm wie Mozart'sche Musik. Irene aber setzte ernsthaft hinzu, indem sie ihn treuherzig ansah:

„Bitte, lernen Sie die Tante ertragen. Sie will ja weiter nichts, als gehört werden und eine Antwort, gleichviel welche."

· Was hätte Wildhoff nicht ertragen, um damit von Irenen ein freundliches Lächeln zu erhalten! ·· ·

So erreichte die kleine Gesellschaft im besten Frieden, an der Kirche vorüber, das winzige Pfarr= dorf des östlichen Seestrandes, und Citherklang und heller Gesang würde ihnen den Weg zu dem Wirths= garten gezeigt haben, wenn die Lage desselben ihnen nicht bereits von früherem Besuche bekannt gewe= sen wäre.

Wildhoff glaubte in einer der Stimmen, welche herüber tönten, die des Burschen zu erkennen, der vor einer Stunde singend am See vorübergekommen war. Es klang nämlich dieselbe wiegende Ländlermelodie zu der Cither, freilich heiterer und bewegter. Auch weibliche Kehlen waren vernehmbar. Aber das dichte Blätterwerk deckte die Laube, aus welcher die Hoch=landslieder anheimelnd herüber tönten und den Wan=derer anlocken mußten, welcher die vorüberziehende Straße einherschritt.

Viertes Capitel.

Eine lichte Stunde, die von einer Staubwolke bedroht wird.

Die Heerstraße jener Gegend senkt sich, in schräger Richtung vom See heraufsteigend, gerade von dem Wirthshause des Pfarrdörfchens an wieder in eine weite Vertiefung des Landes, indem sie unter den dichten Laubkronen der Bäume des Wirthsgartens, zwischen diesem und dem dazu gehörigen Gasthause hinunter läuft. An den verschiedenen Tischen umher, an der Kegelbahn und unter dem Schatten der Bäume saß eine ziemlich gemischte Gesellschaft von Bauern, Gensdarmen, Fuhrleuten, säumigen Wallfahrern und Handwerksburschen, welche des Weges kommend, hier auf eine Stunde ihr Bündel niederlegten und im kühlen Schatten des besonders dichten Blätterdachs der Bäume Siesta pflogen, um dann neugestärkt die staubige Straße weiter zu wandern.

Auch städtische Gäste saßen zerstreut umher an

ben Tischen, neben dem Gartensalon und unter dessen
Veranda, von welcher man, über ein Blumengärtchen
hin und zwischen den grünumrankten Säulen hindurch,
einen schönen Blick auf die Landschaft und das stolz
hereinblickende Hochgebirge hatte. Im Gartensalon
selbst aber verlebte eine kleine Gesellschaft von Beam=
ten aus einem benachbarten Gerichtsstädtchen mit Wei=
bern und Töchtern einen vergnügten Tag, der ihnen
bei der spätern Hochfluth der Fremdensaison am See
verwehrt blieb. In diesem Kreise trieb sich nun auch
ein kleiner, modisch gekleideter Herr mit angenomme=
nem vornehm nachlässigem Wesen und sehr hohen
Stiefelabsätzen herum. Seine hochmüthige, heraus=
fordernde Miene, sein wegwerfender, kaustischer Ton,
seine Reden von den ersten Bildungskreisen der Haupt=
stadt, imponirten den männlichen und weiblichen Mit=
gliedern, die dem Herrn Doctor, oder Herrn Prakti=
kanten, wie er einigemal genannt wurde, große Auf=
merksamkeit erwiesen.

Als jedoch sein Auge einmal zufällig durch die
Glasthüre des Gartensalons hinausfiel, wendete er
sich mitten im Gespräche von den zuhörenden hübschen
Beamtentöchtern ab und trat unter die Thüre, um
mit unangenehmem, erstauntem Blicke nach einer klei=

nen Gesellschaft zu schauen, welche eben der Veranda des Gartensalons zuschritt und dort, mit dem prächtigen Anblick nach den Alpen, Platz nahm. Die junge hübsche Wirthstochter sprang selbst von der Laube her, um die Ankommenden zu empfangen, richtete ihnen die Stühle an der schönsten und bequemsten Stelle zurecht und empfing dafür einen dankenden Handschlag von dem lieblichsten Geschöpfe, das von dort aus je die Landschaft bewundert haben mag. Denn es war Irene, welche nebst Mutter und Tante jetzt neben Wildhoff draußen saß. Die Damen hatten Butterbrod mit Milch bestellt, Wildhoff selbst ein Glas des braunen Nationalgetränkes. Und nun plauderte man bereits in ziemlicher Vertraulichkeit über den Charakter der vor ihnen liegenden großen Landschaft. Die Heerstraße war von da aus weit mit den Blicken zu verfolgen, wie sie sich den angebauten Hang hinunter in die muldenförmige Vertiefung des moorichten Vordergrundes mit seinen zerstreuten Weilern und Einödhöfen zog, dann emporsteigend sich in einem dunkelgrünen Waldmeer verlor, aus welchem da und dort weiße Kirchthurmspitzen ragten, während den ganzen Horizont entlang das prächtige Blau und Weiß des Alpenkammes herüber schimmerte. Die

Linien der einzelnen Berge traten so deutlich hervor, das Gebirge selbst schien so nahe gerückt, wie es der kleine Kreis noch selten gesehen haben mochte. Dabei spielten die Wolken mit ihren über die Erde hinziehenden Schatten ein wechselndes Spiel, das die Blicke wohl fesseln konnte.

Wildhoff sah auch hinaus in die großartige Landschaft, öfter aber noch in die lieben, holden Augen, auf die reizende Gestalt, in das engelschöne Angesicht neben ihm. Er konnte die edle Form des Letzteren nun ganz in sich aufnehmen. Ein glückliches Lächeln schwebte um ihren schwellenden Mund und verklärte noch die reine Schönheit des Antlitzes, dessen leuchtende Augen nicht zu groß, dessen weiße Stirne nicht zu hoch, da deren ächt klassische Form von üppigen, goldenen Flechten eingerahmt und ein wenig verdeckt war, so daß sie noch schmäler erschien, als sie wirklich sein mochte. Das reichliche Haar, welches als eine herrliche Lockenfluth in üppiger Fülle von ihrem Haupte, gleich einer Cascade von Rheinwein schimmernd, hinten abfiel, den zarten Nacken prächtig umwallte und sich — aufgebunden — zu einer ungekünstelten aber um so wirkungsvolleren Coiffüre entwickelte, gab ihrer Erscheinung einen ganz besondern

Reiz, deſſen Zauber den Architekten magiſch umfing. Dabei lag in jeder ihrer Bewegungen der Adel angeborner Anmuth; was ſie nur that, trug den Stempel ungeſuchter Grazie; aus allem was ſie ſprach leuchtete die noch ungetrübte Reinheit ihrer Seele, während der ſympathiſche Klang ihrer Stimme wie Morgengeläute in ſeiner Bruſt nachhallte und feierlich freudige Empfindungen erweckte.

Nun lag die Vergangenheit weit hinter ihm in tiefer Vergeſſenheit, die Zukunft zeigte ſich wie ein ſeliger Traum. Aber dennoch kümmerte ſie ihn nicht in dem ungeſtörten Genuſſe des Augenblicks.

Die Mutter Irenens weidete ſich indeß an der ſtets durchſichtigeren Klarheit, in welcher die fernen Berge aufſtiegen; Tante Wanda citirte in einem fort mehr oder minder paſſende Stellen aus Wilhelm Tell. Im Saale hinter ihnen war es lebhafter geworden. Während von der Laube her noch immer Citherklang erſcholl, hatte ſich in dem Gartenſalon Jemand an das Clavier geſetzt; ſentimentale und fröhliche Lieder wurden angeſtimmt, und endlich rauſchte eine wiegende Walzermelodie verlockend durch den Raum. Es dauerte nicht lange, ſo hörte man auch das Schleifen von tanzenden Paaren.

Wildhoff hatte mittlerweile eine mitgenommene Specialkarte auf dem Tische ausgebreitet, welche ein Gebirgspanorama enthielt. Nun bezeichnete er den Damen die einzelnen Berge. Auch Irene fragte um diese oder jene Alpenspitze. Wenn sie sich dabei über die Karte beugen mußte, um genauer zu sehen, ließ sie wohl auch ihren Zeigefinger auf derselben herum gleiten, bis er sich plötzlich neben dem ihres Nachbars befand und leise von demselben berührt wurde, daß es beide electrisch durchzuckte.

Erröthend hatte Irene ihren Finger zurück ge= zogen. Um ihre Verwirrung zu verbergen, hob sie die Milchtasse an ihre Lippen. Nun hingen - aber Wildhoffs Augen, als sie die Tasse wieder nieberge= setzt hatte, mit so sprechendem Ausdruck an ihrem Munde, um den sich nunmehr ein zartes reizendes Milch= bärtchen gelegt hatte: daß Irene ahnend nochmals erröthete, sich bei Seite beugte und heimlich ihr Tuch auf die Lippen drückte. Als sie wieder aufschaute, war der Milchring um ihren Mund verschwunden, aber ihre Augen wichen denen Wildhoffs längere Zeit aus.

Sie beide schauten nun gerade aus in die Land= schaft; über diese hin warf die Sonne schon schräge

6 *

Strahlen, mit welchen sie eine Staubwolke, die fern
über dem Walde aufstieg, durchschimmerte und seltsam
beleuchtete. Aber, die so still jetzt hinaus blickten
dachten wohl an anderes, als an die fern herziehende
Staubwolke, hörten auch weder die Cither noch das
Clavier hinter ihnen, oder das Schleifen und Hüpfen
der Tanzenden in ihrer Nähe, sondern mehr das Klopfen
und Pochen ihrer eignen Herzen.

Inzwischen hatte sich ein Theil des Himmels
mit schwarzem Gewölke bedeckt, das träge heranzog
und kaum merklich vorrückte, um seine Schatten auf
die Landschaft zu werfen. Gerade der Strich vor der
Veranda gegen das Gebirge hin war noch sonnig be=
leuchtet und entfaltete in dieser Beleuchtung einen
besondern Reiz. Vom schwarzen Waldsaum her aber
bewegte sich die erwähnte Staubwolke in den moor=
ichten Grund herunter, der sich vor Wildhoffs und
Irenens Augen öffnete, und zog in der Richtung der
Straße, von der Abendsonne durchglüht, wie eine
Feuersäule einher, näher und näher. Es war eine
wenn nicht auffallende, so doch die Augen fesselnde
Erscheinung — diese lichtgraue, violett und golden=
schimmernde Wolke in der grünen Landschaft.

„Warum, Fräulein v. Helming,“ unterbrach

Wildhoff jetzt die eingetretene Stille, indem er sich an Irene wandte, „warum läßt es Ihre literatur-kundige Tante im Anblicke dieser Erscheinung an einem Citate fehlen?"

„Warum ergänzen Sie nicht selbst gleich das Fehlende, statt den Mangel zu beklagen?" fragte Irene mit ihrer sanften Stimme zurück, ohne daß sie ihn dabei ansah.

„Mir fällt selten etwas Glückliches bei," er-widerte Wildhoff. „Doch bin ich an die Tragödie von den beiden Helden in den fliegenden Blättern erinnert:
„Es naht des Mißgeschickes Wolke schon!"

„Freveln Sie nicht, mein Herr!" sprach jetzt Irene, indem sie flüchtig und mit einem Lächeln her-über schaute, das ihren warnenden Worten den Cha-rakter des Scherzes verlieh. „Wer weiß, was diese Wolke birgt und bringt. Haben Sie noch nie das Vorgefühl nahenden Glückes oder Unglückes gehabt?"

Wildhoff war unwillkürlich an die seltsame Em-pfindung erinnert, welche ihn damals auf der neuen Brücke in der Hauptstadt überkommen hatte, und sie war keine völlig unberechtigte gewesen, wie er seitdem erfahren. Seine Miene war ernst geworden, ja ver-düsterte sich in der unangenehmen Erinnerung so sehr, daß es Irenen peinlich auffiel. Es lag Angst und Mitgefühl in ihrer Miene und Rede, als sie rasch wieder einfiel:

„Sie haben meine Worte doch nicht ernst auf= gefaßt? Oder war ich unvorsichtig? Ich bitte Sie, — lassen Sie alle Wolken von der Stirne und aus dem Sinne schwinden, daß keine diesen Tag trübe.“

„Sie sind schon geschwunden,“ erwiderte Wild= hoff mit wieder erheitertem Antlitze, und seine Augen sagten, was die Lippen nicht auszusprechen wagten: „vor Deinem Anblicke!“

Mittlerweile ward aus der Ferne, von der Land= straße her, Hufschlag hörbar, und wenn man die rasch heranziehende Staubwolke genauer in's Auge faßte, so ward man als Kern derselben zwei Gestalten ge= wahr, — erst schemenhaft undeutlich, dann sich ver= dichtend und endlich in deutlichen Umrissen, wie ver= körperte Schatten, zwei Reiter, die sich scheinbar aus der Staubwolke entwickelten, gleichsam aus der= selben hervorquollen, und nun deutlich sichtbar und durch das Geklapper der Hufe hörbar genug, die zu dem Gasthause emporziehende Straße heransprengten. Zu gleicher Zeit hatte sich das Gewölk mehr und mehr vorgeschoben und bedrohte den Glanz der Sonne,

indem seine Vorzügler dieselbe schon hie und da be=
deckten. Dadurch hatte ohnehin die Wolke von
Staub, welche unter dem Hufschlage der Reiter auf=
wirbelte, ihren verklärenden Schimmer verloren und
sah sich in ihrer natürlichen, schmutzig grauen Farbe
so nüchtern an, als möglich. Zwei Reiter auf einer
Landstraße sind eben so wenig ein besonderer Anblick,
als nahendes Pferdegetrappel ein überraschender Klang
vor einem besuchten Wirthshause. Von den Tischen,
wo die Bauern und Fuhrleute saßen, richteten sich
wohl die Blicke den heransprengenden Reitern zu, —
Irene aber beugte sich bereits wieder über die aus=
gebreitete Karte, um sich von Wildhoff die Lage des
Ortes, wo man verweilte, und die Namen der um=
liegenden Dörfer erklären zu lassen, deren Dasein zu=
meist nur ein aus der Landschaft ragender Kirchthurm
andeutete.

Was kümmerten sie Beide sich noch darum, ob
die Reiter vorüber sprengten, oder vor dem Wirths=
hause hielten und abstiegen! Die Studien auf der
Karte waren so überaus interessant, daß sie sich durch
auch auffallendere Vorgänge nicht in denselben hätten
stören lassen. Und da glitten nun ihre Finger wieder
über die Karte und zogen sich mit magnetischer Kraft

an; wieder berührten sie sich, und eine Blutwelle
ergoß sich über Hals und Wangen des jungen
Mädchens, so daß es in schamhafter Verwirrung dies=
mal das Haupt nur tiefer beugte, — um die Namen
auf der Karte besser lesen zu können. So kam ihm
ihr Köpfchen näher und näher, ihr linker Arm lag
so dicht neben seinem rechten, daß er oft dessen Pul=
sen und Beben spüren konnte, — er fühlte ihren
Athem an seiner Schläfe, und seine eignen Haare
streiften fast ihre goldenen Flechten. In nie empfun=
bener Wonne verhielt er sich so still, so ruhig, als
sei er von einem Zauber gebannt, um nicht ihre scham=
haft scheue Seele zum Bewußtsein aufzuschrecken und
ahnen zu lassen, wie er ihre vertraulich keusche Nähe
empfand und genoß.

Aus der Sage und dem Märchen kennt man die
vernichtende Wirkung des nüchternen Wortes auf die
duftigen Erscheinungen poetischen Geisterlebens. So
löste denn auch eine plötzlich dazwischen klingende
fremde Stimme den Zauber, unter welchem die Seelen
beider gelegen.

„Ah, Herr Wildhoff!“ sprach Jemand, und es
war ein widerlicher Ton in dem Gruße.

Wildhoff schreckte auf, und er sah in quälender

Wirklichkeit vor sich die Gestalt eines kleinen Herrn, dessen Anblick vollends das magische Gewebe zerriß, in welchem er befangen und glücklich gewesen. Es war Herr Arthur Maier, dem einstmals sein Pudel auf so seltsame Weise entführt worden war und dessen Antlitz Wildhoff, ohne sich weiter darum zu kümmern, vorhin am Fenster des Gartensalons zu sehen geglaubt hatte.

„Sehr erfreut, Sie hier außen zu treffen," sprach der Kleine weiter, und verbeugte sich nun vor der kleinen Tischgesellschaft. „Fürwahr, Sie machen sich so selten, seit Ihr schönes Bäschen, Fräulein v. Luckner, Sie im Hause Ihrer Tante fesselt. Natürlich. Jedoch, wie können Sie Ihre Damen hier ruhig sitzen lassen, wenn unmittelbar hinter ihnen sich Alles im fröhlichen Reigen schwingt! Wenn Sie mich vorstellen wollten —"

„Herr Arthur Maier," sagte Wildhoff kurz und knapp bei aller Höflichkeit. Er war sowohl durch die Begegnung, als durch den Ton des kleinen Herrn unangenehm berührt. Und wenn etwas seine natürliche Abneigung noch steigern konnte, so war es die Art, mit welcher Herr Arthur Maier, sich jetzt zu Irenen beugend, sagte:

„Die Landessitte, mein verehrtestes Fräulein, er=
muthigt mich, und sie erlaubt nicht blos, sondern ge=
bietet, eine Aufforderung zu solchem gelegentlichen
ländlichen Tanze anzunehmen. So kann ich um so
getroster die Ehre erbitten, als ich Sie auch in die
beste Gesellschaft führe.“

Allerdings war eine solche Aufforderung bei der=
artigen Gelegenheiten nichts ungewöhnliches, und die
Mutter, von dem Begehren und dessen Begründung
gleichsam überrumpelt, wollte nicht, daß gegen die
Landessitte verstoßen werde. So winkte sie ihrem
Töchterlein zu, der Aufforderung Folge zu leisten, als
sie merkte, wie wenig Irene Lust dazu hatte. Da
nun zu gleicher Zeit ein joviales älteres Mitglied der
tanzenden Gesellschaft Fräulein Wanda aufforderte
und diese alsbald bereit war, trat auch Irene, mit
einem freundlichen Blicke nach dem verstimmt sitzen=
bleibenden Architekten, an der Seite des kleinen Herrn
auf den improvisirten Tanzboden.

Wildhoff saß jetzt schweigend neben Frau von
Helming.

„Der Herr,“ fing diese an, „ist Ihnen ja be=
kannt, nicht wahr?“

„Ja wohl!“ sagte er etwas zerstreut.

Nun erhob sich die Mutter, um unter die offene
Thüre des Salons zu treten und dem Tanze, an
welchem ihr Kind theilnahm, zuzusehen. Wildhoff
blieb noch einige Zeit allein unter der Veranda sitzen;
er sah mit verdüstertem Antlitze hinüber, wo ein königlicher Livréebedienter vor dem Wirthshause bei zwei
gesattelten Pferden stand. Es mochten die der beiden
angelangten Reiter sein, — aber das war ihm gleichgültig. Er sah in die Landschaft hinaus; sie hatte
jedoch allen Reiz für ihn verloren, da er sie nicht
mehr im Rahmen und Spiegel ihres Auges bewundern konnte. Der Klang des Claviers that ihm wehe.
Es war ihm ein widerlicher Gedanke, daß der Arm
eines Andern jetzt im Tanze die holdselige Gestalt
umschloß, neben welcher er selbst erst in schauernder
Wonne und fast heiliger Scheu gesessen war, deren
Berührung er sich selbst kaum erlaubt hatte. Es
ward ihm jetzt, wo sie nur auf kurze Zeit seinem
Blicke entschwunden, klar, wie theuer ihm ihr Anblick
bereits geworden, wie ihr Bild, der Gedanke an sie
nicht nur die Leere seines Herzens schon völlig aus-
füllte, sondern es schwellte in Sehnsucht und Verlangen: sie wieder und immer zu sehen.

Da trieb es ihn von seinem Sitze auf. Er konnte

nicht länger hier außen verweilen, keinen Augenblick länger sich des Anblicks ihrer holden Erscheinung berauben. Und so trat er ebenfalls unter die Thüre des Salons neben ihre Mutter. Seine Augen suchten nach der lieblichen Gestalt und fanden sie bald unter den fröhlich sich schwingenden Paaren.

Aber — was war denn das? Was sah er denn jetzt, daß er bleich, mit bebenden, blassen Lippen hinüberschaute, daß seine Augen mit stieren Blicken dem Tänzer Irenens folgten?

Sein Mund war krampfhaft geschlossen, seine Brust athmete gepreßt.

Der Tänzer Irenens hatte sich in einen schmucken, eleganten Offizier verwandelt. Und dieser Offizier, dessen Arm sich um die Gestalt Irenens geschlungen, war derselbe, der ihm schon einmal als sein feindlich Schicksal in den Weg getreten war, — der Erwählte seines schönen Bäschens, der erkorne künftige Eidam seiner Tante — — Herr von Leith.

Fünftes Capitel.

Beginnt mit Vorbereitungen zu einem Reiterangriff und schließt mit einem Abschied.

Herr von Leith, der vielbewunderte und vielbeneidete Herr von Leith, befand sich am See, um vor der diesjährigen Uebersiedelung des Hofs dahin, einige Wünsche des Königs bezüglich neuer Einrichtungen im Seeschloß persönlich zu überwachen. Hatte doch der König in Kurzem an dem Umgang des anziehenden jungen Ordonnanzoffiziers so viel Wohlgefallen gefunden, daß er ihn vor seiner übrigen Umgebung besonders gern mit solchen kleinen Aufträgen betraute, die sein Wohlbehagen betrafen. Er glaubte sich auf den Geschmack des Herrn von Leith verlassen zu dürfen. So war der junge Offizier sowohl am Hofe als in den Augen des eingeweihteren Publikums bereits eine Person von hoher Bedeutung, obgleich er noch nicht einmal zum Flügeladjutanten ernannt war. Daß dies noch nicht geschehen, wollte die Meisten

wundern, während einige Vertraute wissen wollten, es
unterbleibe für's Erste nur auf seinen eigenen Wunsch.
Die Gründe dafür waren freilich sein Geheimniß.

Seine Aufgabe im Seeschloß war keine ange=
strengte, und das war ihm lieb, denn Herr von Leith
liebte überflüssige Anstrengungen aus Princip und
Naturell nicht. Der Marstall war schon großentheils
nach der beschlossenen Aenderung hergestellt, und Herr
von Leith begann bereits an dem, zu dieser Jahres=
zeit noch ziemlich stillen See, sich gründlich zu lang=
weilen. Um sich zu zerstreuen ritt er umher, meistens
nach dem Bahnhofe am Nordende des Sees, — dort=
hin brachte doch jeder schöne Tag geputzte junge Dämchen
aus der Stadt, deren Anblick ihm noch immer lieber
war, als die Stille und Einsamkeit im Seeschlosse.
Bei einem Morgenritte war er dorten auf Frau Langen=
bècque gestoßen, eine Bekanntschaft aus früheren ob=
scuren Zeiten. Für das Lob ihres Aussehens hatte
er die Mittheilung erhalten, wie viel Kinder sie schon
geboren, damit er erst den richtigen Standpunkt zur
Würdigung ihrer gebliebenen Reize erhalte. Interes=
santer jedoch däuchte ihm die Kunde, daß ihre Tochter,
die hübsche pikante Pauline, Nachmittags an den See
nachfolgen werde. Er lud die Mutter ein, sich dann

den Schloßpark anzusehen, in welchem er gern als
Führer dienen wolle; in Ermangelung anderer Unter=
haltung erschien ihm die schlanke Pauline als ein
sehr erwünschter Gegenstand seiner Huldigungen.

Und nun hatte er im Park des Seeschlosses spa=
zirend volle Dreiviertelstunden nach Eintreffen des
Zugs auf einen landenden Kahn gewartet, ohne daß
ein solcher den erwarteten Besuch brachte. Aergerlich
und des Wartens müde, warf er sich nun auf ein
Pferd und ritt in Begleitung eines Reitknechts in
demselben Augenblicke vom Schlosse hinweg, die Land=
straße hinan zur Höhe empor, als die Gesellschaft
der Frau Langenbòcque von dem Caffeehause am
Strande aufbrach, um den Schloßpark zu besuchen.
Und so verfehlte man sich.

Herr von Leith schien auch durch den Ritt über
die grünen Höhen und Gründe des wellenförmigen
Landes zur Seite des Sees nicht befriedigt. Er
sehnte sich zur Stadt zurück unter so viel glänzende
und bewundernde Augen, nach denen. er hier
im dunkeln Fichtenwald, welchen er eben durchritt,
vergeblich emporschaute. Er ritt langsam dahin, ohne
sein Roß zu kühnen Capriolen und Courbetten zu
reizen oder es graziös dahintänzeln zu lassen. Denn

die lange Waldallee war keine hauptstädtische Straßen=
linie; aus den Fichtenzweigen sahen keine anbetungs=
würdige Köpfchen bewundernd zu dem Reiter nieder,
sondern nur die scheuen Augen einsamer Drosseln und
Turteltauben, an deren Neugierde und Erstaunen ihm
nichts lag.

Herr von Leith versank, langsam dahinreitend,
immer mehr in nachsinnliches Träumen. Wie die
Heiligen auf Kirchengemälden von geflügelten Engels=
köpfen umschwebt sind, umgaukelte ihn jetzt eine bunte
Menge rosiger und blasser Frauengesichter; die einen
schauten vorwurfsvoll trauernd, die andern schmach=
tend und wieder andere in beglücktem und beglücken=
dem Lächeln. Aber aus dem Kreise Aller trat
ihm jetzt nur ein Antlitz näher, ein stolzes, herrliches
Mädchengesicht: die regelmäßige Form im edelsten
classischen Styl und wundervollem Teint, die weiße
Stirn vom dunkeln Haar wie in Rahmen von Eben=
holz gefaßt. Und dieses schöne Antlitz sah, alle an=
dern überstrahlend, zärtlich und leuchtend von Liebe
zu ihm her. An Schönheit kam ihm nur eines gleich;
an Liebreiz jedoch wurde es sogar übertroffen von einem
blondgelockten Haupte, dessen Augen aber fremd und
theilnahmlos auf ihm ruhten.

So kehrte sich denn sein ganzes geistiges Schauen dem Bilde Ida's zu, das ihm die Einbildungskraft lebhaft vor die Seele malte. Ida! prächtige Ida! Er seufzte bei sich, da er so in Gedanken an die wundervolle Taille, an die klassische Büste, den weißen vollen Nacken und das stolze Haupt im dunkeln Fichtenwald dahin ritt.

„Ja, sie ist ein Engel!" sprach er für sich. „Was sage ich? Eine Göttin! Meine Göttin. — Fatal nur," und er seufzte wieder, „fatal, daß die Mutter, die sonst so viel Welt hat, wie jede andere auf eine förmliche, offizielle Verlobung versessen ist. Als ob ich mich jetzt schon binden möchte, bevor ich — Flügeladjutant bin. Und dann der Spott Schönthals, der mich hämisch fragt, ob ich noch immer im Stadium schmachtender Anbetung stehe! Und die Andern! Ich glaube, die fangen schon an, mich — Teufel auch! — für einen zur Leimstange flatternden Gimpel zu halten!" Das wäre für Herrn von Leith unerträglich gewesen, — lieber sich todtschießen lassen, als bei seinen Freunden für einen tugendhaften Mann gelten. „Aber Ida? Ida muß mein werden, mein, wie ma bonne Marie! Mein, mit oder ohne Heirath mein! Mein, ganz mein!"

L. Becker, Berbehmt. II.

7

„Was befehlen Herr Hauptmann?" fragte der Reitknecht von der linken Seite heranreitend.

„Ich? Nichts!" war die erstaunte Antwort.

„Halten zu Gnaden, glaubte, Herr Hauptmann hätten gerufen," sprach der Reitknecht entschuldigend und lenkte sein Pferd wieder in respectvolle Entfernung zurück.

Herr von Leith hatte in seiner Erregung zuletzt laut gedacht. Die Unterbrechung bewirkte, daß er seine Gedanken mit mehr Ruhe auf einen andern Gegenstand richtete, — er gedachte der schönen Bonne, der guten Marie und wie sie sich nach den letzten Tagen und für die Zukunft geberden werde. Die letzten Tage in der Stadt hatten ihre Geschichte.

„Lange spreizen, verzweifeln und dann sich trösten: Das ist so der Lauf!" meinte Herr von Leith. „Die Weiber trösten sich Alle. Es ist ja ihre Sache, in Verzweiflung zu kommen, um sich trösten zu lassen. Hat doch auch die stark verblühte Hortensie Buchberg Trost bei Schönthal gesucht, wird ihn finden und mich hoffentlich jetzt in Ruhe lassen. Par diable! Sie ist doch fürchterlich in ihrer Eifersucht — gerade auf Ida, das Bureaufräulein, wie sie sagt, weil der alte Luckner sein „von" im Staatsdienst verdiente. Hm! das

eble Blut der Buchberge! — Dabei schwatzte sie immer
von ihrem Bäschen, der „reizenden" Abele! Reize!
Ich werde mir ein starkes Verschönerungsglas an=
schaffen müssen."

Bei näherer Ueberlegung fand jedoch Herr von
Leith, daß die kleine Abele Walbburg im Besitz einer
Grafenkrone und als reiche Erbin keiner weitern Reize
bedürfe, um begehrungswerth zu erscheinen, während
Ida bei allen sonstigen Reizen doch nur von einem
ziemlich mäßigen Vermögen unterstützt wurde, das
ohnehin zum großen Theil in der Hand ihrer Mutter
blieb, die noch sehr lange leben konnte. Gemahl der
Gräfin Walbburg sein, wollte ihm manchmal sogar
noch etwas mehr bedeuten, als Günstling und Freund
des Königs heißen. Er verschloß sich der Erinnerung
an seine Vorgänger und die Vergänglichkeit der fürst=
lichen Huld durchaus nicht, — er kannte deren Natur
wohl, daß sie aufschieße, wie die Laube des Propheten
von Ninive und eben so schnell verdorre. Und dabei
war seine Lebesucht immerhin stärker, als sein Ehr=
geiz. Der Reichthum der Gräfin Walbburg erschien
ihm ein viel soliderer Rückhalt, als die Zukunft eines
Günstlings. Er wollte leben, gut, hoch und
vor Allem lange leben, länger als im besten

7 *

Falle die Huld des Fürsten dauern konnte. Freilich,
er konnte sie bei Zeiten ausnützen, so gut es andere
gethan; wie viele solcher Günstlinge, die von aus-
wärts bezogen worden waren, hatten ohne Kenntniß
des Staates, ohne Herz für denselben, ohne ihm auch
nur dienen zu wollen, jetzt trefflich versorgende, hohe
politische Aemter. Aber Herr von Leith liebte die
„leidige Politik" so wenig, als sein fürstlicher Gönner
und strebte nach keinem derartigen Einfluß, so sehr
sich ihm auch sowohl die Frommen im Lande, als die
Sittlich-Ernsten (wie sich damals die Fortschritts-
Parthei nannte), zu nähern gesucht hatten, um durch
ihn auf den König zu wirken und sich seiner in ihrem
Interesse zu bedienen. Herr von Leith wollte mehr
nur als Lebemann sein Leben gemacht sehen. Und
hätte er dem Könige schon jetzt mit seinen Schulden
kommen dürfen, so wäre ihm deren Bezahlung einer
der liebsten Gunstbeweise gewesen, nach welchen er
gestrebt.

„Gunst," fuhr er in seinem Gedankengange fort,
„des Königs Gunst schein' ich wirklich zu haben, und
die Andern trauen mir auch Macht zu. Ich könnte
wohl auch diese haben, aber wozu? Um schwarze
Kutten schleppen zu helfen oder Fortschrittsbeinen

nachzulaufen! Oder für die Gelehrtencolonie Schwie=
gersöhne versorgen und anlocken! Mich verhaßt machen,
daß man auflacht, wenn mich das edle Roß abwürfe
oder wenn es unerwartet zusammenbräche: plumps,
da liegt er! Nein. — Regieren? das verstände frei=
lich Frau v. Luckner besser, als wir beide, ich und
mein Freund. Und es scheint, sie hofft, bald wirk=
lich regieren zu dürfen. Es scheint, sie betrachtet mich
ohnehin nur als ben Ordensstern, den sie sich an
die Brust heften will! O Frau Mama, so fein Sie
sein mögen, so dürften Sie mich doch unterschätzen.
Sie ist klug und weise, doch mich betrügt man nicht.
Sie schätzt mich nur als Werkzeug in ihrer Hand, —
das, ja das verdient eigentlich Strafe. Sie will mir
ihren Architekten an's Herz schließen, damit ich ihn
rasch in des Königs Schooß setze. Ich hasse den Men=
schen. Wahrhaftig, ich hasse ihn. Er hatte offenbar
die Unverschämtheit, mein Rival bei Jba sein zu
wollen. Solche Keckheit verdient ganz exemplarische
Strafe! — Nun, nun, wenn mir nur ihre Liebe
bliebe — und ihrer bin ich sicher — könnte sie sich
immerhin Frau Wildhoff nennen!"

Dabei verweilte Herr v. Leith längere Zeit, in=
dem sich der Wald zu beiden Seiten noch immer enb=

los hinzuziehen schien. Sein schönes Gesicht hatte
sich düster verzogen, als brüte er über einem finstern
Gedanken, der ihm doch selbst nicht einleuchten wollte.

„Nein, nein!" sprach es wieder in ihm. „Nicht
einmal so möchte ich sie ihm gönnen. Was diese
eherne Statue von Wahrheit schwatzte! Ein unaus-
stehlicher Pedant. Er wird mir nächstens über Charakter und Verdienst predigen, ich bin es überzeugt!
Charakter? Als ob man Catone bei Hof brauchen
könne. Verdienst? Wenn man verdienen wollte, was
man ist und wird, müßte man als Taglöhner beginnen. Als ob es kein Verdienst wäre, Glück zu haben.
Es genießen heißt es verdienen, dächt' ich. Ist Figur,
Haltung, Benehmen kein Verdienst? Ich meine doch,
da sie einem armen Lieutenant die Freundschaft eines
Königs, die Liebe einer Gräfin brachten. Und daran
will ich halten und weiter bauen, — um sicher zu
gehen, beides vereinen. Vielmehr Adele Waldbürg
soll mich heirathen, ich schenk' ihr die Liebe. — Aber
Ida, Ida!"

Und Herr v. Leith seufzte wieder tief auf.

„Soll ich sie lassen, ohne — ohne daß ich sagen
dürfte: sie war mein, ganz mein? Nein, ich werde sie
nicht lassen, selbst auf die Gefahr hin, als ein —

ehrlicher Gimpel hängen zu bleiben," setzte er in Gedanken matt hinzu. „Jedoch, was soll das Alles? Zu einem bestimmten Entschlusse ist es noch Zeit, wenn einmal des Königs Meinung darüber erholt ist. Der Entscheid kann aber füglich bis zu dem Augenblicke verschoben werden, wo ich sagen darf: Iba ist mein oder — war doch mein!"

Herr v. Leith war nun dahin gelangt, es für thöricht zu halten, sich mit Grillen über zukünftige Dinge zu plagen. Möglicher Weise weilte in diesem Augenblicke, wo er sich Sorgen über ungelegte Eier bei einem melancholischen Spazierritte im Walde hingab, die anziehende, pikante Pauline Langenbècque mit ihrem üppigen Wuchse im Schloßpark am Seestrande und harrte vergeblich seines Anblicks. Mit dieser Erinnerung riß er sein Pferd herum, um die Rückkehr anzutreten. Der Reitknecht folgte seinem Beispiel und sie ritten etwas rascher heimwärts durch den Wald, bis Leith sich nach der Seite wandte und fragte:

„He, Flix! Haben Sie denn heute nicht nach Ihrer Gewohnheit auf das Dampfschiff hinaus geschaut, als es vorüber fuhr?"

„Ja, gnädiger Herr."

„Waren Bekannte darauf?"

„Niemand, als die Frau, mit der Sie in der
Frühe sprachen."

„So! War keine junge Dame bei Ihr?"

„Ja, eine sehr hübsche und stattliche sogar. Ich
glaube, sie stiegen beim Kaffeehaus am See aus."

„Das hätten Sie mir aber sagen sollen!" rief
Herr v. Leith ärgerlich und schlug einen raschen Trab
an auf der staubigen Straße, indem er dem nachfol=
genden Reitknecht vorauseilte. Er war nicht wenig
unwillig über die Schweigsamkeit seines Begleiters,
dessen Nachricht den ganzen langweiligen Spazier=
ritt überflüssig erscheinen ließ. „Ja, ich sagte es ja,"
dachte er jetzt, „wie thöricht es sei, sich um künftige
Dinge zu kümmern, wo die Gegenwart lacht. Ich
will des Fürsten und der Frauen Gunst dankbar ge=
nießen, mich beneiden lassen, — und wie viele be=
neiden mich nicht! Es ist ja kein Unglück, denke ich,
Neider zu haben. Freilich, sie wissen nicht, wo's
fehlt. — Hm! Ja! Ida bleibt doch die herrlichste
und begehrenswertheste aller Frauen. Mit einer ein=
zigen Ausnahme, einer Einzigen. Diese blonde Holde
— ein wahrer Schwan, — reizend, unvergleichlich!
— Filz!" hub jetzt Herr v. Leith laut an, indem er
nach der Seite hin schaute, wo sein Begleiter ritt.

Derselbe spornte auf den Ruf hin sein Pferd, um herbei zu kommen.

„Was steht zu Befehl?"

„Ritten Sie nicht vor einiger Zeit den Ungar in der Straße gegen die Brücke, wo ich Ihnen mit Schönthal, Sporn und Leinberg begegnete? Und — gemach! — sahen Sie nicht das schöne Mädchen neben einer älteren Dame in einem Wagen des „russischen Hofs" vorüberfahren?"

„Dasselbe, das in der Frembenloge der Oper saß, als —"

„Dasselbe," erwiderte Leith.

„Eine reizende Blondine, goldene Fülle des Haars, wunderbare Augen . . . ."

„Sie sind ja ganz Enthusiast!" entgegnete Leith verwundert, indem er sein Pferd anhielt, in lang= sameren Schritt setzte und seinen Begleiter fixirte. .

„O!" sagte dieser. „Man sieht auch, was schön ist. Ich hab' sie vorgestern gleich wieder erkannt."

„Wie? Was?" fing Herr v. Leith erstaunt an.

„Das hieße ja, sie befand sich vorgestern am See?"

„Und befindet sich noch da, gnädiger Herr."

„Noch!?"

„Ja, sie wohnt am andern Ufer und war vor=

gestern in der Veranda oben an der Straße, wo wir vorbei müssen," erzählte der Reitknecht. „Ich hörte sie zu der Wirthstochter sagen, daß sie übermorgen vielleicht wiederkomme. Also heut'. Möglich, daß wir das schöne Mädchen beim Vorüberreiten zu Gesicht bekommen."

Herr v. Leith hatte sein Pferd dicht an das des Bereiters hintreten lassen und hörte mit sichtlicher Spannung die überraschende Kunde. Dann fuhr er mit erhobener Stimme leidenschaftlich heraus:

„Ja, aber Mensch! Warum sagten Sie denn davon kein Wort?"

„Gnaden verzeihen, Sie fragten mich ja nicht darum."

„Bei allen Teufeln, muß man denn aus euch Leuten Alles herauskneifen! So, jetzt sitzen Sie nur fest auf Ihrem Windkopper!"

Damit gab Herr v. Leith seinem Pferde die Sporen; wüthend sprang es seitwärts; mit mächtigen Sätzen holte es aus und sprengte dann in gestrecktem Galopp dahin durch den Wald, bis der Saum desselben hinter dem Reiter lag. Auch der Bereiter war nachgekommen. Drüben, jenseits des moorichten Grundes auf der Anhöhe, nach welcher sich die Straße

hinanzieht, trat das Wirthshaus aus den Bäumen
hervor und neben ihm die wohlbekannte Veranda des
Gartensalons. Ganze Wolken von Staub wirbelten
unter den Hufen empor, als die Reiter durch den
Grund sprengend an den Fuß der Anhöhe kamen und
die Pferde nur ein wenig verschnaufen ließen, um sie
dann auf's Neue zu spornen. Nun konnten sie zwischen dem Grün auf der Veranda schon lichte Gewänder erblicken, und in wüthendem Galopp ging es
wieder eine Weile bergan. Während sie so ihre Rosse
antrieben und diese mit lautem Hufschlag den Staub
aufwirbelten und die Höhe hinansprengten, hingen
Leiths Augen, so gut es gehen wollte, an den Frauen-
gestalten auf der Veranda. Bald erkannte er auch
die schöne, junge Dame an der Farbe ihres reichen
Haares. Zu gleicher Zeit bemerkte er aber auch den
Herrn, der neben ihr sitzend sein Haupt gegen das
ihre beugte. Jetzt war das Wirthshaus erreicht, viele
Augen sahen den Reitern da entgegen, nur diejenigen
nicht, von welchen Herr v. Leith am liebsten gesehen und
begrüßt worden wäre. Mit einem kleinen Verdrusse
darüber warf er sich aus dem Sattel; auch der Reitknecht sprang herunter und ergriff die Zügel, während
der Hausknecht die des andern Pferdes zur Hand nahm.

Herr v. Leith stand einen Augenblick unschlüssig. unter den Bäumen. Aus der Laube klang eine Cyther, aus dem Gartensalon eine Tanzmelodie auf dem Clavier, und durch die Fenster waren erhitzte Mädchengesichter zu sehen, — dort aber auf der Veranda saß die kleine Gesellschaft, zu welcher das blonde Mädchen gehörte, und neben ihr, — ja neben ihr derselbe Architekt Wildhoff, den er im Hause der Frau v. Luckner getroffen. Sie schienen beide so unbekümmert um Alles, was um sie vorging, daß sie noch gar keinen Blick herübergeworfen hatten. Herr v. Leith biß sich auf die Unterlippe, spielte mit seinem Barte und warf einen nicht eben freundlichen Blick hinüber, indem er zu überlegen schien, was nun zu thun. Da erblickte er die kleine Gestalt des Herrn Arthur Maier, an der er wohl sonst vorübergegangen wäre, wenn sie ihm auch aus seinen Lieutenantsjahren wohl bekannt war. Rasch trat er auf denselben zu und sagte in einem freundlich vertraulichen Tone:

„Ah, Sie da bei so fröhlicher Gelegenheit. Superb. Mich freut's, Sie einmal wieder zu sehen. Aber sagen Sie mir doch, wie kommt denn der langweilige Architekt dorten zu der wundervollen Blondine?"

„Ich bin selbst außer mir!" sagte der kleine Ge-

felle mit anmaßenber Miene, indem er sich neben ber
schlanken Figur bes eleganten Officiers noch unschein-
barer ausnahm.

„Wie meinen Sie?" fing Herr von Leith wieber
an. „Ich bin hautement bagegen, baß bie feine Ga-
zelle in ber Gewalt biefes Brummbarts bleibt."

„Unb ich," ergänzte feinerfeits ber Kleine, mit
einer Miene, bie eine Bestätigung feiner Worte enthielt, „ich gönne fie ihm nun einmal gar nicht! Aber
was thun? fpricht Zeus."

„Jagen wir fie ihm ab. In Compagnie!"
fagte Herr von Leith mit vertraulicher Entschiebenheit
zu bem Kleinen nieberblickend. Diefer jeboch erwiberte:

„Unb bann theilt ber Löwe bie Beute nach be-
kannter Art, nicht wahr?" -

„Ah, biefe Berkennung! Auf Parole nicht! Hören Sie boch."

Unb Herr von Leith, ber Günstling bes Königs
legte feinen Arm fogar in ben bes Kleinen unb re-
bete ihm, nicht herablaffenb, fonbern mit unbefange-
ner Bertraulichkeit zu, bis ber aufmerkfame Zuhörer
für ben Plan, ben ihm ber Orbonnanz-Officier mit-
theilte, gewonnen war. Es galt für's Erste nur, bas

schöne Mädchen von der Seite des Architekten wegzu-
bringen und sie die Freuden des Tanzes kosten zu
laffen, um eine Annäherung erfolgreich anzubahnen.
So hatte es Herr Arthur Maier übernommen, den
erſten Schritt zu thun. Er hatte Irenen aufgefordert
und tanzte einmal mit ihr herum, als Herr von Leith
hinzutrat und in seiner anmuthig höflichen Weise bat,
mit der Dame den Tanz fortsetzen zu dürfen, wozu
der seitherige Tänzer sogleich geneigt war, so daß
Irene wohl nicht anders konnte, als einzuwilligen.

Als nun Wildhoff seinen Platz auf der Veranda
verließ und unter die Thüre neben die Mutter
Irenens trat, wollte er kaum seinen Augen trauen.
Und als er den Tänzer nur zu wohl erkannte, als er
mit geschärften Augen sah, wie des eleganten Officiers
Arm sich um ihre geschmeidige Gestalt gewunden, wie
er das holde Mädchen im wiegenden Walzer schwang,
wie deffen Augen dabei glühend auf ihrem gesenkten
Antlitze ruhten und im goldenen Geflechte ihres üp=
pigen Haares gleichsam versengend hingen: da packte
ihn eine unſägliche Bangigkeit, da schnürte ihm ein
jäher gepreßter Schmerz, die Bruſt, vom Herzen hin=
auf bis zur Kehle, da faßte es ihn mit angstvollem
Weh an, daß er hätte aufschreien mögen.

„Mit Jrenens Tänzer ist eine Metamorphose vorgegangen," tönte jetzt die milde Stimme der Frau von Helming neben ihm. „Wer ist denn dieser Officier?"

„Herr von Leith!" war die Antwort, und Wildhoff meinte kaum, daß sie ihren Weg durch die gepreßte Kehle herauffinden könne, während seine Augen die Tanzenden verfolgte. Er hätte vergehen, oder noch lieber auf ihn losstürzen mögen, um ihm die Beute zu entreißen, die seinem Herzen schon unendlich theuer geworden war, theurer als Alles auf Erden, — die er nur mit seinem Leben einem andern überlassen wollte. Wildhoff empfand es in diesem Augenblicke nur zu tief, daß hier nicht sein Stolz in Mitleidenschaft gezogen war, sondern einzig und allein das Gefühl der Liebe, in ihrem Aufkeimen schon starke überwältigende Liebe, die vor keinem Opfer scheut, aber sich selbst nicht zum Opfer bringen kann, auf sich selbst nie Verzicht leistet.

Und als Jrene jetzt ausruhend neben der eleganten Figur des Officiers stand und seine einschmeichelnden Reden, seine anmuthigen Worte an ihr Ohr schlugen, konnte sie nicht umhin, dieselben zu beantworten, da sie mit der ausgesuchten Artigkeit in Ton

unb Ausbruck vorgebracht wurben, wenn ihr auch
feine Blicke eine unangenehme Empfinbung veranlaß=
ten. Im leichten Gefellfchaftstone, ber fein eigent=
liches Element war, fagte Herr von Leith:

„Erlauben Sie mir, meine Gnäbige, baß ich ben
Empfinbungen, mit welchen ich bas Glück an Ihrer
Seite genieße, fchwachen Ausbruck gebe. Ich möchte
Ihnen gern als Sklave zu Füßen liegenb banken,
baß —"

„Finben Sie bas Sklavenloos im Staube zu
liegen fo beneibenswerth?" unterbrach fie feine Artig=
keit mit einem ruhigen Lächeln.

„Laffen Sie mich, meine Gnäbige, bagegen fra=
gen, ob es ein Verbienft, Sie anzubeten?" fprach er
mit feinem fchmeichelnbften Tone.

„Es ift keines," erwiberte barauf bas fchöne
Mäbchen mit einem Ausbrucke, ber ihm bewies, wie
wenig Einbruck feine Artigkeiten auf fie machten unb
wie gewappnet fie gegen biefe Sprache war.

Irenens Gemüthsruhe war benn auch weber burch
bie anmuthige Erfcheinung bes Officiers noch burch
beffen gefchmeibigen Worte in irgenb einer Weife be=
rührt. Unbewegt von feinen fchönen Reben, fuchten
ihre Augen insgeheim nach ber Thüre, wo fie, im

Tanze vorüberfliegend, Wildhoffs Gestalt bemerkt
hatte. Und dorten lehnte er noch neben ihrer Mutter.
Sie erschrak im Innersten ihrer Seele vor seinem
Aussehen. Er war marmorbleich.

Da hörte sie nicht mehr, was ihr Tänzer noch
Artiges zu sagen wußte. Sie sah nur mit innerem
Erbeben dahin, woher ein Antlitz, in welchem sie
heute nur den Ausdruck der Freude zu sehen gewohnt
gewesen, mit einer Miene schaute, in welcher alle
Bitterkeiten des Schmerzes und des Hasses vereinigt
schienen. Erinnerte doch sein Aussehen an einen ge-
fesselten Löwen, der sein Junges in fremden Händen
sieht. Sie hätte es kaum für möglich gehalten, daß
diese edlen Züge sich so drohend verdüstern könnten,
und erst ein flüchtiger scheuer Blick, den sie in ihrer
Angst forschend nach ihrem Cavalier erhob, machte
sie erschrecken vor dem Widerschein, den Wildhoffs
drohender Ausdruck auf dessen Geberde gefunden.
Es lag so viel Hohn und hämisches Behagen in den
Zügen des Officiers, daß es sie schauerte und ihre
Augen bestürzt niedersanken. Kaum daß sie dieselben
wieder nach Wildhoffs Antlitz zu erheben wagte, als
sie bemerkte, daß derselbe kleine Herr, welcher sie
zum Tanzen aufgefordert hatte, jetzt neben Wildhoff

getreten war, und mit felbftzufriedener Miene die=
fem etwas fagte, worüber fich Wildhoff heftig nach
ihm umwandte und ihn am Arme griff, daß der
Kleine in fchmerzhafter Wuth das Geficht verzog.

Und wieder begegneten fich Wildhoffs und Jrenens
Blicke. Er ließ den Arm des Kleinen frei und
athmete fchwer auf. Dann verließ er plötzlich feinen
Platz an der Thüre und fchritt durch den Saal der
Stelle zu, wo Jrene fchweigend und nunmehr bebend
neben Herrn v. Leith ftand.

Nun war er da, verbeugte fich und bat mit ge=
waltfam ruhiger, nur leife fchwingender Stimme um
eine Extratour. Herr von Leith hatte Luft, Einwen=
dungen zu machen und fprach von der allzu großen
Anftrengung für die Dame. Von den Augen Jrenens
jedoch ermuntert und ficher gemacht, wendete fich
Wildhoff mit einem fchwachen Lächeln zu ihr.

„Sollten Sie wirklich zu ermüdet fein," fing er
mit innigem Tone an, „wäre die Anftrengung für
Fräulein Jrene zu groß, mit mir zu tanzen?"

„Durchaus nicht!" fprach fie beftimmt und nahm
alsbald feinen Arm.

Und diefer umfchlang fie jetzt innig, innig, als
wolle er fie nicht wieder loslaffen und hätte fie gegen

eine Welt zu vertheidigen. Da schwebten sie dahin
in seligem Fluge.

„Sind Sie müde, Irene, strengt es Sie zu sehr
an?" flüsterte er ihr während des Tanzens zu.

„Nicht im Mindesten, tanzen wir nur bis zum
Schlusse," antwortete sie mit glänzenden Augen und
klopfenden Pulsen.

Er drückte ihr bewegt die Hand. Und so tanz=
ten sie bis zum letzten Accorde.

Mittlerweile stand Herr von Leith noch einige
Zeit mit finster zusammengezogenen Brauen an der
Wand und fühlte lebhaft, daß er zum Nachsehen ver=
dammt war. Es war ihm klar geworden, daß er in
dem diesmaligen Kampfe mit dem verhaßten Architekten
kaum Sieger bleiben werde, vielmehr eine starke De=
müthigung zu befürchten habe. Indem er sich auf
die Lippen biß, daß sie bluteten, verließ er ohne den
Schluß des Tanzes abzuwarten, den Gartensalon und
sah sich nach seinem Spielgesellen bei dem — für's
Erste mißlungenen — Unternehmen um. Aber Herr
Arthur Maier war nirgends zu erspähen, und so fand
sich der Höfling veranlaßt, um sein in Bewegung ge=
kommenes Blut etwas zu kühlen, sich ein frisch ge=
schenktes Glas schäumenden Bieres bringen zu lassen,

das er stehend zu trinken begann, und dabei über sein
weiteres Verhalten nachdachte. Da unterdeß der
Klang des Claviers verschollen und der Tanz zu Ende
war, brauchte er nicht mehr lange auf das Erscheinen
Wildhoffs zu warten, der gegangen war, um Herrn
von Leith aufzusuchen, da dieser nach allen Gesetzen
der guten Sitte auf eine Entschuldigung gegründeten
Anspruch hatte.

Beim Anblick des Verhaßten, durch den er soeben
eine Niederlage erlitten, wallte Herrn v. Leiths Blut
schnell auf. Eben so rasch jedoch fühlte er, daß es in
mehrfacher Hinsicht kaum am Orte sein dürfte, be=
sondere Empfindlichkeit obwalten zu lassen oder einen
Verdruß zu zeigen, der das Bewußtsein einer Nieder=
lage und erlittenen Demüthigung kundgegeben hätte.
Wenn er diesmal dem Architekten weichen mußte,
wollte er wenigstens seinen Rückzug als einen frei=
willigen und keineswegs durch die Noth eingegebenen
erscheinen lassen. Dennoch verrieth seine Stimme einige
Gereiztheit, da er dem Daherkommenden zurief:

„Ach, mein bester Herr, Sie haben es gut mit
mir vor, lassen mich schimmeln gleich einer alten
Jungfer und führen mir die Dame nicht einmal mehr
zum Schlusse zu. Nun, was haben Sie mir zu sagen?“

„Daß es für Alles Entschuldigungen gibt," er-
widerte Wildhoff mit einer ruhigen Zuversichtlichkeit.
„Waren Sie doch selbst am Schlusse verschwunden,
Herr v. Leith."

„Wie? Erwarteten Sie einen so geduldigen Zu-
schauer Ihrer Tanzfreuden? Ich hätte Ihnen einfach
die Tour verweigern sollen."

„In diesem Falle," begann Wildhoff mit einem
scharfen Blick, und er hatte offenbar etwas Bitteres
auf der Zunge, zog es jedoch vor, nicht aus den
Schranken ruhiger Höflichkeit zu springen und wiederholte mit weniger erhobenem Tone: „In diesem Falle
hätte die Artigkeit doch immer wieder der Dame die
Entscheidung überlassen müssen."

„Um auf meine Kosten Ihrer Tanzlust fröhnen
zu können?" fragte er noch immer in einem Tone,
welcher andeuten sollte, daß er sich eigentlich über die
ganze Sache und jeden Aerger im Grunde erhaben
fühle. Dieser Ton schlug aber in einen weniger iro-
nischen um, als er hinzusetzte: „Ernstlich muß ich
mir aber für die Zukunft Anforderungen auf solche
Touren verbitten, die ohnehin kein Ausfluß der guten
Sitte mehr sind."

„Halten Sie mit Ihren Lectionen in der Lebens-

art zurück," erwiderte Wildhoff mit nachdrucksvoller
Ruhe, „wirken Sie mehr durch eignes Beispiel, Herr
von Leith. Ich nahm nur ein Recht in Anspruch, das
Sie sich vorher selbst nahmen, und wenn es Ihnen
unbequem war, so haben Sie eben dafür meine Ent=
schuldigung. Uebrigens," fügte er mit einem Lächeln
hinzu, „übrigens werden Sie nicht wieder in die Lage
kommen, mir irgend welche Bitte in dieser Richtung
zu versagen."

Herr v. Leith sah ihn jetzt fragend an und faßte
mit beiden Händen die Endflocken seines Schnurr=
bartes, indem er sie zwischen den Fingern drehte.

„Die Dame wird mich also durch eine unver=
kümmerte Tour entschädigen," sprach er dann. Aber
Wildhoff erwiderte schnell:

„Die Dame wird nicht mehr tanzen."

„Hat Sie Ihnen das gesagt?"

„Mit Ihrer Erlaubniß, ja!" —

„Und wenn ich auf meinem Recht beständе?"
fragte Herr v. Leith nach einer Pause, mit ziemlicher
Wucht im Tone.

„Auf welchem Recht? Herr v. Leith!"

„Auf dem Rechte, eine zweite Tour zu fordern,"
sprach der Offizier sich den Bart aufstreichend.

„Sie werden es nicht thun, Herr v. Leith, selbst
wenn Sie ein solches Recht hätten," entgegnete Wild=
hoff mit unzweideutigem Nachdrucke und begleitete die
Worte mit einem so festen und durchdringenden Blicke,
daß der Höfling unwillkürlich seine Augen zu Boden
senkte, freilich um sie rasch wieder zu erheben.

„Es wäre wenigstens eine Thorheit!" fing Herr
v. Leith in geändertem Tone an, jetzt mit der Ruhe
und dem Gleichmuthe, welcher dem weltmännischen
Höflinge geziemte. „Eine Thorheit und eine Ver=
säumniß, da mich wichtige Pflichten in's Seeschloß
hinunter rufen."

Dabei lächelte er bedeutungsvoll, zog die Uhr
und betrachtete sich den Zeiger, steckte sie mit einer
leisen Bewegung des Hauptes wieder ein, lächelte
Wildhoff vertraulich an und sagte:

„In welche überflüssige Erregungen wir uns doch
beide gegen einander setzen und wären doch so sehr
auf gegenseitige Verträglichkeit angewiesen. Ich glaube
sogar — dazu geschaffen. Für meinen Theil wenig=
stens fühle ich die dringende Nothwendigkeit mich mit
Ihnen, lieber Wildhoff, gut zu stellen. Und was hält
uns denn überhaupt noch auseinander? Ich kann es
nicht ergründen. Wäre denn Freundschaft oder wenig=

stens mehr Herzlichkeit zwischen uns eine Sache der
Unmöglichkeit?"

„Das muß die Zeit lehren!" sprach Wildhoff
mit Gewicht im Tone und innerlicher Zurückhaltung.

Nun wurde noch in conventioneller Weise Abschied
genommen, und Wildhoff wandte sich wieder dem
Platze zu, wo Irene mit ihrer Mutter und Tante
bänglich saß. Der Ausdruck der Besorgniß und Angst
in ihren Augen schwand aber, sobald sie seinem Auge
begegnete. So verkehrten sie schon in der stillen Sprache
des Herzens, und Wildhoff hatte kein Wort nöthig,
um ihr beklommenes Gemüth zu beruhigen. Das Verständniß ihrer Seelen war in diesen wenigen Stunden
schon zu voller Klarheit und Stärke erwacht, nachdem
sie bei jeder flüchtigen Begegnung sich ahnend gegenüber gestanden waren. Die Erscheinung des Höflings,
von seiner Seite eine wenig überlegte Laune seines
aufgestiegenen Uebermuths, zog am Himmel ihrer auf-
blühenden Liebe als flüchtige Wolke vorüber, mehr
nur um ihre vor drohender Gefahr schauernden Herzen
enger zusammen zu führen, als um wirkliches Unheil
zu bringen. Wochenlanger Umgang hätte die Annäherung ihrer Seelen nicht so gefördert, als die augen-
blickliche Störung, welche nur dazu gedient hatte, beide

zum Bewußtsein ihrer Empfindungen zu wecken. Jetzt sahen sie kaum, daß der Offizier sich auf sein Pferd schwang, mit ausgesuchter Galanterie herüber grüßte und dann von dem Bereiter gefolgt in anmuthigen und kühnen Sätzen seines Pferdes davon sprengte — über das Bergfeld zum Seeschloß.

Sechstes Capitel.

Das Wetter geht vorüber und macht einer schönen Mondnacht Platz.

Während so der Himmel junger Herzen sich wieder völlig klärte, war über der Landschaft ein Wetter auf= gestiegen, das sich durch große Tropfen ankündigte, welche durch die Baumkronen des Wirthsgartens fielen. Das war für die Gäste an den Bauerntischen das Signal, sich in die dumpfen Gastzimmer des Hauses zurück zu ziehen, während die älteren Frauen des fröh= lichen Kreises im Gartensalon bängliche Blicke nach dem dunkeln Gewölk richteten und durch Bitten, Jammern und Schelten es endlich glücklich dahin brach= ten, daß ihre Gesellschaft sich in demselben Momente in den bereitstehenden Wägen auf den Weg machte, wo das Wetter in schnell sich folgenden Tropfen sei= nen Ausbruch nahm.

Auch die Veranda hatte sich bis auf unsern kleinen Kreis geleert. Es ging schon stark in den Abend hinein,

und der Mutter Irenens stiegen Besorgnisse wegen
der Heimfahrt über den See auf, wenn sie auch ein-
sah, daß jetzt im Regen aufzubrechen thöricht gewesen
wäre. Sie nahm gerne das Anerbieten Wildhoffs an,
die Rückfahrt ans westliche Ufer mitmachen und den
alten, am Strande wartenden Schiffer unterstützen
zu wollen. Jedenfalls war das Aufhören des Wetters,
das sich ohnehin nur als Strichregen erwies, abzuwarten.

Und nun saß Wildhoff wieder in stillem Glücke
neben Irenen, während der Regen das Hochgebirg
verschleierte und das vorliegende Blumengärtchen gierig
die warmen Tropfen aufsog, die nun zu Millionen
fielen. Es rauschte durch die Baumkronen und auf
das Dach der Veranda, es pochte der Regen auf jedes
Blatt, klopfte auf jede Schindel, und fast einschläfernd
ging das Rauschen und Sausen fort. Die erquickende
Luft unter der Veranda machte den Aufenthalt dorten
äußerst angenehm, die Hühner des Hofs hatten sich
leise piepend unter den Bäumen zusammen gekauert;
aus den Wirthsstuben tönte hie und da das Zanken
der Bauern dumpf herüber; aus der Laube klang noch
immer die Zither und Gesang. Von dem im Regen
ab und zuspringenden Wirthstöchterlein erfuhr man,

daß dorten der Berneder Hanns sitze bei der Lise,
welche im Hause kochen lerne; die hätten sich von
ihrer Heimath drüben, näher bei den Bergen, viel zu
singen und zu sagen. Auch noch ein Anderer sitze
dorten, aber der könne den Herrschaften selber sagen,
wer und was er sei. Damit sprang sie erröthend davon, und es dauerte nicht lange, als die Zither plötzlich in sanften Accorden im Gartensalon auftönte,
während ein junger Mann mit scharf ausgeprägten
Zügen und kühn vorspringender Nase unter der heraus-
führenden Thüre erschien. Wildhoff erkannte in ihm
alsdann den jungen Mann, welcher Nachmittags mit
dem Gerichtsrath Brand von der Eisenbahn in den
stillen Wald hinunter gestiegen war.

„Herr Wildhoff," sprach derselbe, mit großer
Sicherheit des Auftretens sich vor den Damen ver-
beugend. „Erinnern Sie sich meiner nicht mehr von
unserer academischen Zeit her?"

„Ah," sagte Wildhoff nach augenblicklichem Nachdenken. „Maler Sturm?"

„Sturm, noch immer Sturm, manchmal Wind,
heute aber — bei meiner lieben Braut — nur
Zephyr!" erklärte der Maler, indem er die Rechte
Wildhoff hinreichte, mit der Linken jedoch die Hand

des hübschen Wirthstöchterleins ergriff, das hoch er=
glühend daneben stand und mit liebenswürdiger glück=
licher Befangenheit die herzlichen Gratulationen Ire=
nens, der Mutter und Tante hinnahm.

Man rückte zusammen und verkehrte in munterm
Tone, während Maler Sturm mit schönheitkundigen
Blicken die Erscheinung Irenens in wahrer Lust be=
trachtete. Innen im Salon kicherten indeß Hanns
und Lisi zusammen, wobei sie manchmal auf den
Saiten der Zither herum klimperten, bis Tante Wanda
von ihrem Platze aus sich an Hanns mit den Worten
zurückwandte:

„Nun so singen Sie einmal wieder, Herr Ge=
birgsbewohner!"

Wieder kicherten die zwei innen. Dann aber
klang es bei dem rauschenden Regen in der herein=
brechenden Dämmerung plötzlich auf:

„I woaß a schöni Glock'n,
Die hat an schön Klang,
Und ich woaß a schöns Dienel,
Das hat an schön' Gang.

Und beim Dienel seiner Hütt'n
Da singa die Schwalb'n
Und da laafa die Gambseln
Glei her über d'Alm."

„Wenn ich nur die Worte verstünde!" sagte Irene leise. Der Gesang aber nahm seinen Fortgang bis zur Schlußstrophe:

> „Du flachsharets Diendl,
> Di hon i so gern,
> Und i kunnt weg'n Dein Flachs glei
> A Spinnradl wer'n."

„Wie hieß jetzt das?" fragte Irene zu Wildhoff aufsehend.

Er übersetzte ihr die Strophe in gutes Hochdeutsch. Sie erröthete leicht.

„Drollig, aber hübsch!" sagte sie dann.

„Und so wahr," meinte er.

„So naiv!" sprach sie wieder.

„Und so lieb!" ergänzte Wildhoff, daß sie vor seinem Blicke die Augen niederschlug, während auch Maler Sturm sich an ihrem Anblick weidete. Diese Holdseligkeit zu betrachten war ihm ein hoher künstlerischer Genuß. —

Es regnete zwar noch, doch zog sich das Gewölk mehr in's Flachland hin, so daß das Gebirg noch einmal in wunderbarer Pracht aufleuchtete, da im Osten die trübrothe, glühende Mondscheibe seltsam über den schwarzen Rand des weiten Forstes emporstieg. Unten im Moorgrund wallten geisterhaft die

Abendnebel zum Walde. Da sprang Maler Sturm
auf und rief dem Hanns zu, er möge das Lied anheben, das den im Südosten aufsteigenden Berg seiner
Heimath besinge. Während nun der prächtige Sang
mit hellem Jodler aufschlug, sagte Maler Sturm zu
Wildhoff leise, ihn sehne es jetzt zum See und in
dessen Welle, worauf er seiner Braut noch einen Blick
zuwarf und sonst unbemerkt hinweg ging, indem er
den Plaid umhängte, die Krempe des Hutes herunter
schlug und mit der Melodie, die eben gesungen wurde,
durch den versiegenden Regen davon wanderte.

Mittlerweile war die Nacht allmählich gekommen.
Das Hochgebirg lag in verschwimmender Unklarheit,
die Lampe auf dem Tische warf röthlichen Glast auf
die Züge der Umsitzenden des kleinen Kreises.

„Ja, wie ist mir denn!" fing plötzlich die Lisi
an, indem sie sich von Hanns ab und zu Wildhoff
wandte. „Ja, sind's denn nit der Herr Heinrich,
der Baumeister hat werben wollen. Kennen's mich
denn nimmer? Bin ja die Lisi von der Sonnenreut
und allweil mit dem kleinen Fräulein auf der Wiese
umi g'laufen."

Wildhoff konnte sich an die kleine Lisi mit den
nackten braunen Füßen noch wohl erinnern, hätte sie

aber in der frischen Dirne mit den um den Kopf ge=
schlungenen braunen Zöpfen und dem silberbeschlage=
nen Mieder nicht gesucht. Diese trug eben so den
hochländischen Typus, wie der kräftige Hanns, der
ebenfalls unter der Thüre erschien mit seinem röth=
lichen Schnurrbarte unter der geraden Nase, mit
den Ringen im Ohr, seinem Spitzhute, der Joppe
und den genagelten Schuhen. Als sich nun Wildhoff
freundlich nach Lisi's Vater, dem alten Sonnenreuter
erkundigte, meinte das Mädchen traurig:

„Wär' schon Alles recht, wenn nur die bösen
Leut' nit wären!"

„Die Malefiztropf'n, die!" fiel jetzt auch Hanns
leidenschaftlich ein. „Weil's dem Sonnenreuter gut
geht, hängen's ihm halt a Klamperl an."

„Was kann man denn dem braven Manne nach=
sagen?" fragte Wildhoff.

„Na, wißt's, sie sagen halt —" und der Bursche
hielt mit geheimnißvoller Miene inne, indem er in's
Dunkle hinaus schaute. „Ja, das hat sein'n Haken!
Den Haggl hon i schon drosselt, den Aignerfranzl
hon i schon niederg'schlag'n derwegen und g'rauft hon
i schon g'nug, aber helfen thut's nix, sie sagen's all=
weil doch, wann i weg bin."

Was die Leute sagten, erfuhr Wildhoff nicht; er dachte sich aber, daß der Sonnenreuter in irgend einer Beziehung zum geheimnißvollen Bunde der Haber=felbtreiber (der gerade in jener Gegend sein Wesen trieb), wenn auch nur als Vervehmter stehen müsse. Da er wußte, daß über diesen Punkt ohnehin nichts aus den Leuten herauszubringen war, stand er von weiteren Erkundigungen ab. Lisi sprach nun davon, wie groß und schön Jda geworden sei, eine rechte Hofdame, wenn es überhaupt mit dem Herrn von Leith richtig sei, der vorhin da gewesen wäre. Dann betrachtete sie auch Jrenen neidlos und mit rechter Freude, indem sie ihren Hanns fragte, wie ihm das junge Fräulein gefalle.

„Mir g'fallet's schon, mir! A g'schmaachs Diendl!" erwiederte dieser offenherzig, und Jrene wäre unter den lachenden Augen Wildhoffs noch höher erglüht, wenn sie den Dialekt besser verstanden hätte.

Nun aber hatte der Regen gänzlich aufgehört, und tausend Tropfen glitzerten im hellen Mondschein am nächsten Zweige, wie eben so viele Diamanten. Unsere Gesellschaft brach jetzt auf unter den treuher=zigen Abschiedsgrüßen der Zurückbleibenden, deren „B'hüt Gott!" noch nachhallte, als die Abendglocke

das Ave Maria zu läuten begann und aus den Häu=
sern des Dörfchens die Stimmen der Leute in har=
monischem Gebete zusammenklangen.

Ihr helles Kleid leicht aufschürzend ging nun
Irene neben Wildhoff, der hie und da die zierlichen
Fußstapfen ihres anmuthigen Trittes im feuchten Sande
des Feldwegs betrachtete. Man war bald am Rande der
Höhe, und Wanda citirte, diesmal am rechten Orte, die
Stelle aus der Scene der Grütliverschwörung:

> „'S ist eine schöne Mondnacht. Der See
> Liegt ruhig da als wie ein ebner Spiegel."

Man blieb einige Minuten lang stehen an dem
friedlichen Anblicke des Sees sich weidend, der silbern
durchleuchtet, stahlgrau zwischen seinen grünen Ufern
ruhte. Man rühmte das schöne Land und sein be=
gabtes Volk, — Wanda meinte, der Gebirgsbewohner
Hanns wäre köstlich gewesen und sie liebe dieses
stramme Bergvolk sehr. Auch Frau von Helming
entschied sich bei einer Parallele mit dem Volke der
norddeutschen Ebene für die süddeutschen Hochländer,
dagegen zu Ungunsten der sogenannten Gesellschaft
des Südens im Vergleich zum Norden. Auch ihr
Mann, sagte sie, habe die Beobachtung gemacht, daß
sich im hauptstädtischen Leben dieses Landes hinter

der vielgerühmten Gemüthlichkeit sich äußerst wenig
Gemüth, ja starke Frostigkeit des Wesens verberge;
die Gesellschaft habe keine Achtung vor sich selbst,
mißachte darum auch Alles, was aus ihrer Mitte
hervorgehe; die bedeutendsten Gelehrten des Landes
lebten kaum gekannt in tiefer Zurückgezogenheit,
während Leute eine Rolle spielen, die sie im Norden
nie zu spielen wagen dürften, mit ein Grund, weß=
wegen man allda zu einer Mißachtung des Südens
geneigt sei, die Land und Volk nicht verdiene.

Wildhoff hätte bei anderer Stimmung mit Eifer
den Gegenstand aufgegriffen, um die Ursachen einer
Erscheinung aufzudecken, welche in ihren Wirkungen
trostlos, in ihren Folgen gefährlich für den Staat
waren. Er begnügte sich darauf hinzuweisen, woher
das Beispiel gegeben werde. Denn die Existenz
irgend eines Einzelstaats nahm seine Theilnahme zu
dieser Stunde viel weniger in Anspruch, als das
Dasein des lieblichen Wesens an seiner Seite, das
nun mit ihm die grüne Halde hinunter schritt, jetzt
vom Mondlichte hell beschienen, dann im Schatten
der Bäume wie die Elfenkönigin hinschwebend, —
bald deutliches, bald minder sichtbares Ziel seiner
nimmer satten Augen.

9 *

Als man zum Wirthshause des Strandes, wo
die bewegte Fluth laut anschlug, endlich gelangt war,
saß der alte Schiffer wartend außen bei seinem Bier.
Ein kleiner Herr, der plaudernd vor ihm gestanden
war, hatte sich in's Haus entfernt. Man kümmerte
sich nicht darum, ob es Herr Arthur Maier war, der
so leutselig mit dem Schiffer geplaudert und jetzt aus
einem unbeleuchteten Fenster mit dem Erbleichen des
Neides und den spähenden Blicken des Hasses den
Bewegungen Wildhoffs an Irenens Seite bis in den
Kahn folgte. Glucksend flog dieser in die anprallen=
den Wellen hinaus und entschwand im unbestimmten
Lichte der angehenden Mondnacht mit seiner Last von
hellen Frauengewändern bald dem Auge am dunkeln
Strande, daß nur noch der regelmäßige Ruderschlag
in der feierlichen Stille seine Richtung andeutete.

Man war hier noch so nahe am Ufer, daß der
Mond von dem Hügelzuge verdeckt noch nicht über
den Waldrand hereinschien. Mutter und Tante saßen
in ihre Tücher gehüllt neben einander, Irene hatte
ihren leichten Shawl sich lose um die Schultern ge=
legt, während der Plaid Wildhoffs neben ihr auf dem
Sitze lag. Auf dem hintersten Sitze steuerte Wild=
hoff so lange, bis der Schiffer auf seine Frage ihm

aufrichtig sagte, daß er schlecht steuere und es besser bleiben lasse. Diesem Urtheil eines competenten Mannes zu entsprechen, gab Wildhoff sein Bemühen alsbald auf und setzte sich, um das Gleichgewicht des Kahns herzustellen, wie er scheinbar verdrossen über seine Ungeschicklichkeit bemerkte, auf den Sitz neben Irene. Da saß sie nun dicht an seiner Seite. Fühlte er doch dabei manchmal ihren weichen Arm. Drum saß er so bewegungslos und sah stille auf die leichte Wallung des Sees, in welcher der Mond, über die Höhe steigend, jetzt in Flammen aufzugehen schien. Man hörte nur den Ruderschlag, der Perlen aus der lichten Fluth holte, — nur den Anprall der Wellen am Kahne.

Durch diese Feierstille klang plötzlich die Stimme Irenens.

„Wirkten die Reprimanden des Schiffers so niederschlagend auf ihr empfindsames Gemüth, daß Sie darüber vergessen, sich mit Ihrem Plaid vor der Nachtluft zu schützen?"

„Der Plaid wartet hier," sagte Wildhoff, denselben auf seinen Knieen lüpfend, „bis zartere Schultern seiner bedürfen. Mir selbst ist ganz wohl in dieser nächtlichen Seekühle."

„Mir auch," erwiderte Jrene mit dem wallenden Erröthen der Scham über ihr unwillkürliches Geständniß. Dann fuhr sie fort: „Der Plaid wird lange warten müssen. Ich sehe, daß alle Schultern, außer ten Ihrigen, geschützt sind. Im Uebrigen ist es eine wunderbare Nacht: ein Himmel oben und in der Tiefe des Sees."

„Ein dritter und der schönste in Deinen Augen, Deinem Gemüthe!" sagte er so leise, daß er es selbst nicht hörte, denn es kam nicht über seine Lippen. Und dennoch mochte sie es verstanden haben, da sie mit leuchtenden Augen über den See hinblickte, dessen Ufer in duftiger Ferne verschwammen.

„Wie, Herr Wildhoff," tönte jetzt Wanda's Stimme, als ob die Tante eben aus dem Schlummer geweckt worden wäre. „Wie? Glauben Sie, daß ein Leander nächtlicher Weile diesen weiten Spiegel durchschwimmen würde, wenn eine Hero seiner wartete?"

„Das Volk will wissen, das sei hier schon geschehen, und ich bin sagengläubig, meine Gnädige," antwortete Wildhoff ernsthaft. „Sehen Sie das Licht am fernen Strande? Wie es in der Welle spielend flackert? Ein solches leuchtete dem Liebenden als Leit-

stern, bis ihn die Fluth hinunterriß zu den andern
Opfern des Sees."

„Wo die Leichen in der Tiefe neben einander
stehen," ergänzte Wanda, starkmüthig sich über den
Rand des Kahns beugend, um in die Tiefe der Fluth
zu blicken. „Hat mir doch der alte Schiffer erzählt,
daß die einheimische Hero ihren todten Leander einst so
in der Fluth erblickt habe. Vielleicht an dieser Stelle."

Irene schauerte merkbar an Wildhoffs Seite,
und als er ihr darüber in's Antlitz sah, war dies
bleich, die Augen feucht.

„Sie frieren, Irene!" sprach er leise, zärtlich,
innig, indem er ihr den Plaid umlegen wollte, wo=
gegen sie jedoch Einsprache erhob.

„Ich friere nicht, — es schauerte mich nur vor
Wanda's Phantasie. Kennen Sie das plattdeutsche
Lied," fuhr sie sich ermannend fort, „das Volkslied,
in welchem sich die Sage ungleich poetischer empfun=
den wiedergibt, als in der griechischen Mythe?"

„Ja wohl," sagte Wildhoff, „ich kenne das
wunderbare Lied:

Es waren zwei Königskinder,
Sie hatten einander so lieb.
Sie konnten zusammen nicht kommen,
Das Wasser war viel zu tief.

Freilich klingt's in Ihrem Plattdeutsch noch ungleich
schöner, — eines jener poetischen Wunder, die nicht
geschaffen werden können, die entstehen gleich — gleich
der Liebe selbst. Wie die Königstochter ihre Mutter
bittet, sie allein „an die Kant von der rauschenden
See" zu lassen, wie sie dem Fischer, der die Leiche
gefunden, Krone und Ring schenkt, den Todten in ihre
„blanken Arme" nimmt und in die Welle springt:
„O Vater und Mutter ade!" das Alles muß man
mit den melodischen Wiederholungen singen hören,
um die unerreichbare Schönheit der nordischen Volks-
ballade zu empfinden."

Irene hörte ihm andächtig zu. Er selbst war
aber durch seine eigenen Worte lebhaft an den Traum
Ida's erinnert, in welchem er sein Bäschen todt aus
den Wellen zieht. Er war so sehr daran erinnert,
daß er von einem Schauer durchrieselt nach der Seite
sah, von welcher her ein plätscherndes Geräusch im
Wasser sich bemerkbar machte. Gleich darauf kam
ein Kahn vorüber, von einem Manne in städtischen
Kleidern gerudert, auf dem hintern Sitze eine tief in
ihren Shawl gehüllte Frauengestalt, die regungslos
herüber sah. Der Rudernde sprach etwas zu derselben; Wildhoff glaubte die Stimme des jungen Men-

ſchen zu erkennen, der ihn Nachmittags nach ſeinem
Namen ausgeforſcht hatte. Nochmals ſah die Verhüllte her, — dann zog der Kahn leiſe dahin und
verſchwand bald in der Dämmerung der Monbnacht
auf dem weiten See. Aus dem Nachdenken über dieſe
Begegnung weckte ihn die Stimme Irenens, welche
leiſe und glücklich zu ihm ſagte:

„Ich freue mich, daß wir in der Liebe zu dieſen
Balladen übereinſtimmen.“

Sie hatte offenbar den vorübergleitenden Kahn
nicht einmal wahrgenommen. Denn ſie ſprach im
nemlichen Tone weiter:

„Kennen Sie auch das Lied von der ſchönen
Agneſe, die der wilde Waſſermann gefreit, daß ſie
bei ihm in der Tiefe blieb, bis ſie einſt die Heimathglocken durch die Fluth klingen hörte.“

„Ich kenne es wohl,“ ſagte Wildhoff und rückte
ihr näher.

„Wie, Irene!“ bemerkte jetzt Wanda. „Du
beugſt Dich über den Rand, als ſollte Dich der
Waſſermann holen, der dorten herſchwimmt. Sieh’
doch! Ganz Heine: „Und aus den weißen Wellen
ſtieg das ſchilfbekränzte Haupt des Meergotts!“

Eine ſtärkere Welle ſchlug ſpritzend an den Kahn,

daß Irene von dem Schaume benetzt ward. Erschrocken, ja zitternd wich sie an Wildhoffs Seite zurück. Ihr Auge hing starr draußen auf dem Wasser,
wo es hörbar plätscherte. Sie bemerkte, daß sich im
Wasser dorten wirklich etwas regte, daß es näher kam
und endlich als ein Menschenhaupt aus der Fluth
tauchte. Und Wildhoff schlang jetzt, ohne zu fragen,
und ohne Widerstand des erschreckten Kindes, seinen
Plaid um die Schultern der Zitternden und legte ihn
— selbst bebend, aber nicht vor Schreck und Furcht
— an der theuern Gestalt zurecht. Aber sie schmiegte
sich so furchtsam an ihn an, daß er ihren starr hinaus gerichteten Augen folgte und mit staunender Ueberraschung das Menschenhaupt in den Wellen deutlich
bemerkte. Eben wollte er dem Schiffer befehlen, darnach zu steuern, als eine kräftige Stimme über das
Wasser herscholl:

„Gute Nacht! Glückliche Fahrt!"

Wildhoff erkannte alsbald an dieser Stimme den
Maler Sturm, der hier fern vom Ufer sich wollüstig
in dem flüssigen Smaragd des Sees badete und dabei der prächtigen Mondnacht genoß. Bald konnte
man dessen Kopf nicht mehr erkennen; aber seine
Stimme klang noch singend durch die nächtliche Feier-

stille über die wallende Fluth her, im Tone der hoch=
ländischen Volksweisen:

> „Du herzl schöns Diendl,
> Wann b' gehst g'schieht mir weh,
> Mit Dir fahrt die Lieb'
> Uebern fluthaten See!"

Und der Kahn fuhr wieder seine stille Bahn.

Irene bebte immer noch im Nachgefühl des ge=
habten Schrecks. Doch sträubte sie sich bereits wie=
der, Wildhoffs Plaid zu benutzen, da er selbst sich
doch nicht allein der Nachtluft aussetzen könne.

„Haben Sie eine Scheere; um den Plaid zu
theilen?" fragte er listig, indem er das Tuch dicht an
ihre Schultern hielt. „Es würde für uns Beide
reichen."

„Ich habe keine Scheere," sagte sie.

„Dann," fiel jetzt die Mutter ein, „dann mußt
Du Dich in die Umstände schicken zur Strafe Deines
Leichtsinns, da ich Dir doch beim Fortgehen von da=
heim anbefahl, ein warmes Tuch mitzunehmen. Sie,
lieber Freund können, auf der Windseite sitzend, Ihres
Plaids eben so wenig entbehren. Wenn Sie ein
Ende desselben Irenen überlassen wollen, wird sie
Ihnen sehr dankbar dafür sein müssen."

Der Wind blies, da man mehr gegen die Mitte

des Sees hinkam, eben kühl und frisch genug, um die
Besorgtheit der Mutter für die Gesundheit ihres Kindes zu erwecken und zu erklären. Irene erhob auch
keinen Widerspruch mehr, als ihr Nachbar ihre Ge=
stalt nun·so sorgsam umwickelte, daß kaum noch ihr
schönes Köpfchen hervorschaute, während er selbst dann
sich in ein Ende des Plaids hüllte. -

Und der Kahn ging·weiter, ohne daß mehr ein
Wort an seinem Bord gesprochen wurde. Der Wind
kos'te mit Irenens gelben Locken; der Mond küßte sie
mit seinen keuschen Strahlen. Ringsum dehnte sich
fast unabsehbar in der duftigen Nacht die erregte
Wallung des weiten Sees, dessen Ufer ganz zurück=
getreten schienen. Man hörte nichts mehr als das
Geräusch der Ruder und den Sang der Wassergeister,
welche den Kahn umtanzten und ihn auf den Armen
schaukelten. Nur einmal klang ein Glöckchen, fern,
fern — wie Glockenton aus der crystallnen Tiefe,
oder wie die Heimathglocken der schönen Agnese in's
smaragdne Schloß erklangen.

Fräulein Wanda's kühnes Haupt hing schlaff
gegen die Brust; sie träumte wohl ein Heine'sches
Lied vom schilfgekrönten Meerkönig. Die Mutter sah
still vor sich hin und dachte an eigne Jugend und die

Zukunft ihres Kindes. — Und was dachte Jrene, was Wildhoff? Jhre Augen erzählten davon, aber es las Niemand darinnen, als sie selbst, — und ihre Lippen verriethen das wonnige Geheimniß nicht, das keusch und rein ihr ganzes Wesen erfüllte mit dem unnennbaren Glück aufblühender Liebe.

So schön war kein Traum der schlummernden Menschen am Strande hüben und drüben, als die Wirklichkeit auf dem stillen Kahne, der da draußen in der Mondnacht ungesehen auf der wallenden Fluth schwamm.

Siebentes Capitel.

Kleine Vorgänge in großer Gesellschaft.

Einige Tage nach jener angenehmen Seefahrt saß Heinrich Wildhoff mit einem Freunde plaudernd in einem der eleganten Gemächer, welche ihm die freundliche Sorgfalt der Tante hatte einrichten lassen. Es war seine Empfangsstube. Von den Requisiten seines Berufs hatten sich einige Quartanten und Papierrollen, Kunstblätter und ein frischer Correcturbogen seines eigenen Werks aus dem Arbeitszimmer hieher verirrt. Die späte Nachmittagssonne warf schräge Strahlen durch die rothen Gardinen, so daß ein rosiger Glast auf allen Gegenständen des freundlichen Gemachs lag. Nur ein schmaler goldener Lichtstreifen fiel ungebrochen herein, in welchem sich eine Welt von Staubatomen bewegte, während Wölkchen vom schönsten Blau, bald in Ringeln aufsteigend, bald fahnenartig verwehend, sich hindurch zogen und das Gemach mit dem Aroma trefflicher Importirten füllten.

Unten klang und schellte die Hausglocke fort=
während, ohne daß die Plaudernden deſſen zu achten
ſchienen. Wildhoffs Miene war heiter, ſeine Stirne
glatt, die Augen in ungewohntem Glanze, — jedoch
verrieth ſein Weſen eine gewiſſe Spannung.

„Nein, lieber Herbert,‟ ſprach er eben lebhaft,
„das Leben iſt ſchön, ſchön, — verzeihen Sie mir den
Gemeinplatz, aber drückt er doch eine große Wahrheit
kurz und — gut aus. Im Uebrigen hören Sie mir
um Gottes willen nicht ſo ſtumm und verdroſſen zu,
ſondern expectoriren Sie Ihren Spleen.‟

„Sie haben mir ſelbſt,‟ erwiderte Herbert ernſt,
„ſo viel von den Bauprojecten des ſpeculativen Barons
erzählt, daß mir das Leben und deſſen Einrichtungen
etwas weniger ſchön erſcheinen. Das Geſetz hindert
ihn nicht, und mir graut, wenn ich an die armen
Opfer denke, welche halb willenlos und ſchwindelnd in
dieſen unerſättlichen Mammonsrachen rennen, um
zu Grunde zu gehen, während er ſich füllt.‟

„Vergällen wir uns den Moment nicht mit Din=
gen, die wir nicht ändern können,‟ bemerkte Wildhoff.
„Sie faſſen auch alles von der ſchwärzeſten Seite
auf. Da fällt mir gerade ein: kennen Sie den So=
zuſagen? Er möchte für Sie durch’s Feuer gehen.‟

„Verlange von Niemanden so gefährliche Spa=
ziergänge. Wer ist denn dieser Sozusagen?"

„Eine Art Oberdienstmann, mit dem prächtigsten
schwarzen Bart, ein Kerl, wie man ihn sich auf die
Barrikade denkt, — kühn, furchtlos, von geheimnißvoller
Wirkung des Blicks..."

„Sie malen ja à la Eugen Sue!"

„Der Mensch interessirt mich auch," versetzte
Wildhoff. „Jedoch, lieber Herbert, gehen Sie nun
rasch in Licht und Flammen auf! Wissen Sie, daß
Fräulein v. Helming eine Verehrerin von Ihnen ist?
Erinnern Sie sich noch der Begegnung in den Anlagen
und der scheuen Pferde!"

„Sie haben demnach die liebliche Blondine wie=
der getroffen."

„Und erfahren, daß sie Ihre Schriften kennt
und liebt."

„Sehr freundlich von ihr. Uebrigens bleibe ich
ruhig und freue mich meines Ruhms im Stillen."

„Das ist denn doch arg!" rief jetzt Wildhoff in
komischem aber wirklichem Aerger, indem er die Asche
seiner Cigarre etwas heftig am Muschelbecher abstieß.
„Auf eine solche Nachricht diese Kühlheit! Sie wäl=
zen wahrhaftig mit Wolluft Eisblöcke auf Rosenbeete."

Herbert sah jetzt mit einem Lächeln auf den Freund und meinte:

„So will ich mich nicht länger am Rosenbeet Ihres Gemüths versündigen. Weg mit den Eisblöcken. Sie mögen an der Sonne zerfließen, indeß Sie mir von Ihrer Begegnung erzählen."

„Sie entschlüpfen mir nicht," rief jetzt Wildhoff eifrig, „und Sie sollen eben Ihren Ruhm nicht im Stillen, sondern weniger egoistisch mit und unter Ihren Bekannten genießen."

„Geben Sie sich keine Mühe," erwiderte Herbert trocken und abwehrend, „ich bleibe allein!"

„Das ist schlechte Gesellschaft, sagt der Philosoph. Was hindert Sie denn an dem harmlosen literarischen Zusammenleben hier Theil zu nehmen?"

„So ganz harmlos ist es nicht."

„Mein Gott, Intriguen, Coteriekniffe mögen mit unterlaufen. Allein das kann doch nur den Humor reizen, — denken Sie an Brand und Wolf."

„Man kann leicht mit Humor auf das blicken, worunter man selbst nicht leidet."

„Ach!" rief Wildhoff in seinem Bemühen, den Freund aufzuheitern, ungeduldig den Kopf herumwerfend. „Was hat man Ihnen denn eigentlich gethan?"

„Kein Loch in ben Kopf geschlagen, noch ein Bein gebrochen, ober ein Messer in ben Leib gerannt, — man hat mich nur so ganz sanft unb in ber Stille abzuthun gesucht!" versetzte Herbert, nicht gesonnen, sich auf eine nochmalige Erörterung einzulassen. „Dieser Casimir Baber z. B. gilt Ihnen für einen guten Kerl, weil er wie ein Simplicissimus aussieht. Verzeihen Sie ihm seine gemeinschäbliche Wirksamkeit für bie platte Mittelmäßigkeit, aber nicht, baß er förmlich planmäßig, mit Hülfe gemeiner Verbächtigung, seinen Vorgänger weggebrückt, ber seitbem eine ge= brochene Menschenkraft ist."

„Das ist bös," sagte Wilbhoff jetzt bebenklich. „Weiß man bas in ber Gesellschaft?"

„Man weiß es — unb hat's vergessen. Unb wie sitzen bie Begünstigten unb Besolbeten über An= bern zu Gericht, bie ihr Lebenlang mit ber Armuth gerungen unb babei vielleicht nicht ohne Flecken burch= gekommen! Man hat gut anstänbig sein im Schooße bes Glücks."

„Wohl wahr!" versetzte Wilbhoff kleinlaut. „Ueber Sie selbst jeboch geht kein mißachtenbes Wort."

„Weil ich mich noch knapp oben erhielt. Aber

auch auf jene, die es nicht vermochten, hat man dort kein Recht, herunter zu blicken."

„Im Leben geschieht es eben doch," meinte Wildhoff beschwichtigend, „und man braucht noch kein Schurke zu sein, um in diesen Fehler zu verfallen."

„Ich wollte Ihnen auch keine Teufel malen," bemerkte Herbert ernst, „sondern jene Mittelsorte von Charakteren, welche in der Welt mehr Unheil angerichtet, als ausgemachte Schurkerei. Zu Letzterer gehört eine gewisse Charakterstärke; darum ist sie lange nicht so häufig, als die Romanschriftsteller behaupten und die Aesthetiker des Häßlichen heischen. Von persönlichen Bekannten traue ich nur Einem selbstbewußte schurkische Gesinnung zu, und in diesem liegt freilich etwas, dem selbst der Verrath nicht trauen kann."

„Und wer wäre der große Mann?"

„Vor der Hand noch ein kleiner Mann," versetzte Herbert, nicht gewillt, die Persönlichkeit näher zu bezeichnen.

Wildhoff gab ihm im Allgemeinen jetzt Recht. Doch meinte er, man hole sich auch seine Freunde nicht unter der Mittelsorte und in Gesellschaft müsse man sie eben ertragen, worauf Herbert, sich aus dem Fauteuil erhebend, entgegnete:

10*

„Das sehe ich nicht ein, oder vielmehr ich sehe es nur zu wohl ein und meide darum die Gesellschaft."

Auch Wildhoff stand auf, indem er erwiderte:

„Wir müssen uns in's Leben schicken, wenn es uns auch so manche Last auflegt. Darum, lieber Freund, werden Sie noch hier bleiben, bis ich mich umgekleidet habe, und dann —"

Jetzt stieg dem Gaste erst die Ahnung auf, daß das Schellen und Klingen unten Gesellschaftsabend bei Frau von Luckner bedeute.

Um Entschuldigung ob seines langen Verweilens bittend, griff er nach seinem Hute. Wildhoff war ihm bereits zuvorgekommen, legte seine Hand auf denselben und eröffnete dem Freunde, daß er ihm in die Gesellschaftszimmer seiner Tante zu folgen habe, die ihn sehnlichst erwarte.

Herbert war über dieses Ansinnen eben so überrascht, als entschlossen, ihm keine Folgen zu leisten. Mit freundlicher Entschiedenheit eroberte er sich seinen Hut und bewegte sich zum Abschiede gegen die Thüre. Aber nun kam ihm Wildhoff auch dort zuvor, faßte den Schlüssel, drehte ihn um, zog ihn ab und steckte ihn mit Gelassenheit zu sich.

„Was soll das?! Sie erzwingen damit nichts!"

sprach jetzt Herbert. „Ich wäre ohnehin so ungesellig
wie ein eingefangener Wolf."

„Seien Sie der Wolf, bis Sie mürbe werden!"

„Das wird dem Kerkermeister Langeweile be=
reiten."

„Wollen sehen, wer's aushält! Entschuldigen
Sie mich nunmehr und unterhalten Sie sich so gut
Sie können," bemerkte noch Wildhoff, indem er sich
in sein Ankleidezimmer zurückzog.

Herbert merkte jetzt, daß Wildhoff nach einem
bestimmten Plane gehandelt hatte; doch sollte dieser
nicht gelingen, wie er sich dachte, indem er sich an's
Fenster zurückzog, von welchem die Abendsonne die
Baumwipfel beleuchtete und dem jungen Frühlings=
grün einen warmen, fast herbstlichen Hauch verlieh.
Weich und warm wehte die Luft herein. Die Aussicht
ging in den Hof und den rückwärts sich anschließenden
parkartigen Garten, in den von Außen kein fremder
Blick zu bringen vermochte. An den Stimmen der
unten wandelnden Personen erkannte Herbert, daß
sich die Gesellschaft auch im Freien bewegte. Als
er jedoch eben sich über das Gesims beugte, um hin=
unter zu blicken, richtete sich das Antlitz einer jungen
Dame von der Fontäne her erwartungsvoll herauf

und schien einen Ausdruck der Enttäuschung anzunehmen. Rasch zog er sich wieder in's Zimmer, an
seinen früheren Platz zurück und blätterte in einem
nahliegenden Quartanten: Pococke's „Description
of the East and of some other countries."
Bald hatte er sich in die Betrachtung der Kupferta-
feln, in die Anschauung des Sonnentempels von
Baalbeck und seiner prachtvollen korinthischen Colonade
so sehr verloren, daß er ein leises Pochen an der Thüre
zuerst ganz überhörte, bei vernehmlicherer Wiederholung
jedoch mit einem zerstreuten „Herein" beantwortete.

Da bewegte sich die Klinke, ohne daß sich die
Thüre öffnete. Jetzt fiel ihm erst ein, daß sie von
Wildhoff abgesperrt worden war. Zu rechter Zeit
erschien dieser noch, öffnete, und eine stattliche Dame
in hellfarbiger Taffetrobe erschien unter der Thüre,
indem sie mit einer wohltönenden Altstimme sprach:

„Bitte tausendmal um Entschuldigung, wenn
ich störe."

„Im Gegentheile," versicherte Wildhoff, „Du
kommst wie gerufen, liebe Tante, — ein willkommener
Bundesgenosse gegen diesen Widerstrebenden, übrigens
mein Freund: Dr. Herbert."

„Wie glücklich machen Sie mich, daß Sie mir

Gelegenheit zu Ihrer persönlichen Bekanntschaft geben,"
sprach Frau v. Luckner mit jener gewinnenden Freundlichkeit und entgegenkommenden Herzlichkeit, durch
welche feinfühlende Frauen sowohl den Stolz, als
die störrische Blödigkeit der Männer zu überwinden
wissen. Sie hielt seine Hand, indem sie ihm in zart-
empfundenen Bemerkungen Vorwürfe über die Beharrlichkeit machte, mit welcher er sich dem geselligen
Umgang entzogen. „Nun aber," fügte sie hinzu, „da
mir der Zufall einmal so günstig, wollen wir nicht
säumen, Sie unsern Gästen zuzuführen."

„Sie sind sehr gütig, gnädige Frau. Jedoch,"
wandte Herbert ein, „jedoch darf ich Sie nicht in
Verlegenheit bringen, da ich so gar nicht vorbereitet
bin, in Gesellschaft zu erscheinen."

Seinem schwarzen Rocke fehlte allerdings der
Ausschnitt des salonfähigen Fracks. Doch lächelte
Frau von Luckner seiner Aengstlichkeit. Sie hätte
solche Pedanterie bei ihm nicht erwartet, sagte sie,
denn nichts liege am Rocke, alles an seiner Person
und sie wünsche nur, auch seine Frau Gemahlin begrüßen zu können. Mit der ihr zu Gebot stehenden
Liebenswürdigkeit hatte sie ihm denn auch bereits den
Arm gereicht. Fortgesetztes Widerstreben wäre Unhöf-

lichkeit gewesen. Und so geleitete er, von Wildhoff
gefolgt, die Dame des Hauses über die hellerleuchtete
Treppe hinunter.

Zwanglos bewegten sich die Gäste in den schönen
Räumen des Erdgeschosses, während Ida, strahlend
wie eine Prinzessin und von einem ganzen Hof von
Bewunderern umgeben, in der kurzen Abwesenheit
ihrer Mutter die Repräsentation des Hauses übernommen hatte. Nun erregte das Auftreten des viel-
genannten und wenig gekannten Neffen so viel Auf-
sehen, daß man für den Augenblick selbst vergessen
konnte, wie unmittelbar vorher Herr v. Leith durch
die Tochter des Hauses empfangen worden. Auch
Herberts unerwartetes Erscheinen fiel auf, da man
sich daran gewöhnt hatte, ihm nicht mehr in Gesellschaft zu begegnen. Man bemerkte, daß Frau von
Luckner ihm besondere Aufmerksamkeit widmete, ihn
vor Allen mit Herrn von Leith näher bekannt zu
machen suchte, ebenso mit einem anwesenden fürstlichen
Kabinetssekretair und mit einem Regierungsdirector
aus der Provinz, der eben in der Hauptstadt anwesend,
von der Wittwe seines verstorbenen Freundes zu Gast
gebeten war, aber sich der Beobachtung dadurch entzog, daß er sich etwas im Hintergrunde hielt.

Indeß hatten es die Meisten vorgezogen, den
schönen Abend für's Erste noch im Garten zuzubringen,
wohin die Dienerschaft Erfrischungen brachte, während
innen ein Büffet den Bedürfnissen der Gäste entgegen
kam. Eine von wilden Reben belaubte Veranda setzte
nämlich den großen Saal des Erdgeschosses gleichsam
in's Freie fort. Von Orangenbäumen im Halbkreise
umgrenzt und mit Tischen und Bänken ausgestattet,
bildete der mit reinem Kiese beworfene Hof um die
Veranda her einen Vorplatz des geräumigen Zier=
gartens, an welchen sich weiterhin die parkartige An=
lage anschloß. Aeltere Herren schlenderten dort auf
den gewundenen Pfaden umher, freuten sich an der
Schönheit der Bäume und blühenden Gewächse, be=
wunderten den Geschmack der Besitzerin, während auf
den eleganten Gartenstühlen sich jüngere Frauen und
Matronen niedergelassen hatten, um die köstliche Luft
hier außen einzuathmen. Junge Mädchen und Herren
tummelten sich auf dem Rasen im anmuthigen Ball=
spiele, andere bildeten plaudernde Gruppen vor der
Brunnenschale, welche sich aus einer Felsenparthie
von Tropfsteinbrocken füllte und einem zahmen Tauben=
paar eben ihr erquickendes Wasser bot, während wieder
andere sich an den Goldfischen im Becken der schläfrig

plätschernden Fontäne beluftigten. Da wurde nun geplaudert, geflüftert und viel gelacht. Außer der Frage,
ob heute zuletzt noch getanzt werden würde, inter-
effirte nichts so sehr, als die Erscheinung des Neffen
und die Wirkung, welche diefelbe auf das gegenfeitige
Verhalten der Tochter des Haufes und des Herrn
v. Leith haben würde. Nicht blos die allgemeine An-
ziehungskraft des Salons der Frau v. Luckner, welcher
sich heute für diefe Saifon zum Letztenmale geöffnet
hatte, sondern mehr noch die Neugierde hatte den
Gesellschaftskreis heute so überaus zahlreich gemacht.
Man wollte den Neffen kennen lernen, den das Gerücht als sehr anziehend schilderte und von früher her
als Iva's künftigen Gemahl bezeichnet hatte; man
war begierig zu sehen, wie er die Huldigungen aufnehmen werde, welche der glänzende Leith der blendenden Schönheit feines Bäschens widmete. Man
war gespannt, was der Abend bringen werde, und
einige munkelten geradezu von der öffentlichen Anzeige einer Verlobung, mit welcher die Anwesenden noch überrascht werden sollten. Die Frage war
nur, wer der Verlobte eigentlich fein würde, — der
vielumworbene schöne Offizier oder der heimgekehrte
Vetter.

So war nun das Auftreten der Beiden ein Ge=
genstand der Theilnahme und der Beobachtung im
Garten außen, wie im Salon, und da wie dort ward
Ida bewundert und beneidet, wenn sie im vollen
Glanze ihrer stolzen Schönheit ab und zu schwebte.
Herr v. Leith aber — das sah man — verhehlte seine
Bewunderung nicht, wenn er auch erst einige wenige
Mal Gelegenheit gefunden, der glücklichen Ida selbst
sein Entzücken auszusprechen. Der Günstling des Kö=
nigs ward von den anwesenden Herren vielfach in
Anspruch genommen, und Ida hatte einen Theil der
Pflichten des Hauses gegen dessen Gäste übernommen.
Mitten im Gespräche mit andern jedoch schleuderten
seine Augen nach wie vor verheerende Blitze in die
Mädchenwelt, um dann ganz an der stolzen Figur
Ida's hangen zu bleiben und sich an ihrer Erschei=
nung zu weiden. Kein Wunder, daß sie ihm heute
herrlicher und begehrenswerther erschien, als je, denn
sie war im Glanze ihrer ausgewählten Toilette wirklich
die Alles überstrahlende Schönheit, welche, von jedem
Auge gesucht, doch selbst nur wieder die seinigen
suchte. Waren sie sich nahe, so verschlangen sich
ihre Blicke. Standen sie sich ferne, so begann auch
ohne äußeren Apparat ein lebhafter electromagnetischer

Verkehr ihrer Augen. Sie beide schienen sich also durch die Anwesenheit des Vetters keineswegs beengt zu fühlen.

Der Vetter schien aber eben so wenig beengen zu wollen. Seine vornehme Erscheinung gewann noch mehr durch eine gewisse sanfte Verklärtheit seiner ruhig heitern Miene. Man war allgemein von seiner Persönlichkeit, wie von seinem sichern Auftreten befriedigt, das seinem Wesen durch eine freundliche Würde selbst Herrn v. Leith gegenüber einige Ueberlegenheit gewährte. Leicht und unbefangen bewegte er sich unter den Gästen, und Frau v. Luckner empfing nicht ohne Genugthuung so manches Compliment über den liebenswürdigen Neffen. Aber auch Jda freute sich seiner muntern Stimmung und geselligen Laune, während sie bemüht war, ihn der Reihe nach allen ihren näheren Bekannten zuzuführen, welche sich anfänglich in diesen unerwartet glatten Verlauf der Dinge nicht zu finden wußten, dann aber denselben als Thatsache hinnahmen und ihre Aufmerksamkeit in gewohnter Weise zersplitterten.

Nur Pauline Langenbècque vermochte das Letztere nicht. Sie hatte den Unbekannten vom See, der also wirklich Jda's Vetter war, längst als das Ziel ihrer

verlangenden Blicke herausgefunden, ohne daß das
Glück ihr Bestreben, seine Aufmerksamkeit zu fesseln
und sich ihm zu nähern, begünstigen wollte. Nicht
ohne Empfindlichkeit bemerkte sie, daß seine Blicke an
ihr vorüberstreiften, ohne ihr Dasein zu beachten, so
auffallend sie sich auch in seiner Nähe umhertrieb.
Als er eben plaudernd am Flügel stand, trat sie eben=
falls hin und musterte die Notenblätter; aber er sah
nicht ein einziges Mal herüber. Wohl ein Dutzendmal
hatte sie schon die reiche braune Fluth ihrer Locken
auf den Nacken zurückgeworfen; er bemerkte es nicht.
Etwas ungestüm drängte sie sich jetzt durch die Gruppe
um ihn her. Daß der Saum ihres Kleides dabei
niedergetreten ward, gewann ihr nur die Entschuldi=
gung eines poetischen Lieutenants und die Annäherung
ihrer Freundin Luise, mit welcher sie dann auch ab=
schwebte, um sich in ein Kabinet zurückzuziehen,
wohin die hübsche Kammerjungfer Jeanette Nadel und
Faden brachte.

Glücklicher als seine Tochter war Herr Langen=
bôcque selbst. Ihm war es kein Geheimniß geblieben,
daß der begabte Architect ein selbstständiges Vermögen
besaß, was ihn für einen Familienvater zu einer höchst
anziehenden Bekanntschaft machte. War er nicht oder

nicht mehr der Verlobte des Fräuleins v. Luckner —
und es schien so — dann blieb er auch als künftiger
Verwandter des mächtigen Günstlings der Aufmerk=
samkeit des Vaters einer heirathsfähigen Tochter
würdig. Darum verließ der Kunstverleger ·im rechten
Momente seine lauernde Stellung und nahm, weniger
geschickt als entschlossen, den Architecten in Beschlag.
Alsbald tastete er denn auch gleichsam mit dem Ele=
phantenfuß seines Zartgefühles auf dem fremden Re=
sonanzboden umher und kam dabei auch auf das einst
angebotene Manuscript. Sehr bedauerte er, als er
hörte, an wen es der Verfasser überlassen, da diese
Firma keine Empfehlung für ein neues Werk sei. Als
auf die Frage, ob die Sache nicht mehr rückgängig
zu machen, ein entschiedenes Nein! erfolgte, verlor
sich Herr Langenbècque bald in eine seiner Geschichten
.ohne Spitz' und Knopf von langen Engländern, seinen
guten Freunden.

Arg gepeinigt sah Wildhoff noch gar keinen Aus=
gang der merkwürdigen Mittheilung, als sich der Ge=
richtsrath Brand seiner erbarmte und ihn den Klauen
des mitleidlosen Erzählers entriß.

„Nicht jedesmal werden Sie noch rechtzeitig einen
Retter finden, wenn Sie sich so unvorsichtig in Ge=

fahr begeben," sprach der Gerichtsrath in warnendem
Tone. „Noch andere lauern hier auf Opfer. Da lockt
Casimir Babers Sirenenstimme, mit ihm in seiner
sittlichen Weltordnungsweisheit umher zu plätschern.
Dort packt Sie unversehens ein gelehrtes Crocodil, um
Sie in den Nilschlamm seiner ägyptischen Forschungen
unterzutauchen, daß Ihnen Hören und Sehen ver=
geht. Längst umkreist Sie schon der poetische Lieute=
nant mit den Strophen, welche vorhin unter der
Flügelthüre ganz unvorbereitet niedergeschrieben wurden.
Ihm ausweichend gerathen Sie leicht aus der Scylla
in die Charybdis, denn es gehen noch Viele hier um
mit von Lyrik und Tragödik strotzenden Taschen.
Kommen Sie auch jenem nicht zu nahe mit dem so=
kratischen Profile, — er ist Gerichtsdirector und be=
weist Ihnen stundenlang, daß Verbrechen sein müssen,
wenn der Richterstand gedeihen und blühen soll. Fünf
Söhne und fünf Töchter will er noch bei der Justiz
unterbringen und stimmt mit einer andern Autorität,
dem berühmten Damian Hessel überein, welcher das
große Wort gelassen aussprach: ,Wofür wären die
Richter, wenn wir Räuber nicht wären.' — Nehmen
Sie sich in Acht! Da kommt das Bruderpaar Spatz
und Schnipser vorüber und läßt Ihnen unvermerkt

ein Exemplar seiner philosophischen Novellen in die Tasche fallen!"

„Sind sie spannend?"

„O sehr — auf die Folter!" war des Gerichts-raths Antwort. „Sehen Sie doch, der arme Millionär Berdelli draußen unter dem Laube der Veranda hängt wehmüthigen Gedanken über seinen Verstand nach. Doch interessirt Sie wohl mehr, daß Ihr Freund Herbert dorten bei der artigen Frau Werner glücklich aufthaut. Oh helas! Jetzt läßt er sich gar von dem Fallberg aus dem Feld schlagen! Dieser Baron ist absolvirter Jurist, von uraltem Abel, königlicher Kammerherr und — denken Sie nur — doch kein lumen! Ist das nicht wunderbar?"

„Aeußerst merkwürdig," erwiderte Wildhoff in demselben Tone.

„Nicht wahr?! Aber hören Sie doch auf dieses liebliche Lachen."

„Wer lacht denn so anmuthig?" fragte der Ar-chitekt ironisch.

„Nur unser Pletsch, Referent über Wissenschaft und Kunst, verdienter Schwiegersohn, — der dort mit der Lamafigur. Fragen Sie ihn, warum er wieder kein Landeskind zu einer Stelle vorgeschlagen, so

sagt er: hä, hä, hä! Werfen Sie ihm vor, daß er
einen tüchtigen Mann ab=, einen unfähigen hingesetzt,
so ist seine Antwort hä, hä, hä! Warnen Sie ihn
vor den entmuthigenden Wirkungen dieses Verfahrens,
so erklingt sein hä, hä, hä! Ist das nicht ein heiterer
Mann? — Sein Kollege Pimpler ist von anderm
Schrot; mit catonischer Consequenz sagt er zu Allem,
was Sie wollen: „ja, ja, — nicht wahr? Das sag'
ich auch!" Ein wahrer Polonius. — Auch unser Ge=
heimerath Rixner, der eben mit Herrn v. Leith spricht,
sagt nie: hä, hä, hä! sondern lächelt nur, wenn er
auf seine Ehre versichert, daß er es redlich und un=
eigennützig meine; dabei hält er sich bald an die
Leidenschaft, bald an den Verstand. Möge die Gabe
des Lächelns nie von ihm weichen! Dagegen hält sich
unser edler Intendant Jensen weder an die Leiden=
schaft noch an den Verstand, sondern einfach ans Zu=
greifen. Simple Logik, sagt er, mit der man am wei=
testen kommt, — und ich glaube, er hat Recht. —
Spatz und Schnipfer sind übrigens glücklich vorüber.
Sehen Sie doch, nun vereinigen sie sich mit ihrem
Collegen Schmalz, der sich schon den ganzen Abend
am Buffet umhertreibt, zu einem neuen Sturm auf
dasselbe. Es sind bewährte Kämpfer, gehen mit uner=

hörtem Feuer vor, ihre Beharrlichkeit wird Lorbeern ernten."

„Laugen Sie doch den Jensen ab," fiel hier etwas aufdringlich ein jugendlicher Greis den Gerichtsrath an. „Denken Sie, lieber Brand, hat der Mensch wirklich die Anmaßung an ein Portefeuille zu denken."

„Ich lauge nicht," war die Antwort des Gerichtsraths. „Aber Sie, lieber Dr. Jägermeier, werden bei Ihrer bekannten Rednergabe hoffentlich nicht versäumen, heute noch im rechten Moment einige unpassende Worte anzubringen."

„Was ist denn los?" fragte der jugendliche Greis neugierig zurück.

„Das weiß ich nicht, bin jedoch überzeugt, Sie werden eine so schöne Gelegenheit, sich zu blamiren, nicht versäumen! Aber ist's denn wirklich wahr, daß Sie wieder einen Verleger gefunden? Nun: ,Tod dem Verleger, mir ist's ein Spaß!' nicht wahr, lieber Dr. Jägermeier.

„Der Baron Prözel," warf hier Maler Sturm ein, „Prözel wettet, daß keine zehn Exemplare abgesetzt werden."

„Ja, zum Wetten ist der immer bereit," bemerkte

der Gerichtsrath, „nur findet er es unbequem, zu
zahlen, wenn er verloren hat. Aber da haben wir ja
das Unglück! Der Dr. Herbert ist dem Polizei=
sergeanten der sittlichen Weltordnung in die Hände
gefallen."

Die Umstehenden wandten sich nach diesen Worten
auf die Seite, wo Dr. Herbert im Gespräche mit dem
Professor Baber begriffen war. Besonders Wilbhoff
sah dies mit Befremden. Die Sache hatte sich jedoch
sehr einfach gemacht. Nachdem Herbert einige Zeit
lang sich mit dem Regierungsdirector aus der Provinz
und anderen unterhalten hatte, bemerkte er die liebens=
würdige blonde Frau des Malers Werner, eine Schul=
freundin seiner Bertha, und setzte sich zu derselben,
um einige Minuten angenehm zu verplaudern. Jetzt
ließ sich auch Baron Fallberg, der sich als Kunstfreund
und Musikkenner geltend machte, leutselig an deren
anderer Seite nieder und begann in schnarrendem
Tone und mit Gönnermiene ein nichtiges Gespräch,
bis sich Herbert zum Leidwesen der jungen Frau er=
hob und gerade dem Professor Baber in die Hände
lief. Von diesem aufgehalten und angesprochen, konnte
er nicht wohl ohne auffällige Unhöflichkeit vorüber.
Jedoch blieb die Unterhaltung seinerseits auf die nö=

11*

thigsten Worte beschränkt, bis der Professor zu fol=
gender Aufstellung gekommen war.

„Es ist eben ein Gesetz der sittlichen Weltord=
nung, daß im Leben der Völker und des Einzelnen
keiner unglücklich ist, der es nicht verdient hätte. Die
Geschichte und das Leben beweisen es in tausend
Beispielen, und Göthe ist ganz mit mir darin einver=
standen, daß jede Schuld sich auf Erden räche!"

„Ich habe das Citat dieser Tage in geistreicherer
Anwendung gehört," bemerkte Wildhoff zu dem Ge=
richtsrath gewendet, und ein glückliches Lächeln der
Erinnerung leuchtete ihm dabei aus der Miene.

Herbert jedoch entgegnete:

„Eine eigenthümliche Beweisführung, Herr Pro=
fessor. Es hielte nicht schwer, dies Axiom, so nackt
hingestellt, durch Beispiele aus der Geschichte umzu=
stoßen. Aber selbst wenn nicht, wenn die Geschichte
für Sie zeugte, so wäre Ihr Satz noch lange nicht
wahr. Ich frage — nach Lessing: Können zufällige
Geschichtswahrheiten Beweise für nothwendige Ver=
nunftwahrheiten werden? Ja, sagt Professor Baber.
Nein! sagt Lessing. — und Dieser, das halte ich für
ausgemacht, hat etwas davon verstanden."

„Das hat er gut gesagt," meinte der Gerichts=

räth zu den Umstehenden gewandt. „Schade, daß
unser großer Casimir Bader nicht auch mit mir im
philosophischen Jargon spricht. Früher — darf ich
mit Lord Byron sagen — hab' ich mich viel mit
Philosophie beschäftigt und redete Unsinn mit großem
Anstande. Jetzt aber bin ich ein so gewöhnlicher
Sterblicher, wie dieser, unser allgemein verehrter
Maler Nixler."

Damit hatte er die Hand auf die Schulter eines
der Umstehenden gelegt. Bevor dieser wußte, wie er
sich das Compliment zurecht legen sollte, ward das
Hamstergesicht des Intendanten Jensen im Kreise
sichtbar und sein wisperndes Stimmchen vernehmbar:

„Ist denn den Herren nicht auch das merkwürdige Gerücht zu Ohren gekommen, das mich, denken
Sie, mich — als künftigen Cultusminister nennt?"

„Es wäre ja kein Unglück, hä, hä, hä!" sagte
der Referent Pletsch lachend.

„Ja, ja, — nicht wahr? Das sag' ich auch!"
bekräftigte sein College Pimpler.

„Nicht das Mindeste verlautet darüber," sprach
der Maler Werner.

„Es wäre aber auch allzustark!" ließen sich drei
oder vier Stimmen hören.

„Ein schlechter Witz, eine Absurdität!" wandte sich der Gerichtsrath an Jensen. „Ah, ah, das müssen Sie dementiren, sonst könnte man glauben, Sie hätten wirklich die Unverschämtheit, an ein Porte=feuille zu denken!"

„Ah, ah!" machten wieder einige im Chor. „Das müssen Sie auf das Entschiedenste dementiren."

„Nicht wahr? Ja, das sag' ich auch!" bekräftigte der catonische Herr Pimpler.

Schleunigst entfernte sich der Intendant in's nächste Zimmer, wo er auf den Herrn von Leith stieß, der hinterm Stuhl der schönen Tochter des Hauses sich mitten in einem entzückten und entzückenden Com=plimentirgalopp befand. Kaum hatte der Hofmann Fassung genug, die Unterbrechung mit höflicher Ge=duld hinzunehmen, als ihm der Museums=Intendant mit=theilte, daß die Herren von Leith in früheren Urkun=den sich als Freiherrn von der Leithen vorfänden, worauf Seine Majestät der König aufmerksam gemacht zu werden verdiene.

„Ein Machwerk ist's!" sprach in einer Ecke des Saals der Maler Nixler zu seinem Collegen Werner, indem er weiblich auf ein im Kunstverein ausgestelltes

Bild des Malers Sturm schimpfte. „Er wird immer schwächer. Eine elende Schmiererei!"

„Das find' ich nicht, — das Bild ist im Gegentheile gut!" antwortete ruhig Herr Werner und brach das Gespräch ab, um auf den Gesang einer Dame am Flügel zu lauschen, welche mit kräftiger Altstimme einige irische Volksmelodieen, nur etwas zu emphatisch, vortrug. Als nun später der Zufall den Maler Sturm zu den beiden führte, hatte der critische College Nixler nichts Eiligeres zu thun, als ihm mit Herzlichkeit die Hand zu reichen und in die Worte auszubrechen:

„Ah, Sturm! Ich gratulire zu der letzten Ausstellung. Das hast Du brav gemacht, das! Famos! Etwas ganz Feines! Ich hab' mich recht darüber gefreut."

„Jetzt wird mir's doch zu bunt!" hub Werner empört über die Heuchelei an. „Eben schimpfte er noch darüber wie ein Rohrspatz."

„Geschimpft? Ich? Machen Sie doch keine schlechten Witze, Werner! Ich geschimpft! Ausgesetzt hab' ich in Kleinigkeiten, aber im Ganzen —"

„Sei es eine Schmiererei, ein elendes Machwerk, haben Sie gesagt!"

„Ich? Ach, wie können Sie nur das sagen, Werner! He, Sturm, ich hätte über Dein Bild geschimpft!!"

„Und es wird dem auch wohl so sein," sagte Sturm unberührt. „Wir kennen uns ja, Freund Nixler, nicht wahr?"

„Ihr seid aber Leute!!" sagte Nixler, bedauerlich den Kopf schüttelnd, indem er davon ging, um sich bei einigen älteren Damen Fassung zu holen. Diese waren auf einem Divan des Nebenzimmers beschäftigt, Gefrorenes zu verzehren und ihr Urtheil darüber abzugeben.

„Wie finden Sie es?"

„Na, passable! Da war's auf unserm jüngsten Ball schon feiner, denke ich, oder meinen Sie nicht, Trudchen?"

„Ja, Ihre Bälle, Frau Langenbècque!"

„Ach, wie Sie sich aber stets zu kleiden wissen, Trudchen! Ich wundere mich nicht, daß Sie stets die umschwärmteste von uns sind. Sie könnten noch als junges Mädchen gelten bei Ihrer anmuthigen Neckerei. Werden Sie den Nixler heute wieder zausen? Es war neulich zu komisch. Selbst meine Pauline würde sich so etwas nicht erlauben, — Ihnen aber steht

doch Alles gut. Was sagen Sie denn, liebe Fuchs, zu
dem heutigen Arrangement? Finden Sie es nicht doch
etwas zu einfach."

„Im Gegentheile," fing jetzt die dritte Dame
an, „es ist Alles von einer Eleganz und Feinheit,
wie man es nur bei der Luckner findet. Ihre Pau=
line hat sich also ganz in einen Schmollwinkel ver=
krochen, und der junge Wildhoff scheint sie eben nicht
zu vermissen. Vielleicht ist es auch zu ordinär hier
für die künftige Gräfin oder Millionärin."

Etwas beleidigt stand Frau Langenbècque auf
und rauschte hinweg in die Nähe des Barons Fall=
berg, von dem sie sich auch alsbald in Beschlag neh=
men ließ.

Die beiden andern, Frau Professor Baber und
Frau von Fuchs, rückten zusammen.

„Ist sie nicht gelungen, die Langenbècque? —
Aber, wie meinen Sie, wird heute noch eine Verlo=
bungsankündigung erfolgen? Wer wäre der Verlobte?"

„Allem Anscheine nach Herr von Leith."

„Wollen wir sehen. Jedenfalls ist dieser Vetter
kein Othello. Er behauptet große Gemüthsruhe. Wie
anders dorten der Berbelli, der wohl über gebrochene
Herzen früherer Tage nachsinnt. Heut zu Tage sind

die jungen Herren nicht mehr so scrupulös. Denken Sie nur, Frau von Fuchs, die Geschichte, welche der Leith mit der schönen Bonne hatte, ist zu einer Cata= strophe angelangt. Von ihrer Herrschaft entlassen, von ihrem Vater ausgestoßen, sagte das Mädchen: ‚da bleibt mir nichts übrig, als — — —‘ nun, sie wirft sich in den Lasterpfuhl. Finden Sie nicht, daß meine Mathilde gewachsen ist.“

„Ich finde sie ordentlich kleiner, als das letzte Mal. Aber die kleine Marie Werner ist ein hübsches schlankes Mädchen.“

„Ja, eine wahre Hopfenstange.“

In diesem Augenblicke kam die Tochter des Hauses mit Wildhoff herbei und sagte munter:

„Das, Frau von Fuchs, ist mein Vetter Heinrich, von dem ich Ihnen schon so viel gesprochen habe.“

„Sie irren, liebe Ida. Sie sprachen nie mit mir über Ihren Vetter. Gleichviel, wie gefällt es Ihnen denn, Herr Wildhoff, in der Heimath?“

Während sich Ida etwas verwirrt empfahl, sprach Wildhoff einige verbindliche Worte und verbeugte sich dann in demselben Augenblick, als Herr Felix von Fuchs — stolz wie ein Spanier — mit furchtbar knar= renden Stiefeln über das Parquet herkam.

„Nun," fragte die zärtliche Mutter, „haft Du endlich Paulinen gesprochen?"

„Nein," erwiederte der Herr Sohn etwas verdrießlich. „Sie ist jetzt völlig unsichtbar geworden, und vorher kehrte sie mir immer den Rücken zu."

„Ei, lieber Felix, was die Mädchen gern sehen, dafür haben sie überall Augen. Sieh übrigens, dort steht der Dichter von Oswald dem Geiger, Ernst Herbert. Geh' hin, unterhalte Dich mit ihm, — es gehört zum feinen Ton, und man muß zeigen, daß man in der Literatur bewandert ist."

„Ach, was! Ich hab' ja nie etwas von ihm gelesen."

„Gleichviel. Sage ihm nur einige Schmeicheleien, — so genau wird das nicht genommen."

Gut! dachte Herr Felix von Fuchs. Ich will ihm aufgeigen, daß er glauben soll, ich hätte meine Lebtage nichts besseres zu thun gehabt, als seine Bücher zu lesen. Und mit diesem edeln Vorsatz schritt er knarzend auf sein Ziel los und begann:

„Es freut mich sehr, Ihre werthe Bekanntschaft zu machen. Ich stelle mich Ihnen als großer Verehrer Ihrer Schriften vor."

„Sie haben also schon etwas von mir gelesen?" fragte Herbert.

„O!" machte Herr Felix. „Welcher Gebildete kennt den Ernst Herbert von Oswald Geiger nicht? Welches schöne Buch, Herr Geiger! Welche herrliche Lectüre! Ich hab' eine ganze Nacht daran gelesen. So fesselnd!"

„Freilich," sagte Herbert lächelnd. „Was gefiel Ihnen denn am besten darinnen?"

„Der dritte Akt. Ah, der ist schön! Der müßte auf der Bühne von Wirkung sein!"

„Ich bin auch davon überzeugt," bemerkte Herbert, der noch nie ein Drama veröffentlicht hatte, und faßte den vorüberschreitenden Wildhoff am Arm, um diesem mitzutheilen, welchen Verehrer er gefunden.

Während so die Unterhaltung in leichtem Bachgeriesel durch die Säle floß, in welchen sich bei dem niedersinkenden Abende die Gäste sammelten, verweilte Pauline mit ihrer Freundin Luise in einem abgelegenen Kabinete, wohin sie sich nach dem kleinen Unfall am Flügel zurückgezogen hatte. Die aschblonde, bescheidene Luise war mehrere Jahre älter als Pauline. Das weder geistreiche, noch schöne, oder reiche Mädchen hatte sich an die viel jüngere und glänzendere Pauline angeschlossen, theils aus Bedürfniß nach Freundschaft, theils aus neidlosem Gefallen an dem hübschen und etwas rücksichtslosen Mädchen, theils aber auch aus dem Wunsche, unter der jungen Welt wenigstens als Freundin einer Gefeierteren etwas zu gelten. Unaufgefordert hatte sie mit Paulinen den Saal verlassen, um ihr den Saum wieder anzunähen. Paulinens Uebermuth hatte sich gewöhnt, das gut= müthige Mädchen weniger als ebenbürtige Freundin, denn als Folie ihrer eigenen Reize zu betrachten, die freilich neben dem schlichten Aeußern der armen Luise in's hellste Licht traten. — Dort saß nun Pauline, horchte den gedämpft herklingenden Tönen des Flügels und den melancholischen irischen Melodien, wobei sie ungestört ihren keineswegs heitern Gedanken nach= hängen konnte. Indessen saß Luise auf einem Schemel ihr zu Füßen und nähte in ihrer gefälligen Weise an dem herunterhängenden Saume der modi= schen Robe ihrer Freundin. Endlich unterbrach sie das Schweigen:

„Du seufzest? Pauline, hab' ich Dich gestochen?“

„Nein!“

„Du bist nicht munter.“

„O ja, doch!“

„Hast Du Arthur gesehen?“ fragte Luise sanft und schüchtern.

„Ja, er plauderte mit dem Schmalz, der den ganzen Abend wieder nicht vom Büffet wegkommt."

„Er soll aber gute Verse machen."

„Ach, das kann bald jeder. Dichter und Stu=
denten sind mir schon die langweiligsten und wider=
wärtigsten."

„Studenten auch?" fragte Luise verwundert.

„Auch. Was will man denn mit solchem Spring=
insfeld anfangen. Ich kann mich nur noch mit reifen Männern unterhalten."

Und wieder trat eine Pause ein, während Luise emsig fortnähete. Unter reifen Männern verstand Pauline heirathsfähige Männer; und sie dachte im Augenblick nur immer an einen, der ihr damals am See und heute Abend wieder so stolz entgegen ge=
treten war. Seinetwegen hatte sie sich in jener Nacht noch hinausfahren lassen in den weiten See. Und nun standen eine Reihe von Fragezeichen vor ihr. War er's, der in dem Nachen vorüberfuhr? Und wer fuhr mit ihm? Ward sie heute Abend wirklich nicht von ihm bemerkt, oder wollte er sie nun nicht sehen? Warum hatte Jda den Vetter gerade ihr noch nicht zugeführt?

Es war still in dem einsamen Gemach. Man

hörte nur das leise Geräusch des durch die Naht ziehenden Fadens, von außen her das Gesumme von Stimmen und hie und da den Klang des Flügels. Da fing Luise wieder an:

„Du! Pauline!"

„Was?"

„Ich meinte doch, Du kennest Iba's Vetter."

„Ich? Habe ich das gesagt? Ich sah ihn ja nur ganz flüchtig."

„Ja, das muß sehr flüchtig gewesen sein, denn offenbar erinnert er sich Deiner gar nicht," sagte Luise ohne Arg.

„In der That," sprach jetzt Pauline gereizt, „Du fängst an vom Unterhaltungston der Frau v. Fuchs zu profitiren. Erinnert er sich etwa Deiner?"

„Wahrscheinlich nicht, aber ich hätte nichts dagegen, wenn er's thäte," meinte Luise unbefangen. „Wie findest Du diesen Vetter? Wie gefällt er Dir?"

„Mir? Frage Iba, wie er ihr gefällt."

„Die glückliche Iba," seufzte nun auch Luise. „Er sieht sehr gut aus, ist noch größer, als Herr v. Leith, der wieder für Niemanden Augen hat, als für Iba. Sie sieht aber auch aus wie eine Göttin in ihrer weißen Alpaccarobe."

„Ja, sie putzt sich entsetzlich!" sagte Pauline un=
wirsch. „Thut sie doch, als sei Niemand da außer
ihr. Sie soll sich mit dem Leith begnügen. Aber
sie ist eine ausgemachte Kokette. Wenn sie nur auch
so geistreich und taktvoll wäre, als ihre Mutter, —
aber ...."

„Nicht so laut, Pauline! Was mag nur ihr
Vetter über die Huldigungen des Herrn von Leith
denken?"

„Wie es scheint, ist es ihm sehr gleichgültig,"
sagte Pauline mit Genugthuung.

„Er sieht so distinguirt aus. Glaubst Du, daß
er aus Hochmuth Dich nicht mehr erkannte?"

„Meinetwegen!"

Pauline warf den üppigen Mund trotzig auf,
runzelte die Stirne, verzog unmuthig das blühende
Antlitz und warf der armen Luise einen zornigen Blick
zu, während diese fleißig fortnähete.

„Rechnest Du den Maler Nixler zu den reifen
Männern?" fing das bescheidene Mädchen wieder an.

„Der ist überreif!" sagte Pauline, und ihre
Miene heiterte sich wieder auf. „Der ist nur noch
da, um die Dichter in die illustrirten Zeitungen zu
portraitiren. Weißt Du, daß er einen Kahlkopf hat?"

„Ist's möglich?"

„Freilich. Du mußt ihn ja noch als Greis ge=
kannt haben. Er behauptet, sein Haar sei erstaunlich
nachgewachsen und hat ein Zeugniß für die Güte
einer Haarbeförderungssalbe öffentlich ausgestellt. Zu
seinem Unglück hat jedoch die Professor Baber die
neckische Gewohnheit, ihre Bekannten scherzweise zu
zausen, und so drohte sie ihm jüngst, sie werde ihn
gleich am Schopf kriegen. Das können Sie gar nicht!
hetzte der Maler Sturm, und witsch! greift sie zu und
zaust den Nixler tüchtig am Scheitelhaar. Um Got=
tes willen, schreit jetzt der Sturm, Sie scalpiren ihn
ja! Und wirklich löst sich scheinbar die Stirnhaut, —
die Baber sinkt vor Schrecken zurück — und hat das
falsche Toupet in der Hand. Homerisches Gelächter!
Seitdem hat die Professor Baber das Zausen ver=
schworen."

Nun lachten die beiden Mädchen um die Wette.
Endlich fing Pauline mit einem Seufzer wieder an:
„Da lach' ich und könnte doch weinen. Was
wird aus mir werden? Meine Mutter redet immer,
als ob ich nur so die Wahl zwischen Grafen und
Millionären hätte. Da sitzen sie und warten auf
mich. O meine Zukunft! Meine dunkle Zukunft!"

„Höre, Pauline, Du bist ja erst achtzehn Jahre alt und willst verzweifeln. Was soll dann ich anfangen! Ich bin schon beinahe zwanzig."

„Zwanzig?" fragte Pauline ungläubig zurück. „Einundzwanzig warst Du ja schon, als ich vor drei Jahren nach England abreiste. Hätte doch Dein Onkel dem Professor Priechlmaier nicht eher die Anstellung verschafft, bis er sich förmlich mit Dir verlobt hätte. Jetzt kümmert sich auch der Arthur Meier nicht mehr um Dich. Doch, der ist ja noch nichts."

Die arme Luise schien bei dieser Erinnerung sehr bewegt. Mit dem Zeigefinger wischte sie sich das Auge und klagte:

„O die Männer! Seit mein reicher Onkel wieder geheirathet hat, sieht mich der Arthur nicht mehr an. Er will hoch hinaus und setzte sich einmal sogar Jda in den Kopf."

„Warum nicht gar! Er reicht ihr ja kaum an die Lippen."

„Denk' Dir nur, er wuchs damals zusehens."

„Stöckeln an den Stiefeln! Ah, das ist gelungen. Das ist Dir der verschlagenste von Allen! Du wirst sehen, der bringt's noch zu etwas. Die kleine

Complimentirmaschine, der Sekretär Pinschmaier, ist
ja auch da, und der Sturm, der einhersteigt, als sei
seine Künstige eine Baroneß, keine Kellnerin."

„Sie ist eine Wirthstochter," berichtigte Luise
gutmüthig.

„Gleichviel. Es fehlt hier überhaupt nicht an
sonderbaren Figuren. Wer war denn der schäbige
kleine Graukopf am Flügel?

„Ein gewisser Herr Schund, dichtet auch und ist
noch ledig."

„Letzteres scheint Dir stets das Merkwürdigste
an den Männern," bemerkte Pauline lieblos, da sie
sich noch an Luisen für einige übelempfundene Reden
rächen mußte. „Ist der dicke Regierungsdirektor aus
der Provinz auch noch ledig?"

„Ich weiß nicht. So, Pauline, ich bin fertig."

Ohne ein dankendes Wort erhob sich Pauline,
reckte ihre üppige Gestalt, glättete die Falten ihres
Kleides, betastete ihren Kopfputz und ging dann
schweigend den Räumen zu, in welchen die Gesellschaft
sich bewegte. Dort kam ihr die Tochter des Hauses
mit dem Rufe entgegen:

„Ei, Pauline, wo steckst Du denn? Mein Vetter

12*

Heinrich brennt vor Verlangen, dem schönsten und
geistreichsten Mädchen der Hauptstadt vorgestellt zu
werden."

„Nur keine Ironie!" erwiderte Pauline hoch-
erglühend und mit klopfendem Herzen, als Ida sich
in ihren Arm hing und mit ihr dahinschwebte.

Achtes Capitel.

Die Vorkommniſſe in der Geſellſchaft werden allmählig ernſter.

Wildhoff ſtand noch mit Herbert plaudernd im Saale. Deſſen Kronleuchter warf jetzt ein angenehmes, helles Licht auf die Toiletten umher. Erfriſchender Wohlgeruch durchwehte den Raum und drang noch immer erquickend durch die nach dem Garten hin ge= öffnete Flügelthüre. Denn die Nacht war ſo mild, daß auch jetzt noch ältere Herren und Damen gerne in der Veranda außen weilten, oder einen kurzen Gang durch den beleuchteten Blumenpark machten.

Von Herbert aufmerkſam gemacht, bemerkte nun Wildhoff ſein ſchönes Bäschen und an deſſen Seite ein hübſches, ſehr geputztes Mädchen von blühendem Angeſichte und einer eben ſo hohen Figur, als Jda ſelbſt, nur daß ſie nicht daß claſſiſche Ebenmaaß zeigte, wie die Geſtalt der ſchönen Tochter des Hauſes. Ein voller wogender Buſen, üppige Lippen, ein Stumpf=

näschen und lebhaft schwelgerisches Augenspiel gaben
der ganzen Erscheinung etwas sinnlich Anziehendes
für Lieutenants und Studenten, welche jedoch sich
am meisten über das Schnippische in Paulinens Wesen
zu beklagen hatten.

Jda winkte ihrem Vetter mit den Augen, und
dieser wandte sich alsbald zu dem schönen Mädchen=
paar. Bald war Jda's Aufgabe gelöst und sie ging
wieder, von Paulinen nicht vermißt, denn diese plau=
derte hochbeglückt mit dem Architekten. Auch Wildhoff
war gerne von der lebhaften Pauline an den Nach=
mittag am See erinnert; ihre Anzüglichkeiten auf die
Mondscheinfahrt zauberten ihm die schönste Stunde
seines Lebens vor die Seele. Dabei sah er so glück=
lich drein, sprach so heiter und angeregt, daß sie
des günstigen Eindrucks auf ihn gewiß zu sein
glaubte.

So entzündete sich an seiner innern Glückselig=
keit ihr eignes Herz, daß dessen Gluth aus dem
Glanze ihrer Augen, ihrer bewegten Miene, ihren
glühenden Wangen leuchtete. Während sie stets lei=
denschaftlicher und schwärmerischer von der Schönheit
der Landschaft und den zu erwartenden Genüssen der
Sommerfrische am See sprach, hatte sie keine Ahnung

von dem wahren Grunde seiner glücklichen, faſt
träumeriſchen Stimmung. Und ſo freute ſie ſich an
einem Glanze, der nicht von ihrer eignen Erſcheinung,
ſondern von einer andern, durch ihre Worte herauf=
beſchwornen ausging. Jedoch ſie war glücklich in
ihrer Täuſchung.

Ihre Eltern ſtanden eben bei Frau von Luckner
und ſahen wohlgefällig herüber. Die hoffnungs= und
kinderreiche Mutter fand jetzt, daß nicht bloß ein Graf
oder Bankier, ſondern auch ein Profeſſor der Baukunſt
oder ein Hofbaurath ein angenehmer Schwiegerſohn
ſein könne, beſonders wenn er vermöglich war und
ſo ſtattlich ausſah, wie der Neffe der verehrungs=
würdigſten Frau von Luckner. Nicht ohne Abſicht
flüſterte Letztere jetzt einem kleinen, in der Ecke ſtehen=
den Herrn etwas zu. Denn alsbald eilte dieſer an
den Flügel, ſchlug kräftig die Anfangsaccorde einer
bekannten Quadrille an, und gab damit der jungen
Welt das ſehnlichſt erwartete Zeichen zum Beginn
der Tanzfreuden. In Spannung, mit hochklopfen=
den Herzen ſtanden die Mädchen und ſahen verſchämt
nach den Herren, die ihre weißen Handſchuhe mal-
traitirten, worauf ein tumultuariſches Durcheinander=
rennen begann, da jeder nach einer Dame eilte.

Man stieß sich ohne Entschuldigung, und nur Frau
Professor Baber verzog beleidigt das Gesicht, als
Herr Felix von Fuchs die „Matronen" bat, etwas
an die Wand zu rücken, da er sie unter dieser Be=
zeichnung mitverstand. Dann aber lief Felix wie
eine Rakete nach Pauline. Diese jedoch sah triumphi=
rend auf dessen unnöthige Hast; denn mitten im Tu=
mult war Iba mit Herrn von Leith auf das plau=
dernde Paar zugegangen, und beide hatten sich das
vis-à-vis erbeten, worauf Wildhoff allerdings seine
Nachbarin um die Ehre bat, welche ihm mit innerlichem
Jauchzen bewilligt wurde. Erst als die Colonnen
der Française schon gebildet waren, erschien auch der
gekränkte Felix mit Luisen in der Reihe.

Pauline tanzte mit Anmuth und Feuer. Auch
das Paar gegenüber — freilich ein schönes, glänzen=
des Paar — strahlte vor Entzücken; da funkelten
die Augen, glühten die Herzen, klopften die Pulse
und begegneten sich Mienen voll Zärtlichkeit. Pau=
linens leidenschaftlichem Wesen gegenüber blieb jedoch
Wildhoff ruhig. Seine Gedanken weilten bei einer
früheren Tanzscene, wo er demselben Herrn v. Leith
mit drohendem Blick gegenüber gestanden, den er jetzt,
selbst gleichmüthig, in schwärmerischen Huldigungen

zerfloffen an der Seite Jda's fah. Beide Herren
hatten fich heute auf den nothwendigen flüchtigen
Verkehr beschränkt, keiner fühlte fich veranlaßt, den
andern an jene frühere Tanzscene zu erinnern. Als
nun die Quadrille zu Ende und Pauline von ihrem
Cavalier zu ihrer Mutter zurück geleitet war, er=
griff Jemand Wildhoff beim Arme. Es war seine
Tante.

„Du unterhältst Dich, Heinrich. Fräulein Lan=
genbècque ist aber auch eine reizende Erscheinung!"

„Sie ist hübsch."

„Höchst liebenswürdig und heiter!"

„Wenigstens sehr lebhaft."

„Und so anziehend."

„Ja, es scheint so, liebe Tante!" antwortete
Wildhoff mit einem Tone und Nachdrucke, der Frau
von Luckner bewog, den Gegenstand fallen zu laffen.

Die Mädchen gingen reihenweise, plaudernd,
durch den Saal. Hie und da fanden verdächtige Zu=
sammenrottungen statt, die mit Flüstern und unter=
drücktem Lachen verbunden waren, welches letztere fich
einige Mal freie Bahn brach. Den jungen Herren
wurde dabei unheimlich zu Muthe; fie betrachteten
fich, ob ihnen nicht irgendwo ein Taschentuch oder

sonst ein Zipfel auf komische Weise heraushänge, be=
sahen sich heimlich im Spiegel, ob nicht irgend eine
neckische Feenhand ihr Gesicht gezeichnet. Wenn man
aber den Mädchengruppen näher kam, hörte man ab=
gebrochene Worte von scalpirten Köpfen, hohen
Stiefelabsätzen und literaturkundigen Jünglingen, so
daß sich drei mit bösem Gewissen Behaftete auf
einige Zeit in die Nebenzimmer zurückzogen.

Wenig darauf achtend hatte Wildhoff sich mit
Maler Sturm zusammengefunden, und Letzterer klagte,
daß ihm selbst im Hause der Frau von Luckner an
solchen Abenden nicht wohl sei; unter Treibhaus=
pflanzen und künstlich verschnittenen Gewächsen sehne
er sich wieder recht herzlich nach seiner Hagerose
am See.

„Es fehlt hier nicht an hübschen Mädchen,‟
sagte er, „aber was soll man mit ihnen reden! Die
Eine schwärmt Einen an, wie ein liebessicher Mai=
käfer, die Andere gefällt sich in schnippischer
Langweiligkeit, die Dritte plappert beständig vom
Theater und seinen Prinzen, die Vierte leiert als
Automat ihre eingelernte Lection herunter, die Fünfte
bewegt sich im naiven Fragestyl, und die Sechste ant=
wortet stets mit einem Paragraphen des Queblinbur=

ger Complimentirbuchs. Und erst die Alten! da hört
man, daß es in den Alpen sehr ländlich und Schiller
ein ganz guter Dichter sei. Ach, wir sterben Alle
noch, wenn unser Leben aufhört, liebe Frau von
Pimpler! — Da sprechen Sie eine große Wahrheit
aus, gnädige Frau!! Das ist so der Ton bei den
Feinern, wenn sie die Hecheleisen ausnehmen, an
welchen es nicht fehlt. Die Strebsameren werden
gleich excentrisch. Jenes ältliche Fräulein dorten
schwärmt für Petrarca und hat sich in ihrem Hausgärtchen auf den Rothrübenbau verlegt, seit sie gehört,
daß der Sonnettendichter Rothrüben über Alles gerne
gegessen; sie will die Rothrüben wieder mehr in die
Mode bringen. Jene alte Dame mit den drei Zaun-
stecken von Töchtern sammelt Petrefacten und hat
eine sehr hübsche Sammlung. Statten Sie ihr doch
einmal Besuch ab."

„Ich bin kein Freund von Petrefacten!" sagte
Wildhoff mit einem Blick auf die Töchter.

„Da stimmen wir wieder überein," antwortete
Sturm lachend. Ich denke mir, daß Sie sich eben so
sehr, wie ich, hinaussehnen an den See, den leider
die Saison jetzt etwas ungenießbar machen wird."

Und nun brachte der Maler unmerklich das

Gespräch auf die wunderholde Erscheinung der blonden Fremden, und Wildhoff lauschte mit schwärmerischer Sehnsucht seinen Worten. Er ahnte dabei nicht, daß er schon längere Zeit von einem Paar beutegieriger geselliger Unthiere beobachtet wurde, bis Herr Langenbècque plötzlich aus seiner lauernden Stellung auf sein Opfer zusprang, während auch das gelehrte Crocodil auf ihn losschoß, jedoch zu spät kam.

„Daß wir unsere Rede nicht vergessen," tönte dem Architekten erschreckend in's Ohr. „Sie kennen ja den Ausgang der Geschichte noch nicht, die ich mit meinem guten Freund, dem Squire Littlehouse erlebt habe, der er — nun Sie müssen ihn ja aus den Parlamentsverhandlungen kennen, er ist ein einflußreicher Staatsmann, — und kam also — warten Sie nur, das war so — er kam — ja, wann kam er nur? — gleichviel. Also, der reiche englische Staatsmann kam zu mir auf Besuch..."

Verzweiflungsvoll und hülfeflehend sah Wildhoff sich nach Sturm um. Aber dieser war ähnlichem Schicksal verfallen; ihn hatte das gelehrte Crocodil am Rockknopf gefaßt und schnaubte ihm eben zu:

„Sehen Sie, Alles, aber auch Alles, selbst die Sitte der Hausbälle läßt sich auf das alte Aegypten zurückführen. Der Nil hat unsere ganze Cultur in's Mittelmeer — 's ist ja nur ein Teich — herausgeflözt und an den Ufern angesetzt."

„Schade, daß keine Pyramiden mit herüber geflözt sind," bemerkte der Maler Sturm. „Man müßte es dann gewiß."

„Was braucht's das?" fuhr der gelehrte Aegyptier auf. „In der großen Pyramide des Cheops hat man..."

„Ereifern Sie sich nicht, ich glaub' Ihnen Alles," fiel hier Maler Sturm ein. „Meine Autorität für Alt-Aegyptisches war seither die Zauberflöte."

In einem der Nebensäle war zur nemlichen Stunde der kleine poetische Herr Schund, ein junger Mann von fünf bis sechsundfünfzig Jahren, der Gegenstand geheimer Furcht für den Gerichtsrath Brand. Mit blödem, jedoch selbstgefälligen Lächeln stand er in den Ecken umher und wartete auf die Stunde seiner Glorie. Er war nemlich Dichter im naiven Genre und liebte, seine Strophen (begehrt oder auch nicht begehrt) vorzutragen, was seine Seligkeit, Andern oft eine Verdammniß war. Im Caffeehause verschanzten sich seine Bekannten deswegen, so oft er eintrat, hinter die größten Zeitungsblätter, um dem

Vortrag von Maikäferleins Tod oder Johanniswürm=
chens Liebesfahrt zu entgehen. In großer Gesellschaft
ließ er sich jedoch stets nöthigen, harrte aber sehnlichst
des Moments der Nöthigung. Dieser war gekommen,
als sein Gönner, der Intendant Jensen, zu des Ge=
richtsraths Schrecken, sich an den Kleinen wandte:

„Nun, Herr Schund, tragen Sie uns doch, in
Ihrer liebenswürdigen Weise, eines Ihrer anmuthi=
gen Gedichte vor."

„Ich kann nichts auswendig, ich hab' nichts bei
mir!" sagte Herr Schund in gewohnter Art mit scham=
haftem Schmunzeln, welches zu weiterer Nöthigung
einlud.

Diese erfolgte jedoch nicht. Denn der Inten=
dant Jensen bemerkte eben den Cabinetssekretair des
Königs und hing sich an diesen, während der Ge=
richtsrath, von einem Alpdruck erlöst, mit erleichtertem
Herzen sich in witziger Weise mit den Anwesenden
unterhielt. Niemand dachte mehr an Herrn Schund.
Es dauerte aber nicht lange, so hatte dieser die Ge=
legenheit ersehen, vorzutreten und mit glücklichem
Lächeln zu sagen:

„Na, weil's denn sein muß, so will ich halt etwas
vortragen!"

Der überraschte Kreis im Zimmer lachte und klatschte in die Hände, — der Gerichtsrath erstarrte. Herr Schund aber sagte:

„Was soll ich denn vortragen? Maikäferleins Tod oder Johanniswürmchens Liebesfahrt? Ersteres hab' ich nicht geschrieben bei mir."

„Gut," sagte der Gerichtsrath, „lesen Sie das vor, das Sie nicht bei sich haben."

„Nun ja, ich kann's auch auswendig!" antwortete getrost Herr Schund, und der Gerichtsrath lehnte sich verzweifelnd und mit geschlossenen Augen an die Wand zurück.

Schon begann Herr Schund in rührend gemüthlichem Ton mit dem Titel „Maikäferleins Tod!" als im Salon außen eine beliebte Opernarie, von der Altstimme gesungen, anhub, was Alt und Jung hinauslockte.

Unwiderruflich war für Herrn Schund die schöne Gelegenheit verloren. Enttäuscht und voll Wehmuth ging er an's Büffet, holte sich eine Erfrischung und stellte sich mit dieser, voll Ergebung in sein Schicksal, an den Thürpfeiler eines andern Nebenzimmers.

Während man nun draußen der Arie lauschte und die einzelnen Sätze beklatschte, hörte Herr Schund

hinter sich im Zimmer reden. Man sprach eifrig, wenn
auch mit gedämpfter Stimme. Jedoch war die Akustik
des Zimmers so, daß der außen am Thürpfeiler Leh=
nende bei einiger Aufmerksamkeit jedes Wort verstehen
konnte. Herr Schund war trotz seiner grauen Haare
noch sehr strebsam und versäumte keine Gelegenheit,
seine Erfahrungen zu mehren. Anscheinend ganz in
seine Erfrischung versunken, horchte er um so schärfer,
als ihn das lebhaft geführte Gespräch zu interessiren
begann.

„Also der Minister steht noch fest?"

„Für jetzt noch. Vielleicht nicht für lange mehr."

„So müssen wir rasch vorgehen oder den Minister
um jeden Preis zu halten suchen." Die Stimme war
von hohler Höhe und fuhr fort: „Er wird unzuver=
lässig, der Erzbischof gewinnt Einfluß auf ihn, so viel
als mein Schwiegervater, — für jeden Durchzusetzenden
müssen wir als Aequivalent einen Ultramontanen hin=
nehmen, so daß die einheimischen Liberalen uns Ein=
verständniß mit den Ultramontanen vorwerfen. Das
kann auf die Dauer schaden. Mag also der Minister
später fallen, wenn wir nur erst Zeit gewinnen, in
der Presse auf den Henke als seinen Nachfolger hin=
zuweisen."

„Der geht nicht, — ist doch allzu verrufen,“ entgegnete die andere Stimme, und die erstere hub wieder an:

„Also lassen wir das für jetzt und nützen wir die Zeit. Das Nothwendige für jetzt ist: Der Holzmann muß weg!“

„Es wird nicht so leicht gehen.“

„Er muß weg! Er muß weg!“ rief die hohle Stimme, welcher Herr Schund so viel Entschiedenheit gar nicht zugetraut hatte. „Mein Schwiegervater sieht nicht länger zu. Sie, Pletsch, müssen etwas thun, vorgehen!“

„Ich kann nicht so ex abrupto. Es muß doch erst etwas gegen ihn vorliegen! Er ist ein umsichtiger Conservator und —“

„Wenn man's glaubt! Darum handelt sich's ja eben, daß man diesen Glauben erschüttere.“

„Jedoch wie?“

„So! Ich werde dieser Tage im Generalanzeiger auf den Busch klopfen: Das Institut liege in alter, schwacher Hand darnieder und könnte doch unter der rechten wissenschaftlichen Leitung eine Zierde dieses Schutzstaates der deutschen Wissenschaft werden. Zu gleicher Zeit schreibt der Schnipser in die deutsche

Correspondenz, daß man mit Bedauern vernehme, Professor Papst wolle einem Ruf nach Berlin folgen, da ihm die rechte Stellung für gedeihliche Wirksamkeit hier fehle. Der Spatz schmuggelt etwas davon in das offiziöse Blatt ein; der Arthur Meier — wo er nur den ganzen Abend steckt? — besorgt die Localpresse und stellt es als allgemeines Verlangen hin, daß ein so wichtiges Institut in die Hände eines Mannes, wie Professor Papst komme, bevor dessen Verlust zu beklagen sei, u. f. w. Mein Schwiegervater aber macht es bei dem Minister zu einer Lebensfrage. Sie stellen einen Antrag, lieber Pletsch, und so kann in wenig Wochen die Sache im Reinen sein: Der alte Holz= mann weg, mein Onkel Papst an seiner Stelle."

Aha! dachte Herr Schund bei sich, darauf geht es wieder hinaus! Der Physiker Holzmann war als alter, würdiger Herr bekannt, der Niemanden kränkte, zurückgezogen seiner Wissenschaft lebte und Bedeutendes leistete. Auch war Herr Schund ärgerlich, daß man als Ministerkandidaten seinen Gönner Jensen gar nicht nannte, eben so verwundert, die sonst nur in vagen Phrasen ertönende Stimme des Professors Baber so entschieden sprechen zu hören. Als lausche er mit der Gesellschaft im Saale der schönen Alt=

stimme, so stand Herr Schund an seinem Posten, ge=
spannt, die Entgegnung des Referenten Pletsch zu
vernehmen, der während dieses Gesprächs noch nicht
ein einziges Mal gelacht hatte. Und eben sagte nun
dieser in ziemlich bedenklichem Tone:

„Wenn es nur schon so weit wäre! Der Holz=
mann hat mächtige Freunde. Sind Sie z. B. der
— — Luckner in der Sache sicher?"

„Und wenn nicht?" fragte der Professor gleichgültig.

„So kann ein Wort von Herrn v. Leith Alles
vereiteln."

„Warum soll er ihr, und nicht meinem Schwieger=
vater zu Liebe interveniren?"

„Wo hatten Sie denn den ganzen Abend Ihre
Augen? Sehen Sie nicht, wie er mit der Tochter steht?"

„Die soll ja mit ihrem Vetter verlobt sein."

„In Wirklichkeit wahrscheinlich mit dem Günst=
ling des Königs."

„Was Sie sagen! Leith wäre uns verloren?!
Doch nur Vermuthung. Wenn die Verlobung noch
nicht Thatsache, so fände sich wohl noch ein Keil. Es
müßte um jeden Preis verhindert werden. Im andern
Falle freilich müßten wir um jeden Preis die Luckner
gewinnen, — der Architekt böte dazu eine Handhabe."

„Die Langenbècque's schon gefaßt haben, hä, hä, hä!" lachte zum erstenmale der Referent Pletsch, und der Andere fuhr fort:

„Wie schlau! — Nun, der Langenbècque muß dann auf den Neffen, dieser auf die Tante, diese auf den Leith wirken, — und eine innige Allianz mit der Luckner wäre sehr in's Auge zu fassen."

„Da wäre jedoch noch ein schwerer Stein weg= zuwälzen," fing der Referent Pletsch wieder an. „Es ist nicht gleichgültig, daß dieser Herbert, des Archi= tekten Freund, gerade jetzt im Salon der Frau v. Luckner auftaucht. Haben Sie bemerkt, welche Aufmerksamkeit sie ihm widmet, wie Herr v. Leith und der Cabinetssekretär lange mit ihm sprachen?"

„Ich hab' es wohl gesehen," sagte der Professor jetzt seinerseits bedenklich. „Bevor wir aber an diesen Stein des Anstoßes denken, kommt Alles darauf an, zu erfahren, ob Herr v. Leith wirklich schon verlobt ist. Denn —"

Herr Schund hörte nicht weiter. Schon seit einiger Zeit war seine Aufmerksamkeit getheilt und er wußte nicht, ob das wichtiger war, was seine Ohren hörten, oder das, was seine Augen sahen, — bis er der Neugierde der letzteren folgte. Während nämlich

die Gesellschaft im Salon mit Theilnahme dem Ge=
sange der schönen Altstimme horchte, und der alte
Fridolin am Büffet einige materieller Gesinnte leise
befriedigte, bemerkte Herr Schund, daß Frau v. Luckner
ihrem Kammermädchen einen Auftrag gab, worauf
dieses mit einem Schlüssel in der Hand und mit einem
sprechenden Blick nach Herrn Arthur Maier, der un=
aufgelegt unter der Glasthüre stand, durch die Ve=
randa hinaus schritt in den Garten und dort ver=
schwand. Es war eben nicht auffallend, daß ein Herr
gleich darauf ebenfalls in den Garten ging, um sich
etwas abzukühlen; Herrn Schund fiel es nur auf, daß
dies derselbe Herr Arthur Maier war, welcher den
Blick von der hübschen Jeanette empfangen hatte.

Eben schloß der Vortrag der schönen Altstimme,
und Alles rief klatschend da capo! bis sich die Sän=
gerin wirklich entschloß, die Arie zu wiederholen, wäh=
rend das Publikum sich um den Flügel drängte. Nur
Herr v. Leith blieb in der Nähe der offenen Glas=
thüre, welche in die Veranda und den Garten führte.
Nun bemerkte Herr Schund, daß sich auf der andern
Seite des Saales Frau v. Luckner nach Fridolin um=
sah, und da dieser noch immer sehr beschäftigt schien,
einige Worte zu ihrer Tochter sprach, als gelte es,

etwas in der Eile Vergeſſenes nachzubeſorgen. Frau
v. Luckner ging wieder nach ihrem Platze zurück, Jda
aber ſah eine kleine Weile wartend auf Fridolin. Als
dieſer jedoch für die nächſte Zeit allzu beſchäftigt ſchien,
faßte ſie ſichtlich den Entſchluß, ſelbſt zu gehen, ſchritt
auf die Thüre zur Veranda hin, indem ſie ſich ein
ſeidenes Tuch um den herrlichen Hals und die Schul=
tern ſchlang, und ſchlüpfte ohne Winken, aber erröthend
bis in's Weiße des Auges, hinaus, als ſie die ſchöne
Geſtalt des glänzenden Cavaliers in der Nähe der
Thüre entdeckte. Für Herrn v. Leith war es ein ſehr
günſtiger Zufall, ohne Aufſehen zu erregen, ebenfalls
hinaus treten zu können, indem er ſich unbefangen
mit dem Taſchentuche Kühlung zufächelte.

Die Geſellſchaft im Saale war zu ſehr mit dem
Vortrage der Arie beſchäftigt, um auf jeden Einzelnen
zu achten, der ſich auf die Veranda oder in den Garten
begab. Herr Schund jedoch dachte: Dieſer Offizier
will gewiß hören, ob die Nachtigallen im Garten
ſchlagen, — er ſcheint ein großer Naturfreund zu ſein.

In dieſer Betrachtung wurde der kleine Herr
durch ein paar entſchieden geſprochene Worte hinter
ihm geſtört, welche alſo lauteten:

„Gut alſo, wir verſtehen uns. Er muß weg!

Jeder hat nun seine Rolle, und ich will meinen Onkel Papst auf die seinige vorbereiten!"

In demselben Augenblicke trat auch das Paar aus dem Zimmer in den Salon und war sehr erstaunt, Herrn Schund an seiner Stelle zu sehen. Jedoch schien dieser so harmlos mit dem Reste seines Gélées beschäftigt, daß sie ohne Argwohn sich zu denen gesellten, welche der Altstimme lauschten. Herr Schund war nicht wenig erstaunt, als er dasselbe fade Lächeln auf dem Antlitze des Professors Baber bemerkte, welches demselben einen läppisch einfältigen Ausdruck verlieh. Nach dem, was er gehört, vermuthete er, einer unerwartet entschlossenen Miene zu begegnen. Und nun war Herr Schund mit zwei Geheimnissen belastet, von welchen er nicht recht wußte, wie sie anzuwenden seien. Um sich zu wirksamem Nachdenken darüber zu stärken, gesellte er sich zu seinem poetischen Collegen Schmalz, der seinen Posten vor dem Buffet noch immer nicht verlassen hatte. Mit der ihm eigenen Bescheidenheit fragte er diesen, warum der Arthur Maier heute so verstimmt sei, und erhielt zur Antwort, daß die schnippischen Dinger im Saal sich über seine hohen Stiefelabsätze moquirt hätten. Mitfühlend meinte Herr Schund:

„Ja, da steht man ganz harmlos und denkt nicht, was man hinterm Rücken über uns sagt. Wir ahnen nichts und kümmern uns nicht."

„Es fällt uns gar nicht einmal ein!" sagte der Schmalz und hieb mit großer Gewandtheit einen Indianflügel ab, ließ sich von Fridolin sein Glas füllen und setzte sich auf einen nahen Stuhl nieder, um sich in trostreiche Betrachtungen über die Gleichgültigkeit um menschliche Urtheile zu versenken.

Herr Schund folgte seinem Beispiele und verlor sich in ähnliche Betrachtungen, während der alte Fridolin ein Leben führte, wie der Vogel im Hanfsamen, indem er nicht blos alle Reste, sondern auch nebenbei gefüllte Gläser sorgsam austrank, damit kein Tropfen unnöthig verderbe.

Mittlerweile war Jeanette, ihr geschmeidiges Figürchen drehend, durch die Veranda in den Hof geeilt, um den Weg nach dem Eiskeller und Vorrathshause einzuschlagen, das im Garten lag. Die Nacht war äußerst mild, der Blumenduft hier außen fast berauschend, — schläfrig plätscherte die Fontäne in ihr Becken. Die bunten Papierlampen brannten noch zwischen den Orangenbäumen, dann folgte ein kurzer dunkler Gang zwischen den Bäumen, der vor den

Keller führte, wo zwei Laternen an eisernen Haken
hingen und ein zweifelhaftes Licht auf die Wand und
umherstehendes Gesträuch warfen. Jeanette hatte sich
mehrmals umgesehen, nicht gerade, als ob sie sich
fürchte. Aber sie vernahm nichts, als die aus dem
Salon hallenden Töne des Flügels und der Altstimme,
dazwischen das einschläfernde Geplätscher der Fontäne.
Jetzt steckte sie den Schlüssel in's Schloß der Keller=
thüre und wollte eben nach einer der Laternen langen,
um sie mit hinein zu nehmen, als sie sich von zwei
Händen umspannt fühlte.

Sie stieß nur einen leisen Schrei der Ueber=
raschung aus.

„Pst! Jeanette sei gescheidt!" sagte eine männ=
liche Stimme flüsternd.

„Ah, Sie sind's Arthur! Was thun Sie denn hier?
Gehen Sie hinein zu Ihren hochnasigen vornehmen
Dämchen, zu der zaundürren Eulalia und einfältigen
Luise. Was thun Sie denn bei mir, Sie Ungeheuer!"

Sie wehrte sich dessen ungeachtet nur schwach,
als das Ungeheuer jetzt ihre Wangen küßte; klagend
aber fuhr sie fort:

„Den ganzen Abend haben Sie mich wieder
nicht angesehen —"

„O Jeanette!" sprach der andere mit forcirter Innigkeit. „Jeanette, wie verkennen Sie mich, wenn des Lebens strenge Pflicht mich zwingt, äußerlich kühl zu sein, wo ich innerlich glühe! Himmlische Jeanette, verkenne mich nicht länger. Aber," und der Ton seiner Stimme änderte sich, als er nun fragte: „sprechen Iba und ihre Mutter gar nicht mehr von mir? Antworte rasch und aufrichtig!"

„Ja, sie lachen manchmal noch über Ihr damaliges rasches Wachsthum. Auh!" schrie Jeanette unter dem Griffe ihres zärtlichen Liebhabers schmerzlich auf, denn dieser hatte krampfhaft ihren Arm gepreßt. Dann fragte er mit einem Tone, durch den mühsam unterdrückter Grimm zitterte:

„Gut. Wird heute noch eine Verlobung angekündigt?"

„Eine Verlobung?"

„Ja, eine Verlobung. Ich spreche doch deutlich genug."

„Wer soll denn verlobt sein?"

„Iba. Mit dem Architekten oder Herrn v. Leith?"

„Wenn eine Verlobung stattfände und es käme auf das Fräulein an, dann sicher nur mit dem Leith."

„Und auf die Mutter?"

„Dann auch."

„Nun also, auf wen soll es dann noch an=
kommen?"

Jeanette wollte antworten, als sich Tritte von
zwei Seiten rasch näherten. Hastig riß Jeanette eine
der Laternen herunter, schloß die Kellerthüre auf und
verschwand innen, während der Herr zurücksprang und
sich in dem Schatten der Bäume und des Gebüsches
barg. Von da aus sah er nicht ohne Ueberraschung
eine hohe weibliche Gestalt in weißem Gewande durch
den dunkeln Gang zwischen den Bäumen rasch und
fast ängstlich daherschweben, so daß der Schimmer
der noch außen an der Kellerwand hängenden Laterne
das Astwerk im Schattenbild auf ihre Robe zeichnete.
Da hatte aber eine andere, männliche Figur dieser
weiblichen auch schon den Vorsprung abgewonnen und
den Weg verlegt. Ein beklommener Aufschrei war
noch vernehmbar, — und dann hatten sich beide Ge=
stalten schon so fest umschlungen, daß der Schein der
Laterne nur einen gemeinsamen Schatten auf den
Rasen warf.

„Jba!"

„Erwin!"

Längere Zeit war kein Laut weiter vernehmbar. Der im Gebüsche saß aber mit eigenthümlichen Empfindungen, wie das herrliche Mädchen in den Armen des schönen Offiziers lag, wie ihr Gesicht sich an seiner Brust barg. Es war eine heiße Umarmung, ein festes glühendes Aneinanderschließen. Und nun hob er ihr Haupt und preßte seine Lippen auf die der schönen jungen Dame in einem minutenlangen, brennenden Kusse. Dann drängte ihn diese zurück — es raschelte ja im Gebüsch,. — sie flog auf die Kellerthüre zu; der Offizier stand noch eine kleine Weile wie gebannt auf der Stelle, wo ihm so kurzes Glück geblüht. Nun aber wandte er sich um und wollte hastig nach dem Salon zurück, von welchem noch immer der Vortrag der Altstimme mit den Flügelaccorden in den Garten heraus scholl, wo die geheime Scene zwischen blühendem Gebüsche stattgefunden.

Da stellte sich ihm plötzlich in der Dunkelheit eine männliche Gestalt in den Weg, daß er überrascht einen Schritt zurücktrat und mit einer unwillkürlichen Bewegung die Hand an den Säbelknauf legen wollte. Es war eine kurze gebrungene Figur, die so ganz unerwartet vor ihm stand.

„Erſchrecken Sie vor mir, Herr von Leith?"
klang jetzt deren Stimme.

„Ah, Sie ſind's, Maier! Nein, Sie können mich
nicht erſchrecken."

„Das freut mich recht ſehr," ſagte der Kleine.
„Es wäre mir auch leid, Sie bei Ihrem nächtlichen
Spaziergange geſtört zu haben."

Dem Offizier fiel der hämiſche Ton auf, mit
welchem dieſes geſprochen wurde. Er zog jedoch vor,
nicht zu antworten, indem er jetzt weiter ging, während
der Andere ihm zur Seite blieb und wieder mit den
Worten begann:

„Die Geſellſchaft wird alſo doch mit einer Ver-
lobungsanzeige überraſcht werden."

„So? Wer ſoll denn verlobt ſein?"

„Sie fragen ſo unbefangen, als ob Sie noch
läugnen könnten."

„Ich?! — Was wollen Sie damit ſagen?"

„Nun, man umfängt und küßt doch nur als
Bräutigam die Tochter dieſes Hauſes. Laſſen Sie
mich der Bote dieſer Freudenbotſchaft ſein."

„Halt!" rief jetzt der Offizier beſtürzt und mit
beſchwichtigender Aufregung. Er faßte dabei des Kleinen Arm, als müſſe er ihn mit Gewalt zurückhalten.

„Ich bitte Sie um des Himmels willen, lassen Sie
kein Wort davon verlauten."

„Also wollen Sie der Gesellschaft noch immer
die Anzeige Ihrer Verlobung vorenthalten? Zu welchem vernünftigen Zwecke, Herr von Leith?"

Der Offizier, welcher stehen geblieben war und
den Kleinen noch immer festhielt, als fürchte er, derselbe könne ihm entwischen, stampfte mit dem Fuße
und erwiederte dann unmuthig:

„Ich weiß von keiner Verlobung!"

„Das ist seltsam!" versetzte der Andere mit
Wucht und Nachdruck. „In der That, höchst seltsam!
Um so wichtiger wird der Frau von Luckner und ihrem
Neffen die Nachricht sein, die ich zu hinterbringen
habe."

Herr von Leith hielt den Kleinen noch fester.

„Ruhig! Machen Sie mich nicht unglücklich!"
sagte er mit erregter Stimme, aus welcher Pein und
Wuth gleichermaßen bebten. „Weder Frau von Luck-
ner, noch der Vetter, noch sonst ein Mensch auf
Erden darf davon erfahren. Schon Sie als dritter
Mitwissender sind viel zu viel."

„Darum würden Sie mir auch am liebsten den
Degen durch den Leib stoßen!" meinte Herr Arthur

Maier, der seiner Sache jetzt sicher war. „Sie sind ärgerlich, Herr von Leith, natürlich."

„Ja, ganz verzweifelt!" sagte der Offizier, der sich vergeblich bemühte, sich so weit zu fassen, um darüber nachdenken zu können, wie er sich am besten des verdammten kleinen Spions versichern oder ent= ledigen könne. Seine sonstige Sicherheit war ihm dabei vollständig zu Verlust gegangen. Er dachte nur noch daran, den Kleinen zum Schweigen zu bringen und machte seine Versuche in leidenschaftlich unvor= sichtiger Weise, als er nun weiter sprach: „Ich bin jedoch von Ihrer Discretion allzu überzeugt, als daß ich darüber nicht ruhig sein sollte. Mir liegt alles daran, daß nichts verlaute. Es kann später noch kommen, oder — ich will aufrichtig sein — vielleicht auch nicht. Sie haben ein Geheimniß in Händen, — verwerthen Sie es auf jede andere Weise, nur nicht durch Verrath an einem Ihrer alten Freunde."

„Nun, von der Freundschaft hat sich bis jetzt wenig gezeigt."

„Für die Zukunft wird's anders sein!"

„Versprechen und halten sind zweierlei. Bei Männern sollte die That dem Worte auf dem Fuße folgen, wie der Schatten dem Körper."

„Zweifeln Sie an meiner Bereitwilligkeit, wenn ich mein Wort zum Pfand gebe?"

„Gut!" sprach Herr Arthur Maier, nicht ohne Befriedigung. „Wenn ich Sie recht verstanden habe, lieben Sie Fräulein von Luckner, denken aber nicht gerade, sie beßwegen auch zu heirathen."

„Ich sagte das nicht. Bevor ich überhaupt an eine Heirath denke, muß ich zum Mindesten doch Flügelabjutant sein."

„Seien Sie aufrichtig, Herr von Leith, — Sie thun am besten daran! Sagen Sie nur gleich frisch heraus, daß Sie dann eher eine Gräfin wählen, als — eine Beamtentochter."

Der kleine Arthur Maier erkannte alle seine Vortheile und war fest entschlossen, sie auszunützen, als er jetzt zu dem in seiner peinlichen Verlegenheit sich windenden Offiziere aufsah. Die Dunkelheit verhinderte, dessen Züge genau zu beobachten. Aber Arthur Maier wußte ohnehin, was sie ausbrücken mochten. — Die beleuchteten Fenster des Salons lagen jetzt vor ihnen; auf dem freien Platze fiel der Strahl der Fontaine plätschernd in's Becken, während der Offizier und sein Peiniger, im Schatten des Gebüsches stehend, in ihrer unerquicklichen Verhandlung verweilten.

„Sie vermögen wohl einzusehen," fing Herr von Leith jetzt leise an, „daß ich nicht mehr so ganz meines Schicksals Herr bin, sondern daß die Entscheidung einem Andern gebührt: Dem König! Er hat etwas mit mir vor, noch weiß ich nicht, was. Ich liebe Iba, — wer möchte das herrliche Mädchen nicht lieben.· Sie ist mir gewogen, — ich weiß es! Ob mir erlaubt sein wird, sie auch heimzuführen, das hoffe ich, kann es aber jetzt noch nicht wissen."

„Sagen wir doch gleich, lieber Leith, Sie werden ·die schöne Iba zum Schlusse einem Andern — etwa dem Architekten — überlassen, und selbst eine Andere — etwa Adele Waldburg — nehmen."

Mit Widerwillen nahm der elegante Höfling die Vertraulichkeit wahr, mit welcher dies gesprochen wurde, und doch konnte er sie in seiner Lage nicht zurückzuweisen.

„Haben Sie ein Interesse daran?" fragte er kurz.

„Ja oder nein, gleichviel. Ich dächte jedoch, daß Sie durch eine Verbindung mit der hohen Aristokratie sicherer und fester an der Seite des Königs stehen werden, als ohne ·solche."

„Aber, was haben Sie für ein Interesse daran?"

„Ich? Ein bedeutendes. Es ist doch wahrlich vortheilhafter, einen Freund bei Hofe zu haben, den nicht gleich der nächste Windwechsel umwirft."

„Das ist wahr, — und Sie meinen, ich soll dieser Freund sein."

„Ich meine das, ja. Habe ich doch für's Erste den Vortheil, daß Ihnen selbst an dieser Freundschaft gelegen sein muß, und für die Zukunft kann ich Sie wohl durch meine treue Mithülfe bei Ihren jetzigen persönlichen Angelegenheiten verpflichten. Wenn Sie mich verstehen wollen, dürfen Sie ja nicht zu gering über dies Offert denken. Sein Werth wird Ihnen noch einleuchten."

Herr von Leith betrachtete sich den Kleinen jetzt scharf. Er glaubte ihn zu verstehen. Dann sagte er: „Maier, Sie sind ein Teufelskerl!"

„Und ich steige dadurch natürlich in Ihrer Ach= tung," entgegnete der Kleine nicht ohne Sarkasmus. „Wenn Sie die Freundschaft eines solchen richtig zu taxiren wissen, laß ich mir den Titel gefallen."

„Soll ich Ihnen meine Seele mit Blut ver= schreiben?"

„Ich wüßte nichts mit derselben anzufangen. Meine Bedingungen haben nichts mit der Seele zu schaffen."

211

„Unb ich erkaufe mit denſelben auch Ihr Schweigen?"

„Bis in's Grab, wenn Sie wollen."

„Alſo die Bedingungen!"

„Einmal, daß Sie ſich nie für den Architekten verwenden."

„Ah, Sie haſſen ihn? Ich auch. Mit Vergnügen acceptirt."

„Daß Sie es verhindern wollen, wenn je dem Doktor Herbert eine Gunſt zugedacht werden wollte."

„Leicht zu verſprechen, — der Mann gefällt mir nicht."

„Leicht zu glauben. Dann, daß Sie den König auf meine Arbeiten aufmerkſam machen und —"

„Und auf Grund dieſer Kenntnißnahme eine Penſion verſchaffen. Das iſt etwas. Wenn ſie dem Könige jedoch nicht gefallen?"

„Wenn ihm geſagt wird, ſie ſeien ſchön, ſo ſind ſie ſchön. Alſo?"

„Gut. Ich kann es verſuchen. Sonſt nichts?"

„Daß Sie mich dem Landgericht am See für die Sommerſaiſon als Praktikant empfehlen."

„Ei! Was lauert dahinter? Jedoch, ich werde es thun und nicht fragen, wozu, ſelbſt wenn ich die
14*

Vermuthung hätte, daß es in Bezug zu dem holden Schwan stehe. Nun sind Sie aber doch zu Ende?"

„Noch eine Kleinigkeit. Sie werden mir hie und da Mittheilungen von den Vorgängen bei Hof machen —"

„Daß Sie es an die Blätter schreiben!" sagte Herr von Leith unzufrieden.

„Nein, damit ich mir Einfluß verschaffe. Ist die Ministerkrisis eine Thatsache?"

„Ah, Sie treten Ihre Vertragsrechte rasch an! So viel ich weiß, ist sie vorhanden."

„Wer wird — Cultusminister?"

„Begnügen Sie sich mit der Antwort, daß sich der Mann heute Abend hier im Hause befindet," sagte Herr von Leith zögernd.

„Der Jensen?"

„Gott bewahre!"

„Wer denn?"

In diesem Augenblicke traten mehrere Personen aus dem Saal auf die Veranda heraus, und Leith fand es für gut mit seinem Begleiter in deren Gesichtskreis zu treten. Iba mußte längst mit Jeanetten in's Haus zurückgekehrt sein, und so schritt er jetzt neben dem kleinen Maier dahin, wie in einem harmlosen Luftbade.

„Verschieben wir Alles Uebrige auf eine spätere
Stunde," flüsterte der Höfling seinem Peiniger zu.
„Kein Mensch darf indeß das Geringste über unsere
Besprechung erfahren, auch nicht die Molche."

„Was gehen mich Die an!"

„Sind sie nicht Ihre Freunde?"

„So lang ich sie brauchen kann," sprach Herr
Arthur Maier noch mit cynischem Gleichmuthe, als
sie die Stufe zur Veranda betraten, um dann mit
einander im Saale zu erscheinen.

Herr v. Leith hatte seine Unbefangenheit einge=
büßt und erschien für den Rest des Abends nach=
denklicher, als man ihn je in Gesellschaft gesehn.
Ida's Augen ruhten oft zärtlich auf ihm, als sie aber
einmal zufällig denen des kleinen Arthur Maier be=
gegneten, verfärbte sie sich über den Ausdruck bos=
hafter Befriedigung und hämischer Genugthuung in
denselben. Ein jäher Schreck, eine große Angst zit=
terte durch ihre Gestalt, und sie hatte Mühe, ihre
Bewegung zu verbergen.

Neuntes Capitel.

Handelt zum Theil von Politik und Intriguen.

Ohne Ahnung dieser Vorgänge hatte sich in einem größeren Nebensaal ein kleiner erlesener Kreis um die Hausfrau gesammelt. Man ließ die Jugend braußen singen und tanzen und war hier innen in ernster Unterredung begriffen, an welcher sich außer Frau v. Luckner auch Herbert, der Kabinetssekretär des Königs, Herr v. Rixner und der Regierungs= director aus der Provinz betheiligten.

Regierungsdirector Keller war ein starker, wenn auch nicht hochgewachsener Herr von gedrungenem, festem Körperbau, breitem Gesichte, das ein dicker Schnurrbart beschattete, und von entschiedenem Wesen in Bewegung und Worten. Von der übrigen Gesell= schaft wenig beachtet hatte er sich den ganzen Abend im Hintergrunde gehalten, mehr beobachtend als theil= nehmend. Nur die Hausfrau, der Kabinetssekretär des Königs und Herr v. Leith begegneten ihm mit

besonderer Aufmerksamkeit, sprachen öfters längere
Zeit mit ihm und schienen ihn überhaupt für eine
Person von Bedeutung zu halten; bei Frau v. Luck=
ner᾽ kam noch die Theilnahme an dem Freunde ihres
verstorbenen Mannes hinzu. Gegen die feine höfische
Manier des Herrn v. Leith, des Kabinetssekretärs
und des Geheimrath v. Rizner bildete die bestimmte,
kurze Art des Mannes einen auffallenden Gegensatz,
der gleich von Anfang den Doctor Herbert für ihn
eingenommen hatte. Gutmüthigkeit und Charakter=
festigkeit, seltsam gepaart, sprachen aus den Zügen
seines breiten Gesichtes, welche eben so Verstand und
Urtheilskraft ausbrückten, als seine Worte kurz, be=
zeichnend und zutreffend waren, da er sich mit Herbert
über die Zustände des Landes unterhielt.

Die Unterredung hatte schon ziemlich lange ge=
dauert und schien beide Theile fortwährend zu fesseln,
während Herr v. Rizner und der Kabinetssekretär sich
eine Zeitlang nur betheiligt hatten, um sich dann zu=
rück zu ziehen, als das Gespräch einen wärmeren Cha=
rakter annahm. Nur Frau v. Luckner hielt aus und
kam, so oft es ihre Wirthspflichten gegen ihre übrigen
Gäste zuließen, nach dem Kabinete zurück, wo die
Unterhaltung stattfand.

„Sie geben sich also keinen sanguinischen Erwar=
tungen hin, Herr Doctor?" fragte der Regierungs=
director v. Keller.

„Ich kann es mit dem besten Willen nicht," ant=
wortete Herbert.

„Und warum?" fragte Herr v. Keller kurz.

„Der junge Fürst ist talentvoll, empfänglich für das
Edle!"

„Aber ohne Bewußtsein seiner Regentenpflichten,"
erwiderte Herbert offen. „Erzogen in dem legitimen
Wahn, Land und Volk seien des Fürsten wegen da,
ohne Gegenverpflichtung, scheint mir auch seine sub=
jective Charakteranlage bedenklich."

„Woraus schließen Sie das?"

„Alle Welt fand liebenswürdig, daß er bei seiner
ersten Unterschrift eines Ernennungsdecrets Bedenken
äußerte, weil er den Mann nicht kenne. Mir selbst
erregte die Anecdote keine angenehme Empfindung, sie
erschien mir ordentlich ominös, und ich habe mich
nicht getäuscht: all' sein seitheriges Thun trägt dies
Gepräge, — weniger das Bedürfniß des Staats, als
eigne Laune entscheidet, und nur seine Umgebung ge=
winnt dabei. Man hat diese Richtung bereits gewis=
senlos ausgebeutet."

„Und nun folgern Sie —"

„Daß das Günstlingswesen nicht nur nicht auf=
hören, sondern üppiger fortblühen und in ernster Zeit
die Catastrophe beschleunigen wird."

„Das ist eine trübe Perspective. Gestehen Sie
wirklich dem von Ihnen sogenannten Günstlingswesen
eine so intensive Wirkung auf das Staatswohl zu?"
fragte Herr v. Keller, der wie alle Beamte diese nicht
recht anerkennen wollte, da sie ja mehr nur bei dem rein
geistigen Gebiet sichtbar war und der bureaukratische
Mechanismus wenig berührt erschien.

„Gewiß!" versetzte Herbert. „Günstlingswirth=
schaft demoralisirt und corrumpirt immer durch alle
Schichten hinunter, selbst wenn sie das Gegentheil
will, — mag sie nun von Fürsten oder Genossen=
schaften ausgehen. Sie muß ihrem Wesen nach ver=
derblich wirken. Welche segensreiche Wirkungen hätten
z. B. die Berufungen von Capazitäten haben können!
Und nun? Entmuthigung der Geister ist ein schlimmes
Symptom für die Zukunft des Staats."

„Sie verwerfen also Berufungen im Prinzip
nicht?" fragte der Regierungsdirector aufmerksam.

„Wie könnte ich's, ohne ein Narr zu sein," ant=
wortete Herbert. „Aber, wenn irgendwo, so hätte in

diesen das Verdienst, und blos das Verdienst ent=
scheiden müssen. So jedoch ward es unter der
Henke'schen Wirthschaft, und ist es seitdem, reine
Gunst= und Coteriesache. Man kommt nicht einmal
allein, sondern bringt ganze Cohorten mit in's Land,
die alle auf dessen Kosten versorgt werden wollen.
Man sucht Anhang, eine Parthei, — alles Schwache,
Charakterlose, Unselbstständige im Lande, das durch
eigne Kraft nichts werden könnte, schließt sich an,
kommt empor, während charaktervolle Tüchtigkeit mit
dem Stolze ihres Bewußtseins im Hintergrunde
bleibt, verdrossen, entmuthigt und zuletzt unbekümmert
um den Staat, der der Schauplatz solchen Treibens
ist. Eine Hauptursache des Verfalls."

„Verfall, — Sie sprechen schon von Verfall.
Ich sehe ihn noch nicht deutlich."

„Und ich überall, wohin ich blicke!" sagte Her=
bert. „Wenn ich mich nach dem einst so fröhlichen
Aufstreben umsehe: wie viel erlahmte Kraft, wie viel
verzweifelnde Resignation tritt mir entgegen! Auf wie
viel Mienen steht das schauerliche: Lasciate ogni
speranza! Man geizte nach dem Ruhm des Schutz=
staates der Intelligenz, und erstickte die Intelligenz
im eignen Volke. Man unterband sich die eigne get=

stige Pulsader, um in Experimenten der Blutein=
spritzungsmethode zu glänzen."

„Erläutern Sie mir das näher," sprach der Re=
gierungsdirektor, indem er sich auf einen Stuhl in
der Ecke des Zimmers zurückzog und Herbert einlud,
den daneben stehenden einzunehmen. Dieser fuhr nun
auch in seiner Darlegung fort:

„Man wollte eine privilegirte Kaste, und wir
sollten die Paria sein, — Heloten, welche arbeiten,
damit Andere den Lohn ernten können. Der Jakob
unter der Himmelsleiter soll noch entzückt sein über
die Engel und Erzengel, welche im besternten Rock
an derselben auf= und niedersteigen."

„Jakob beneidet also die Engel um Staatsfrack,
Titel und Orden," warf Herr v. Keller forschend ein.

„Ach ja, das ist das Allerwahrscheinlichste!" be=
merkte jetzt Herbert mit bitterer Ironie. „Orden?
Möchte man die Herren vorn und hinten damit be=
stecken, bis sie genug haben. Jakob beneidet nicht,
sondern verlangt nur auch für sich etwas freien
Spielraum. Aber schon der Wunsch gilt als An=
maßung, — Aeußerung des Talents als Auflehnung
gegen das System. Ja zuletzt, als man endlich doch
nicht mehr blind sein konnte für die zu Tage treten=

den Wirkungen, verlangte man von unserer Uneigen=
nützigkeit, gegen dieselben einzutreten, aber die Ursache
zu schonen, und war das nicht thunlich, so erschien der Frei=
muth fast als Hochverrätherei. Die Folge war, daß sich
die Intelligenz des Landes verzweifelnd von der De=
batte über öffentliche Angelegenheiten zurückzog, sie
dem gewöhnlichsten Literatenthum überlassend. Sehen
Sie nun einmal auf den Zustand unserer Presse!
Preßzustände sind aber sichere Symptome. Wo die
Presse blüht, ist auch der Staat noch nicht verloren,
denn die öffentliche Meinung ist wach. Die Lenker
unsers Staats meinten wohl auch, sich überhaupt um
Presse nicht kümmern zu dürfen, bis die Presse sich
nicht mehr um ihn kümmerte. So schälte er sich
allmählig aus dem nationalen Bewußtsein heraus.
Mit einer Naivetät ohne gleichen arbeitete man an
dem eignen Ruin. Deutlich gibt er sich durch den
um sich greifenden Mangel an Pflichtgefühl — Bei=
spiele stecken an — kund. Es gilt nachgerade als
höchste Lebensweisheit, sich vom Staate zahlen zu
lassen und nichts für denselben leisten, vom Schweiße
des Volkes zehren und sich um dessen Schicksal nicht
zu kümmern."

„Sie sehen zu schwarz!" sagte Herr v. Keller.

„Ober treffe vielleicht nur in's Schwarze!" ent=
gegnete Herbert mit bitterem Lächeln. „Ist nicht
unser Volk tüchtig und begabt, haben wir nicht eine
schöne constitutionelle Entwicklung gehabt, sind nicht
unsere Finanzzustände noch günstige? Oder haben wir
unter dem Einfluß des Adels zu leiden, wie ander=
wärts? Sein Einfluß ist geringer, als sich vielleicht
wünschen ließe. Und warum, trotz so vieler günstigen
Bedingungen zu gedeihlichem Staatsleben, warum nun
dennoch diese allgemeine Hoffnungslosigkeit, dieses
fatalistische Hinleben? Warum? Den Geist im Volke
zu beleben, zu heben hat man versäumt und sich mit
eiteln Experimenten begnügt. Der Schwungkraft des
Volkes hat man die Flügel gebrochen. Statt für
dasselbe, haben unsere Fürsten für die Launen ihrer
Günstlinge gelebt. — Man durfte kein Landeskind
sein, um bei unsern Fürsten Beachtung zu finden.
Auch das Volk könnte anfangen, dies Beispiel nach=
zuahmen und seine Blicke hinaus zu richten. Es gibt
natürliche Consequenzen. Andere Staaten sind durch
Verrath, Gewalt, großes Unglück gefallen, — der
unsrige findet einen unrühmlichen, verdienten Fall —
durch Unverstand."

„Sie sind ein düsterer Prophet. Nur keine so

unbarmherzige Logik, Herr Doctor," sprach der Re=
gierungsdirector: „Angenommen, nicht zugegeben, wir
gingen einer Catastrophe entgegen, so müßten Sie
doch auch unverschuldetes Unglück, z. B. die volks=
wirthschaftliche Crisis als Ursachen mit in Rechnung
ziehen."

„Unverschuldetes und verschuldetes Unglück tref=
fen stets zusammen, wenn Staaten fallen sollen,"
meinte Herbert. „Und die Catastrophe wird früher
oder später kommen, mag man noch so sehr die
Straußenlist anwenden, um sie zu beschwören. Auch
Herr v. Altmüller wird den kommenden Sturm nicht
beschwichtigen, mag er auch immer wärmer dem Fort=
schritt, den er insgeheim haßt, die Hand drücken. —
Jüngst sagte er einem Beamten, der ihm ein Werk
seiner Mußestunden überreichte: „Wir brauchen keine
Schriftsteller, sondern Beamte!" Nun, an Beamten
hat es dem Staate nicht gefehlt, . — und doch wird
er zu Grunde gehen."

„Sie sind sehr eingenommen für diese Consequenz,"
bemerkte jetzt der Regierungsdirector etwas unzu=
frieden.

„Nein, aber sie ist eine nothwendige. Was der
Staat unter den geschilderten Verhältnissen thun

mußte, hat er gethan bei Beginn der entscheidenden nationalen Crisis: er hat sich schwach gezeigt. Schwäche aber ist das größte aller politischen Laster, wie Energie die erste politische Tugend ist. Dieser Staat hat von der deutschen Nation seine Existenzberechtigung nicht zu erweisen vermocht. Das entscheidet aber sein Schicksal. Wollen wir in einigen Jahren weiter darüber reden."

„Und für jetzt halten Sie den schlimmsten Ausgang für den wahrscheinlichsten?" fragte der Regierungsdirector. „Man kann ihm ja begegnen, — die Zustände im Lande sind nicht unheilbar."

„Ich kenne nur den energischen Arzt nicht, der hier helfen könnte."

„Vielleicht müßte er das seitherige Mittel des Verderbens einmal als Heilmittel anwenden!" sprach Herr v. Keller vor sich hin.

„Ich glaube Sie zu verstehen," versetzte Herbert. „Möglich, daß es in negativer Weise helfen könnte. Wie es für's Erste noch eine Erholung gewährt, daß die Glieder der herrschenden Kaste sich selbst unter einander hassen und anfeinden, so könnte leicht eine Günstlingswirthschaft kommen, die sich selbst überbietet und so grell auftritt, daß sie auch die frü=

her Begünstigten gegen sich aufbringt, darum acuten Verlauf nimmt, so daß ihr jähes Ende noch Zeit läßt, der großen Catastrophe in ordentlicher Fassung entgegen zu gehen. Jedoch, hoffen wir nicht zu viel. Die Erfahrung lehrt, sich zu bescheiden. Während man Patrioten, die für den Staat gelitten und gestritten haben ihr Lebenlang, verletzt, kränkt, zurücksetzt, haben frühere Günstlinge, welche nicht einmal das Land kennen, geschweige Theilnahme für dasselbe hegen, die wichtigsten politischen Aemter inne. Ein solcher Staat untergräbt seine Existenzberechtigung in den Augen seines eignen Volks."

„Aber welche wichtige Aemter sind so besetzt?" fragte der Regierungsdirector ungläubig. „Das ist denn doch kaum der Fall."

„Zweifeln Sie an meinem Wort?"

„Keineswegs. Aber Beispiele!"

„Eins oder viele?"

„Eins genügt."

„Welches Verdienst hat unser Gesandter auf dem so wichtigen Posten zu *****, als daß er einst mit einem unserer Fürsten in der Fremde zusammengelebt? Er kennt absolut nichts von dem ihm fremden, unserm Lande. Und seine Unfähigkeit ist so groß, daß

er sich z. B. alle Berichte an das Ministerium durch
den Gesandten eines andern, unserm keineswegs wohl=
gesinnten Staats fertigen läßt — schon seit vielen,
vielen Jahren!"

„Und das ist Thatsache?"

„Ich könnte sie nöthigenfalls beweisen."

„Das wäre stark!" wiederholte der Regierungs=
director für sich.

„Es ist stark, gewiß!" bekräftigte jetzt Frau von
Luckner, welche unbemerkt schon seit einigen Sekunden
Zuhörerin des Zwiegesprächs geworden war. „Er=
lauben Sie mir, Herr Doctor, Sie haben sicherlich
zumeist recht, nur darin nicht, daß es kein Heilmittel
mehr für unsere verkommenen Zustände gebe. Sie
werden zugeben, daß das Freundschaftsbedürfniß eines
jungen Fürsten ein natürliches ist. Was durch könig=
liche Freunde verdorben worden, kann auch wieder
durch einen königlichen Freund gut gemacht werden.
Und rasch wollen wir Hand an diese Reform legen.
Dabei werden wir auch sicherlich Sie wieder im Vor=
dertreffen für den Staat finden. Verloren ist nur,
wer sich selbst aufgibt. Sie gaben das Dasein gün=
stiger Bedingungen zu gesundem Staatsleben zu.
Gut! Gründen und bauen wir auf ihnen, und neh=

men wir die Theilnahme aller fähigen und charakter-
vollen Männer dafür in Anspruch. Es gilt ein
segensreiches, lohnendes, fruchtbringendes Werk! Und
dabei fehlt sicherlich Doctor Herbert nicht."

„Bitte, gnädige Frau," sprach Herbert mit einem
Lächeln. „Entschuldigen Sie mich als hartnäckigen
Ungläubigen."

„Das werde ich nicht thun!" sagte sie und sah
ihm dabei freundlich und vertrauensvoll in's Antlitz.
„Ich für meinen Theil möchte an so hartgesottenen Pes-
simismus nicht glauben. Mit Energie und Klugheit —"

Sie war im Begriffe, ihren Standpunkt näher
zu erläutern und den Herberts zu bekämpfen, als
Wildhoff mit einem kleinen, grauköpfichten Herrn in
das Gemach trat und die Anwesenden bedeutete, daß
Herr Schund eine Mittheilung zu machen habe.

„Ja," sagte Herr Schund, mit geheimnißvoll
wichtigem Tone in den Kreis tretend. „Sie wollen
wieder einen abthun!"

„Abthun?" fragten sich die Anwesenden mit Blick
und Wort.

„Abschlachten!" sprach Herr Schund ganz guillo-
tinisch und machte dazu eine schauerliche Bewegung
mit der Hand.

Und wieder sah man sich gegenseitig und dann Herrn Schund an.

„Und wen will man denn abthun?" fragte jetzt Wildhoff.

„Den berühmten Professor Holzmann."

Aufs neue war der kleine Kreis in Erstaunen gesetzt.

„Und wer will abthun?"

Nun erzählte Herr Schund, was er ohne zu wollen gehört habe. Herr Schund stieg durch seinen Bericht zwar nicht in der Achtung der Anwesenden, erwarb sich aber doch den Anspruch auf Dank. Denn der treffliche Holzmann war nicht blos ein ausgezeich=neter Gelehrter, sondern auch sowohl ein Freund des Regierungsdirectors, als des verstorbenen Herrn von Luckner, außerdem aber noch ein Busenfreund jenes Mannes, an dem einst das Herz der schönen alten Frau liebend gehangen. Die Mittheilung brachte keine geringe Aufregung in dem kleinen Kreise her=vor. Was thun? Der Minister war schwach in hohem Grade. Frau v. Luckner aber meinte, der Herr v. Leith müsse gleich Morgen deswegen zum König gehen, um der Intrigue von vornherein zu be=gegnen. Herbert dagegen hielt dies nicht für den rechten Weg; er deutete einen andern an, der zugleich

mit einer Beschämung des Intriguanten endigen sollte;
dazu aber brauchte er noch einige genauere Daten
über Professor Holzmanns Wirksamkeit. Frau von
Luckner konnte sie ihm geben und war mit Vergnügen
bereit dazu. Sie setzte sich sogleich mit Herbert am
nächsten Tisch zusammen und gab ihm aus ihrem
treuen Gedächtniß die nothwendigen Notizen. Dann
nahm Herbert Abschied von ihr und verließ das Haus,
nachdem noch Herrn Schund tiefes Schweigen anbe=
fohlen worden war.

Frau v. Luckner aber wandte sich jetzt an Herrn
v. Keller mit der Frage:

„Und Sie, lieber Freund, was halten Sie nun
von dem Allem?"

„Daß Doctor Herbert drastisch, aber nicht ganz
unwahr geschildert hat."

„Und wie gefällt Ihnen der Schilderer?"

„Ich habe nur Dank zu sagen, daß Sie mir
seine Bekanntschaft vermittelt. Ich habe wieder ein=
mal einen Mann kennen gelernt."

„Ich bin etwas weniger zufrieden," sagte sie mit
einem Lächeln, das ihrer Unzufriedenheit jedoch einen
eignen Reiz gab. „Er hat Sie wohl gar in Ihrer
Abneigung, das Portefeuille zu übernehmen bestärkt.

Und unglücklicher Weise hat der Bericht dieses Schund einen Beleg für seine Schwarzmalerei geliefert."

„Dem kleinen Herrn sind wir wohl einigen Dank schuldig; ein Anderer hätte wohl nicht gelauscht und die Sache dann nicht erzählt. Was das Andere betrifft, so weiß ich, daß Frau v. Luckner ein Wort im Vertrauen verdient. Jetzt hab' ich meinen. Entschluß gefaßt. Wenn man mir nunmehr das Portefeuille definitiv anbietet, fühle ich mich als Patriot verpflichtet, anzunehmen. Es muß versucht werden, zu helfen, wo noch zu helfen ist."

„Gott sei Dank!" sprach Frau v. Luckner aufathmend, indem sie demselben die Hand reichte, da er ging. Sie begleitete noch ausnahmsweise ihren Gast bis an das Vorzimmer. „Das habe ich von Ihnen erwartet und will den Zufall segnen, der mir den Doctor Herbert heute zugeführt hat."

Einige Minuten später verließen auch Geheimrath v. Rixner und der höfliche Kabinetsfekretär das Haus zu gleicher Zeit. Sie gingen eine Strecke weit schweigend nebeneinander durch die stille Straße. Endlich fing der Kabinetsfekretär an:

„Ein liebenswürdiger Abend bei Frau v. Luckner. Welche anmuthige feine Wirthin!"

„Ja, sehr!" erwiderte der Geheimrath und strich
sich mit der Hand über Bart und Kinn. „Freilich.
Sie durfte in rosiger Laune sein bei ihren Aussichten,
da ihr alle ihre Pläne gelingen. Sie hat Glück!"

„Wie so, Herr Geheimrath?"

„Nun ja! Der Freund ihres Verstorbenen Cultus=
minister, der Freund Sr. Majestät ihr Schwieger=
sohn —"

„Hm, hm!" machte der höfliche Kabinetssekretär.
Es klang ironisch wie: „wenn sie's nur schon wären!"

„Ihr Neffe," fuhr der Geheime fort, „Hofbau=
rath, dessen Freund literarischer Berather des Königs.
Sie haben ihn ja gehört, — fulminante Rede, und
Herr v. Keller hörte aufmerksamst zu. Ja, diese
Luckner weiß die Karten zu mischen und auszugeben.
Ein Diplomat ist an ihr verloren."

„Was halten Sie von diesem Doctor Herbert?"
fragte nach einer Pause der Kabinetssekretär.

„Hm! Talentvoller Mann, aber er liebt im po=
litischen Urtheil rauhe Ausdrücke. Desto feiner aber
wird Herr v. Leith auftreten. Der vermag jetzt Alles
— ist sehr zu beachten."

„Zu fürchten jedoch nur sie!" entschlüpfte dem
Kabinetssekretär, worauf der Geheime anfing:

„Wäre denn Se. Majestät nicht besser zu be=
schäftigen?"

„Es ist schon Alles erschöpft!" machte der Ka=
binetssekretär achselzuckend. „Literatur, bildende Kunst,
Musik, Drama..."

„Bliebe also noch das Ballet, die Pantomime.
Der Balletdirector Brunno in Wien..."

„Soll ja fürchterlich leicht sein!"

„Wohl. Aber in Ihrer Wagschale doch ein soli=
des Gewicht, Herr Kabinetsrath. Sie wissen ja, ich
war von je Ihr aufrichtiger Freund. Erhält denn
der Jensen wirklich das Comthurkreuz?"

„Ich weiß nichts davon, Herr Geheimerath.
Ach, da ist ja Ihre Wohnung. Recht angenehme
Ruhe — nein! Ich kann es nicht dulden, daß Sie
mich noch weiter begleiten."

Als dann der Kabinetssekretär allein gegen das
königliche Schloß hinschritt, versank er in tiefes Nach=
denken. Es war ihm fast kein Wort von dem ent=
gangen, was Herbert gesprochen, was Frau v. Luck=
ner gehofft und Regierungsdirector v. Keller mit an=
gehört. Dann hatte auf dem Heimweg der Geheime=
rath eine Saite angeschlagen, die bei ihm jetzt noch
nachklang. Als er in den Schloßhof trat, bemerkte

er in den Arbeitszimmern seiner Collegen noch Licht.
Dahin ging er. — —

Einige Tage nach dem Gesellschaftsabend bei
Frau von Luckner enthielt der Generalanzeiger in sei=
nem politischen Theile folgende Notiz aus der Lan=
deshauptstadt:

„Die Gerüchte über eine Ministerkrisis waren
nicht ohne thatsächlichen Grund, wie ich Ihnen
aus bester Quelle bestimmt versichern kann.
Mit derselben hing auch die Anwesenheit des
Regierungsdirector von Keller zusammen. Die
Unterhandlungen mit demselben wegen Ueber=
nahme des Unterrichtsministeriums scheinen
sich jedoch wieder zerschlagen zu haben, die
Crisis dürfte überhaupt für die nächste Zeit
überstanden sein, auf wie lange läßt sich frei=
lich noch nicht bestimmen.“

In den Kreisen des Professor Baber war man
sehr erstaunt über diese Mittheilung. Also dieser
dicke Regierungsdirector, den man an jenem Gesell=
schaftsabende bei Frau von Luckner gesehen und so
wenig beachtet hatte, war ein berufener Ministerkandidat
gewesen, — Frau v. Luckner hatte nicht das Mindeste davon
verlauten und nur den Dr. Herbert in nähere Bekannt=

schaft mit demselben treten lassen, und man hatte die=
sen in langem eifrigen Gespräche mit dem designirten
Cultusminister bemerkt! Das gab Stoff zum Nach=
denken über die Pläne dieser „schlauen Frau von
Luckner", welche in der Angelegenheit sicher eine be=
deutende Rolle gespielt haben mochte. Man war
sehr ärgerlich über ihre Heimlichthuerei, man versah
sich von ihr von nun an nichts Gutes für die eignen
Zwecke. Aber doch überwog diesen Aerger die Freude
über die Abwendung einer ungeahnten Gefahr. Von
Herzen gönnte man der „feinen Luckner" die Vereite=
lung ihres Plans, und man wollte nun mit Genug=
thuung und verdoppeltem Eifer die Zeit für die eigne
Intrigue ausnützen.

Aber nicht lange dauerte die zuversichtliche Freude
der Edeln. Denn in einer der literarischen Beilagen
des Generalanzeigers folgte bald darauf ein Artikel,
der wie eine Bombe in das Lager der Coterie
fiel, — ein Blitzschlag aus heiterm Himmel. Dies
war ein vortrefflich geschriebener Aufsatz über die
Verdienste des Professors und Conservators Dr.
Holzmann um die Wissenschaft und den Staat. Eine
ganze Reihe der wichtigsten Erfindungen der Neuzeit
waren mit überzeugender Klarheit und Evidenz auf

deſſen langjährige gelehrte Thätigkeit zurückgeführt.
Es war auf ſeine bekannte Beſcheidenheit hingewieſen,
welche ihn ſeither noch jeder öffentlichen Anerkennung
entzogen habe. Das engere Vaterland — war ge=
ſagt — dürfe auf den Mann mit Recht ſtolz ſein,
wie es Deutſchland ſchon ſei; wenn aber Einer der
großen Nationalbelohnung würdig, ſei es der edle
Dr. Holzmann.

Auch im Publikum machte dieſer Artikel großes,
genugthuendes Aufſehen, da es ihm nicht an pikanten
Anzüglichkeiten fehlte. Jedoch nur die Mitglieder
des Complotts gegen Holzmann erkannten aus Ein=
zelnem, daß der Verfaſſer genau mit ihrem Plane be=
kannt ſein mußte. Sie waren ſtark außer ſich, und
Profeſſor Baber hüpfte mit noch eiligeren Hahnen=
ſchritten als gewöhnlich nach der Wohnung ſeines
Schwiegervaters, wo er auch bereits ſeinen Onkel
Papſt; den Referenten Pletſch, Kunſtverleger Langen=
bècque und Andere vorfand, von welchen jeder ein
Exemplar des verhängnißvollen Blattes mitgebracht
hatte. Man ſah rathlos einander an. Es fehlte
nicht an Vorwürfen gegen Baber, daß er gerade dies=
mal ſeiner gewohnten Flüſſigkeit im Artikelſchreiben
entbehrt und, gezögert habe; durch ein raſcheres Gra=

ben der Mine wäre diese furchtbar zerschmetternde
Gegenmine wahrscheinlich unmöglich gewesen. Dann
rieth man auf den Verfasser. Von Holzmann selbst
konnte er wohl nicht herrühren, wie man aus einigen
Geringfügigkeiten erkannte. Auch war der Ausdruck
so correct, klar, lebhaft und zutreffend, daß nur eine
ganz gewandte feine Feder den Aufsatz geschrieben
haben konnte. Aus Eigenthümlichkeiten des Styls,
so wie aus einigen Beobachtungen an dem Abende
bei Frau von Luckner, aus lebhaft hervorgerufenen
Erinnerungen, kam man jedoch zu der Gewißheit,
daß Niemand anders den ihre Pläne vernichtenden
Artikel geschrieben haben könne, als Einer, und dieser
Eine mit Kenntniß der angezettelten Intrigue gegen
Professor Holzmann.

„Er ist von diesem Herbert! Ganz sicher von
diesem Herbert!" rief Professor Baber mit seiner
hohlen Stimme, sprudelnd vor Wuth. „Es kann ihn
gar kein Anderer geschrieben haben. Der Mensch hat
uns schon früher so manche Beute abgejagt durch
seine Aufsätze."

„Gleich von Anfang bedeutete es nicht Gutes,
daß dieser Herbert bei Frau von Luckner erschien,"
meinte der Kunstverleger Langenbècque. „Ich wußte

es genau. Es ist gewiß auch Derjenige, welcher dem
Architekten Wildhoff rieth, sein Werk diesem Bernhard
Dingler in Verlag zu geben. Ich denke mein Lebtag
daran, was bei solchen Gelegenheiten mein Freund,
der Squire Littlehouse, als er aus London kam, mich
zu sehen —"

„Einer muß es verrathen haben!" fiel rasch
Professor Papst ein. „Das kommt davon, daß unter
uns selbst doch keiner wieder dem Andern etwas
gönnt."

„Man kann sehen, was dieser Herbert vermöchte,
wenn man ihn aufkommen ließe!" sprach der Referent
Pletsch ohne zu lachen.

„Er muß aufgerieben werden! Völlig aufgerie=
ben!" schrie wieder Babers hohle Stimme.

„Zum Reiben gehören bekanntlich zwei!" be=
merkte jetzt der Schwiegervater. „Und dabei würde
es mir für den Reibenden bangen."

„Ich weihe meine Feder seiner Vernichtung!"
schrie der Schwiegersohn. „Ich schreibe einen gehar=
nischten Gegenartikel."

„Das wirst Du klüglich bleiben lassen, lieber
Casimir!" bemerkte wieder der Schwiegervater. „Dein
Gegenartikel sei Dir geschenkt. Auch sonst werden wir

gegen den Verfasser kaum etwas vermögen. Gegen einen Mann, wie diesen Herbert, der völlig unab= hängig von Gunst und Ungunst jedem andern Fort= kommen, als dem durch die eigne Kraft entsagt hat, sind wir völlig machtlos. Wir können ihm nichts nehmen und nichts bieten. Dazu schlägt er eine so vortreffliche Klinge, daß ich rathe, ihn nicht zur Fort= setzung dieses Kampfes zu reizen. Leicht möchte er unter Euch treten, wie jener antike Held unter die Krautköpfe."

„Aber etwas muß doch geschehen!" fing Professor Papst an.

„Allerdings!" antwortete der Geheimerathsprä= sident. „Und zwar das Beste, was wir thun kön= nen: gute Miene zum bösen Spiel zu machen. Für lange Zeit müssen wir unsern Plan verschieben und so rasch als möglich selbst darauf antragen, daß die= sem Holzmann wirklich die Nationalbelohnung gegeben werde. Der König wird ihm auch einen Orden verleihen müssen!" Der Geheimrathspräsident seufzte bei die= sen Worten tief auf. „Und so ist dieser Holzmann gerade der Einzige, der aus der ganzen Geschichte Nutzen zieht."

Und so geschah es.

Während indeß die feine Welt auf's Land zog, ar=
beitete Ernst Herbert wieder Tag und Nacht an seinen
Büchern. Der Artikel hatte ihn etwas aus der productiven
Thätigkeit herausgerissen, das Versäumte mußte wieder
nachgeholt werden. Seine einzige Erholung fand er
im Umgang mit seiner Familie und in den Abenden
zwischen dem blühenden Gesträuch des kleinen Haus=
gärtchens, wo er Auge und Seele besonders an der
tiefen gesättigten Farbe des prächtig blühenden Sam=
metveilchenbeetes weidete. Dabei erinnerte er sich
der Hand, welche die Stöcke in jener Nacht gespen=
det hatte und segnete sie im Stillen, wenn er sie
auch nicht kannte.

––––––––––

Zehntes Capitel.

Versetzt den Leser aus der Stadt auf's Land.

Mittlerweile hatte die Sommerfrische die. „gebildete Welt" der Hauptstadt hinaus gelockt in die grünen Thäler und an die blauen Seen der Voralpen, wo überall die Saison im vollen Glanze ihres modischen Lebens blühte — Tage, Wochen, Monate hindurch. Auch der Hof war in's Seeschloß übergesiedelt. Alle Orte und Villen am weiten Strand des herrlichen Wassers waren angefüllt von Sommergästen. Und der Wanderer, der sich an dem schönen See verlieren wollte, stieß allenthalben auf den Waldpfaden des Ufers auf freundliche, lichte Erscheinungen der hauptstädtischen Mädchenwelt, die wie umwandelnde Elfen durch das Grüne schwebten und die Einsamkeit belebten, wie Nixen über den See fahrend, mit Lachen an den Strand sprangen, oder muthig von demselben ab in die weite smaragdne Fluth hinein ruderten. Wer auf dem Verdeck des Dampfers über den gewaltigen

Seespiegel dahinglitt, konnte seine Augen stets an lieblichen Gestalten weiden, welche ihm gegenüber-sitzend in die grünen Wogen, an die belebten Ufer und weithin über die glänzende Fläche nach dem fer-nen Hochgebirg schauten, das sich dorten wie eine Grenzmauer dieser schönen Welt erhob. Noch freund-licheren Anblick hatte der Glückliche, der sich, einem Kahne anvertrauend von den Wellen schaukeln ließ. Bald kreuzte ein flottes Segelschiff von den Ufervillen her seine Bahn, bald umschwebte ihn eine ganze Flotille kleiner Schiffe, die alle mit lachenden und singenden Mädchen besetzt auf den Wogen tanz-ten. Und die holden Kinder gewannen, von der rei-nen Luft angeweht und von der warmen Sonne angeschienen, doppelten Reiz in der schönen Um-gebung.

Den größten Wechsel dieses Lebens zeigte der Quai vor dem Bahnhofe an dem einen Ende des Sees. Denn dort war gleichsam der Sammelplatz für Alle, die ankamen und abreisten, ein Stelldichein auch für diejenigen welche blieben. Jederzeit fanden sich dort Männer und Frauen ein, um Ankommende zu empfangen, Abreisenden einen Gruß nachzusenden, oder auch bloß, um Bekannte wieder zu sehen.

So war es auch an einem heitern Augusttage. Tags vorher waren viele Sommergäste in die Hauptstadt gefahren, um der Aufführung des Gounod'schen „Faust" beizuwohnen; sie wurden jetzt hier von den Ihrigen erwartet. Unter den Personen, welche dort langsam auf und abschritten, nahmen ein alter Herr mit langen grauen Haaren und seine jugendliche Begleiterin die Aufmerksamkeit am meisten in Anspruch. Das Mädchen war von einem jungfräulichen Reiz der Erscheinung, der wahrhaft erquickend wirkte. Aus ihrem ganzen Wesen sprach jene hohe und beredte Sanftmuth, welche unter allen weiblichen Reizen der entzückendste ist. Und doch lag in dieser Sanftmuth nichts Ermunterndes, so daß unter den umstehenden jungen Herren selbst der unternehmende Rechtspraktikant Arthur Maier — trotz entfernter Bekanntschaft — bei aller List keine Annäherung wagte. Endlich kam der Zug pfeifend aus dem Walde herunter zum See und hielt brausend und zischend in der Bahnhalle. Ein wirres Durcheinander von Hinzueilenden und Heraussteigenden begann, bis der alte Herr und seine schöne jugendliche Begleiterin mit zwei älteren Frauen wieder auf dem Quai erschienen und hier einen Augenblick verweilten, als sähen sie noch andern Anlangenden entgegen. Die Züge des alten Herrn drückten dabei große Spannung, auch die lieblichen des jungen Mädchens keine geringe Bewegung aus, während sie die zum Quai Herausbrängenden musterte.

Plötzlich blühten die zarten Wangen des schönen Mädchens in rosiger Gluth auf, erblichen aber schnell zu reinem Lilienweiß. Nicht weit von ihrer Gruppe war ein hochgestalteter junger Herr mit zwei eben so hochgewachsenen Frauen erschienen, von welchen die ältere ein ächt vornehm gewinnendes Wesen besaß, während die jüngere von fast classischer Schönheit war. Die Erregung des jungen Mädchens schien sich bei diesem Anblicke auch dem alten Herrn, ihrem Begleiter, mitgetheilt zu haben. Unverwandt sah dieser hinüber nach den beiden Frauen an der Seite des jungen Mannes. Die jüngere derselben ließ ihre Blicke suchend über den Quai streifen und schien mit einem gewissen Unmuthe zu vermissen, was sie suchte. Ihr hochgestalteter Begleiter jedoch sah sich rasch ebenfalls um. Und plötzlich kam electrisches Leben und Bewegung in sein ruhiges Wesen, als seine Blicke die Gruppe entdeckten, unter welcher sich der Herr mit den langen ergrauten Haaren befand.

„Ah!" rief er mit freubeſtrahlenbem Geſichte
unb kam näher. „Herr von Helming mit Familie,
liebe Tante!"

Die beiben Gruppen näherten ſich einanber,
löſten ſich auf, um ſich zu einer einzigen zu ver=
einigen. Wieber ſtrömte bas Blut in erkennbaren
Wellen vom Buſen herauf über bas Antlitz bes jungen
Mäbchens, als ber hochgeſtaltete Begleiter ber beiben
Damen ihr bie Hanb zum Willkomm bot unb bann
bie ihrige ſekunbenlang in ber ſeinigen hielt. Denn
es war ja ber Nemliche, welcher ihr einſt als Unbe=
kannter auf bem italieniſchen See unb in ber Haupt=
ſtabt begegnet war,. neben welchem ſie in jener ſeligen
Monbnacht über bas am Quai anſchlagenbe Waſſer
gefahren unb ſich ein bis bahin ungekanntes Glück
erträumt hatte. Es war Wilbhoff, ber ſie ſeitbem
noch oftmal am See getroffen unb in Geſellſchaft
ihres Vaters, ihrer Mutter unb Tante geſprochen,
bem ſie ſo oft wehmuthsvoll nachgeſehen, wenn er
ſchieb, bem ihr Herz wonnevoll entgegenklopfte, wenn
er wieber erſchien.

Aber auch bem ſtillen, heimlichen, uneingeſtanbenen
Glücke bieſer jungen Liebe war ſchon ein Tropfen
Wermuth beigemiſcht. Sie hatte einmal von bem

Bäschen Wildhoffs sprechen hören, sie hatte schon ein aufgefangenes Wort so deuten müssen, als sei dieselbe dem Vetter von früher her bestimmt, das Verhältniß zur Zeit jedoch nicht recht klar. Und nun stand sie vor ihr, diese stolze, blendende Schönheit, reichte ihr freundlich die Hand und sprach ihre Befriedigung darüber aus, Fräulein v. Helming kennen zu lernen.

Nicht so unbefangen, als Iba, war Frau v. Luckner selbst bei diesem unvermutheten Zusammentreffen, das eine ganze Reihe von Erinnerungen aus schönen Tagen goldner Jugendzeit in ihr erweckte und ihr den Moment vergegenwärtigte, wo sie von diesem Manne in Schmerz und Trauer schied, um ihn nicht wieder zu sehen! Fünf und zwanzig Jahre! Welche Bilder tauchten vor ihrer Seele auf bei diesem Namen, bei seinem Anblicke! Damals umwallten dichte Locken in goldenem Glanze sein edles geistvolles Gesicht, und jetzt war sein Haar ergraut, in das ihrige selbst Silber gestreut. Und doch hatte sie ihn, er sie beim ersten Blick erkannt! Wie ein junges Mädchen erbebte und erröthete Frau v. Luckner, als Herr v. Helming ihr entgegeneilte und die dargereichte Hand küßte. Ihr Wesen überkam damit noch ein wahrhaft jungfräulicher

Reiz. Denn auch ihre schönen Augen leuchteten in feuchtem Glanze, als sie sich endlich von ihm ab zu Frau v. Helming und deren Tochter wandte. Der Mutter und Tante Wanda gab sie die Hand mit einigen Worten von gewinnender Herzlichkeit; als sie aber Irenen sich näherte, war sie überwältigt. Sie schloß das junge Mädchen in die Arme und küßte sie auf die Stirne mit den Worten:

„O mein schönes, mein liebes Kind!"

Es war eine unwillkürliche Regung ihres überwallenden Herzens, der sie nicht widerstehen konnte. Und Irenen war es zu Muthe, als läge sie in den Armen von Wildhoffs Mutter. Sie schmiegte sich wie ein wirkliches Kind an die hohe freundliche Dame, deren Erschütterung sie wahrnahm.

Ida war ein wenig erstaunt über diese Gemüths= bewegung der Mutter beim ersten Zusammentreffen mit fremden Personen. Jedoch nahm sie die Thatsache hin, ohne nach deren Grund zu fragen. Und auch Frau v. Luckner hatte ihre Fassung bereits wieder erlangt, als man gemeinschaftlich den am Landungs= stege haltenden Dampfer bestieg und sich auf dem von der Sonne geschützten Verdecke zusammensetzte, um eine Viertel= oder halbe Stunde in ungestörtem Ge=

plauber zu verleben. Diese ging denn auch vorüber, ohne daß man es merkte, bis der Dampfer an einer Landungsstelle des westlichen Ufers hielt und mit dem allseitigen Versprechen auf baldiges Wiedersehen die Gesellschaft sich trennte. Die Familie v. Helming stieg nemlich hier aus, während sich Frau v. Luckner am östlichen Ufer eingemiethet hatte, wohin nun das Schiff, den See quer durchschneidend, seinen Lauf richtete.

Schon stand Iba auf der Galerie des Verdecks und sah über die ganze Seebreite hinüber an den östlichen Strand, von welchem das Seeschloß freundlich aus dem Grün seines Parkes herschaute, während Mutter und Vetter noch immer am Geländer der Rückseite lehnten und den Gestalten derjenigen nachsahen, deren Händedruck sie noch zu spüren meinten. Dort verschwanden sie hinter den Obstbäumen, und weiterhin erschienen sie wieder auf freien Wiesen, über welche der Weg zur Höhe führte. Jetzt blieben sie stehen und sahen herunter nach dem Schiffe, daß beiden Schauenden die Herzen lebhafter schlagen mochten. Und als nun Herr v. Helming mit seinen Damen im Walde verschwunden war, durch welchen der Pfad weiter hinanzog, stand Frau v. Luckner noch

lange und ſah über den See hinaus und in die
wallende grüne Fluth.

Eine wehmüthige, elegiſche Stimmung war über
ſie gekommen. Die goldene Jugendzeit mit ihren zarten
Empfindungen warf ein ſpätes Abendroth in ihre
Seele. Hatte ſie nur einem Wahne das ſchönſte Glück
ihres Lebens geopfert? Durfte ſie, die ſtolze Frau
v. Luckner, nicht dennoch jene beſcheidene, liebens⸗
würdige Frau beneiden, die an der Seite des edlen
Mannes noch heute ein glückliches Daſein dahin lebte,
das ſie ſelbſt einſt einem Phantom zu Liebe in Schmerz
und Leid ihres Herzens ablehnte? Hatte ſie denn
nicht wohl vergeblich auf jenes Glück der Liebe ver⸗
zichtet? Was war denn von dem, was ſie ein volles
Leben lang erſtrebt hatte, heute erreicht, wo ſich ihre
Sonne ſchon dem Horizonte zuneigte?

Und dann ſchwebte ihr das ſchöne, blonde Mäd⸗
chen vor, — ſo voll Anmuth und Liebreiz in ihrer
Erſcheinung, ſo voll heiterer Innigkeit in ihren Reden.
Wie hatte ſie den zarten Schleier ihrer lieben blauen
Augen zu Heinrich aufgeſchlagen, wenn der ſie auf
dem Schiffe angeſprochen! Wie hatte der Neffe ſelbſt
in dieſe blauen Augen hineingeblickt, ſo voll innigem
Vertrauen, ſo voll unwillkührlicher Hingebung an dieſe

unergründliche Tiefe einer Frauenseele, die dennoch
so klar und rein vor dem betrachtenden Auge lag,
wie die smeragdne Fluth da unten bei stillem See.

Aber seltsam! Das war ihr keine angenehme
Empfindung. Dieselbe Frau v. Luckner, welche ihren
Triumph nicht verhehlen konnte, als sie mit dem Ver=
zicht ihres Neffen auf Iba das letzte und größte Hin=
derniß zur Verwirklichung ihrer weit aussehenden Pläne
beseitigt sah, — dieselbe Frau empfand etwas wie
Neid, als sie jetzt den Eindruck bemerkte, welchen die
holde Tochter der Gattin Helmings auf das Herz
Heinrichs machte. Es regte sich in ihr wie Reue und
Verdruß, als sie seine glückliche Miene dem holden
Mädchen gegenüber sah. War ihr doch schon von
vornherein die Leichtigkeit aufgefallen, mit der er sich
in sein Schicksal zu finden schien, als seine Hoffnungen
auf Iba's Hand vernichtet worden waren. Und nun
kränkte es sie, daß er so rasch vergessen, ihre Tochter
so leicht aufgeben konnte, während sie doch bei seiner
Heimkunft aus Italien nichts sehnlicher gewünscht
hätte. So hatte sie keine rechte Freude mehr an ihrem
eignen Werke. Ihr Thun wollte ihr selbst nicht ge=
fallen. Und als sie jetzt nachdenklich ihre Augen von
der smaragdnen Fluth des Sees weg über das Ver=

deck streifen ließ, gewahrte sie ihren Neffen in Gedanken versunken, seine Augen unverwandt nach dem
westlichen Ufer gerichtet, während Ida über die Galerie
hin nach dem östlichen Strande schaute, aus dessen
Ufergrün das königliche Seeschloß auftauchte. Und die
Mutter fragte sich jetzt leise, so leise, daß es selbst
ihr innerer Mensch kaum hörte: ob es nicht für ihr
eignes Glück und das ihres Kindes dennoch besser
wäre, diese beiden würden ihre Sehnsucht und Wonne
noch in einander suchen und finden, als außerhalb in
entgegengesetzten Richtungen.

Sie setzte sich jetzt neben den Neffen und sprach
mit ihm über die Helming'sche Familie. Sie wußte
wohl, daß er während der Sommersaison deren Bekanntschaft am See sehr gepflegt hatte, so oft er aus
der Hauptstadt herauf gefahren war. Aber sie hatte
dafür gehalten, daß ihn besonders die Bekanntschaft
des Vaters angezogen habe, von dessen archäologischem
Wissen der junge Architekt während der Fortsetzung
seiner literarischen Arbeit viel profitiren konnte. Sie
durfte aber nur Irenens Anmuth und Liebreiz er-
wähnen, um an seinem freudestrahlenden Blicke zu
merken, wer der Magnet war, der ihn so oft nach
den westlichen Uferhöhen des Sees zog. Und so sehr

sie selbst von des jungen Mädchens Erscheinung beim
ersten Blick hingerissen worden, fehlte es jetzt in ihrem
Gemüthe nicht an einer Art eifersüchtiger Regung.

Wildhoff's Natur war jedoch nicht darnach angelegt, seine innersten Gefühle Jemanden, und wenn
es selbst seine Tante war, offen zu legen, so lange
er sich nicht im Stande glaubte, sie öffentlich zu be-
kennen und nach ihnen handeln zu dürfen. Irene
selbst sollte ein ausgesprochenes Geständniß nicht eher
erhalten, als bis er, mit seiner Hand, auch alle materiellen Bedingungen des irdischen Glückes bieten
konnte. Und so wich er gerne einem Gespräche aus,
wie es seine Tante fortzusetzen geneigt schien, und
lenkte die Rede unvermerkt auf Jda und deren Zukunft mit Herrn v. Leith. Mit einiger Beschämung
mußte die Tante gestehen; daß die Dinge noch auf
demselben Flecke stünden, wie vor Monaten. Herr
v. Leith wünsche jedoch aus triftigen Gründen ein
Aufschieben der öffentlichen Verlobung bis nach seinem
Geburtstage gegen Ende September, weil der König
ihn an diesem Tage mit mehrfachen Gnadenbezeigungen
überraschen wolle. Wildhoff erwähnte hierauf des Ge-
rüchts, daß bis dahin der König seine italienische
Reise schon angetreten haben werde und Herr v. Leith

mit ihm, ja, daß biese Reise auf nächste Zeit festgesetzt
sein solle; worauf Frau v. Luckner entgegnete, daß sie
aus bester Quelle darüber unterrichtet sei: die
Abreise finde nicht vor jenem Termine statt; denn der
König wolle noch mehrere große pantomimische Auf=
züge, welche von dem neuen Balletbirector angegeben
und zu leiten seien, mit ansehen, bevor er das Land
verlasse, um den Winter im milden Süden zuzubringen.

Wildhoff konnte nicht umhin, dennoch Bedenken
zu äußern. Er brachte sie so zartfühlend als möglich
vor, aber er hielt es für seine Pflicht, nach Allem,
was er in jüngster Zeit erfahren und wie er den
Höfling selbst beurtheilt, diese Bedenken auszusprechen,
und glaubte als so naher Verwandter das Recht dazu
zu haben, selbst auf die Gefahr hin, unbequem zu
erscheinen oder in seinen Beweggründen mißverstanden
zu werden. Mit Eifer, wenn auch das Gespräch leise
geführt wurde, bekämpfte die Tante sein Mißtrauen
und seine Aussetzungen gegen die politische Seite ihres
Plans, der noch zu seiner Beschämung — wie sie ver=
sicherte — überraschend schnell gelingen werde, indem
auch Herr v. Keller demnächst zum Cultusminister er=
nannt würde. Daß sie persönlich getäuscht, durch
Herrn v. Leith getäuscht werden könne, fiel ihr nicht

einmal ein. Das weibliche Erbtheil, Eitelkeit und Leichtgläubigkeit, war auch ihr zugefallen, und wirkte in der Vertheidigung Leiths und eigener Rechtfertigung, welcher sie sich lebhaft unterzog.

Indem wir Andere überreden, überzeugen wir uns selbst. Und das that damals auch Frau v. Luckner.

Seltsamer Weise schienen ihr dabei die Einwendungen ihres Neffen weniger wehe zu thun, als vielmehr eine gewisse Genugthuung zu gewähren. Seine geringe Neigung, über Fräulein v. Helming zu sprechen, schien ihren aufsteigenden Wahn nicht zu entkräften, daß nämlich Ida, ihre Tochter, ihm doch nicht so ganz gleichgültig sein dürfte, als er gewöhnlich glauben machen wolle, und daß seine Einwendungen im Grunde von Eifersucht eingegeben sein möchten. So wunderlich ist das Menschenherz zusammengesetzt, besonders das Herz einer Frau, und selbst einer Frau v. Luckner. Sie hatte wieder ihren Gleichmuth gewonnen, indem sie ihrem Neffen von den Aussichten Leiths und den politischen Vortheilen für das Land sprach, wenn einmal die glückliche Aera für die Bessern im Staate gekommen sei. Sie hatte dabei gute Lust, unter anderm auch die dem Professor Holzmann widerfahrene Anerkennung zumeist dem Einflusse ihres künftigen Schwiegersohnes anzurechnen. Sie sprach von der günstigen Wirkung auf das Publikum, das bald durch eine Reihe ähnlicher Acte der gerechten Würdigung bescheidenen Verdienstes überrascht und erfreut werden solle. Das werde der Stimmung des Volkes bald einen neuen glücklichen Impuls geben. Leith aber, versicherte sie mit leuchtenden Augen, wolle nicht nur Flügeladjutant werden, sondern in Jahres= frist einer der obersten Hofbeamten — vielleicht Hof= Ceremonienmeister der Krone.

Wildhoff meinte darauf, das sei für denselben das rechte Ziel, und schwieg. Seine Tante hatte ihm in schwacher Stunde einen neuen Einblick in ihr Wesen gezeigt, und dieser war kein besonders günstiger, wenn er ihr die selbstische Denkungsart, die sie ihm enthüllt hatte, auch nicht zu schlimm anrechnete. Ihre Schwächen waren immer die eines hochstrebenden Weibes, das sich in den geheimen Trieben ihrer Handlungsweise, wie in den Grenzen ihres Wirkungs= vermögens und natürlichen Berufs täuschen mochte. Indem sie männlicher als die Männer zu denken, zu streben, zu wollen glaubte, war sie doch in ihrem Denken und Thun noch ganz Weib. Wenn er aber die zusammenwirkenden Gemüthsbewegungen über=

schauen wollte, welchen ihr Herz in jener einzigen
Stunde ausgesetzt war, durfte er wenigstens nicht an
der Stärke ihres Charakters, oder an der ursprüng=
lichen Kraft ihres Sinnes und ihrer Gefühle zweifeln.
Sie ragte immer noch um eines Hauptes Länge über
das Niveau ihres Geschlechts.

Iba hatte unterdeß längst schon jenseits des
Wassers eine dunkle Uniform bemerkt, deren goldene
Epaulets von der Galerie des Landungssstegs am
Strande weit in den See herein erglänzten. Die
Augen der Liebe sind scharf, und ihr hochwallender
Busen sagte ihr vollends, wer dorten ihrer harrte.
Wenn Erwin von Leith sich auch verhindert sah, sich
am Bahnhofe einzufinden, so erwartete er sie doch
hier, und das machte sie glücklich und stimmte auch
die Mutter zufrieden. Nur Wildhoff konnte sich bei
dessen Anblick trotz aller chevaleresken Anmuth, arti=
ger Feinheit und aalglatten Manieren einer unange=
nehmen Empfindung nicht erwehren. Eine dumpfe
Beängstigung drückte ihn jetzt, als er die trunkenen
Blicke bemerkte, welche der schöne Offizier mit Iba
wechselte, da der Dampfer anhielt. Wenn er beim
Anblicke des kleinen Arthur Maier — der sich jetzt
als Landgerichtspraktikant am See umhertrieb —

stets das Gefühl des Widerwillens und Ekels, wie vor einem giftigen Gewürm hatte, so war die Empfin= dung Herrn von Leith gegenüber die instinktmäßige Abneigung vor der Nähe eines zwar schönen aber falschen Raubthieres. Wildhoff hatte jedoch auch be= stimmte Gründe für diese Antipathie.

Um die Förderung seines kunstgeschichtlichen Werkes nicht zu unterbrechen, war Wildhoff nämlich nicht förmlich an den See übergesiedelt, sondern zog es vor, nur von Zeit zu Zeit auf einen oder mehrere Tage herauszukommen und neu gestärkt wieder zur Arbeit zurückzukehren. Dabei waltete er einzig mit dem alten Fridolin im Hause seiner Tante; und ging er an den See, so war das Haus in der Stadt ganz der Obhut Fridolins überlassen.

Ein frommer Knecht war Fridolin, doch trank den Wein er gern. Wenn Alles so still in der schönen eleganten Wohnung war, da stieg er in einsamen Stunden hinunter in die dunkeln Kellerräume und verweilte dort mit genauer Untersuchung, ob die Flaschen nicht zerbrochen, der Wein nicht verdorben, so lang bis er zur Oberwelt emporklimmend wieder begeistert die Sonne begrüßte und selig durch die Räume des Hauses taumelte, in denen er jetzt unum=

schränkt herrschte. In einem solchen Momente hatte ihn einst Wildhoff vom See kommend überrascht und gebot ihm, eine kleine kalte Mahlzeit mit etwas Wein auf sein Arbeitszimmer zu bringen. Fridolin richtete das auch her und brachte es bis in's Zimmer des Architekten. Hier aber wankte und strauchelte er, so daß plötzlich Alles auf dem Boden lag und Fridolin sich staunend, mit gespreizten Beinen, darüber stellte. So stand er, wie der Aesthetiker vom Dichter sagt, über seinen Werken. Wildhoff betrachtete ihn und äußerte unzufrieden:

„Ich glaube, man ist benebelt."

„Benebelt? Wer, wie, was benebelt?" stammelte Fridolin harmlos.

„Ihr seid benebelt!"

„Oh!" hub jetzt Fridolin feierlich an, indem er Ton, Miene und Haltung eines tief verletzten Bieder= mannes anzunehmen suchte. „O, Herr Neffe," sagte er näselnd, „daß Sie das sagen! O, daß Sie das sagen! Nein, geehrter Herr Neffe, daß Sie das sagen! Das thut weh, das! Ich schwöre Ihnen einen schweren ....

„Ja, versucht es nur!"

„Meiner Seel, ich bin ..." b... e Fridolin feierlich, aber Wildhoff fiel ein:

„Betrunken. Und damit basta! Schaffen Sie diese Fragmente hinweg und machen Sie, daß Sie in zwei Stunden mir nüchtern aufwarten können."

Fridolin sah trotz seines erhitzten Kopfes ein, daß da nicht weiter zu spaßen war. Während er die Bruchstücke des hingeworfenen Mahls so gut es gehen wollte hinwegräumte, verlegte er sich auf Entschuldigungen und behauptete, er habe nur ein einziges Tröpfchen von dem alten Weine versucht, der ohnehin verderben müsse, da das gnädige Fräulein doch weder Verlobung noch Hochzeit mit dem Herrn von Leith feiern werde.

Wieder sah Wildhoff den alten Fridolin scharf an, sagte aber für's Erste nichts weiter, als daß derselbe für seine baldige Ernüchterung sorgen möge.

Als er nun allein war, vermochte er sich nicht in seine Arbeit hinein zu denken. Der alte Fridolin hatte ein Wort gesprochen, das er sich selbst schon innerlich mit Beben zugeflüstert; der Wein sprach wohl eine Wahrheit aus, und der Architekt wartete mit wahrer Sehnsucht auf das Wiedererscheinen des nüchternen Dieners. Genau nach zwei Stunden kam derselbe mit einem zweiten Imbiß, den er nicht auf den Boden schleuderte, und er selbst — mochte er es

angefangen haben, wie er wollte — war völlig er=
nüchtert.

„Fribolin," sagte jetzt Wildhoff während des
Speisens, „wie habt Ihr denn das gemeint, daß weder
Verlobung noch Heirath stattfinde."

Offenbar war der Alte nicht gern an eine in
der Trunkenheit entschlüpfte Aeußerung erinnert, an=
dererseits schien er wieder froh zu sein, eine so directe
Aufforderung zur Kundgabe einer Besorgniß zu er=
halten, die ihn schon lange drückte. Und so kam denn
endlich aus ihm heraus:

„Herr Wildhoff, wenn ich auch eine kleine
Schwäche für guten Wein habe — und an solchem
fehlt es Gottlob bei uns nicht — so mein' ich es
doch gut und ehrlich mit meiner vortrefflichen Herr=
schaft, während die Jeanette mich einen alten Narren
schilt, — aber sie ist eben ein Kammerkätzchen, Sie
wissen ja! Und ich weiß, daß die gnädige Frau zu
viel Vertrauen hat."

„Da habt Ihr vielleicht nicht so ganz unrecht!"
bemerkte Wildhoff ermunternd.

„Ja, und ich weiß von meinen Collegen," fuhr
Fribolin jetzt eifrig fort, „daß sich ihre Herrschaften
über Frau von Luckner und das gnädige Fräulein

moquiren, und das ärgert mich, daß die gnädige Frau
diesem Herrn von Leith gegenüber so blind ist und —"

„Da geht Ihr in Eurer Freiheit doch zu weit!"
sagte Wildhoff peinlich berührt mit gerunzelter Stirne.
Also dergleichen bildete schon das Thema der Unterhaltung in Bedientenkreisen!

Er ließ Fribolin nicht weiter sprechen, hielt es
jedoch an der Zeit, die erste Gelegenheit zu ergreifen,
um seiner Tante die Bedenken zu äußern, welche ihn
quälten. Als sie nun mit Jda zur Opernaufführung
in die Stadt zurückkam, um andern Tags von ihm
begleitet wieder nach dem See zurück zu fahren, hatte
sich erst auf dem Dampfer der günstige Moment er-
geben. Aber er mußte sehen, daß man ihn mißver-
stand, ihm falsche Beweggründe unterbreitete; auch
waren Bedientengespräche keine Beweise. Drum wollte
er den Abgrund erst mehr ergründen, um seine Gefahr
zeigen zu können. Bei einer Angelegenheit so zarter
Natur war dies eine sehr mißliche Aufgabe, und es
sah fast wie eine Beleidigung der klugen, erfahrenen
Tante aus, seinen Rath in einer so persönlichen Sache
aufdrängen zu wollen. Es galt also Vorsicht und
Verbannung alles leidenschaftlichen Eifers.

Elftes Capitel.

Ein schöner Abend und eine italienische Nacht.

Unterdeß feierte Iba liebetrunkene Tage am See, wohin sie mit der Mutter erst nach einem längeren Aufenthalt auf der Sonnenreut übergesiedelt war. Sie hatten sich in einem schloßartigen Gebäude am öst- lichen Strande, etwa eine kleine Stunde oberhalb des königlichen Seeschlosses eingemiethet, von wo Herr von Leith an jedem freien Nachmittage zu Besuch kommen konnte. Das Schlößchen stand nicht sehr weit von dem dazwischen liegenden Landungsplatze, wo einst Wildhoff die blonde Unbekannte wieder- gefunden.

Dort sprang Irene an einem heißen Nachmittag wieder an's Land und wanderte nun von Vater, Mutter und Tante begleitet den Weg am Seegestabe entlang, an freundlichen Bauernhäusern, eleganten Villen vorüber, zwischen blühenden Gärten hin, durch sonnige Wiesen und schattige Haine auf heimlichen

Waldpfaden, während die Seefluth daneben an das Ufer schlug. Bald tauchte aus saftigem Wiesengrund von Fichten umschirmt, dicht am See, das Schlößchen auf, wo Frau von Luckner nebst andern Sommergästen wohnte.

Zwei Springbrunnen zu beiden Seiten des alterthümlichen Gebäudes überstäuben feucht und erquickend die grüne Umgebung, oder fallen rauschend in die Weiher zurück, während unmittelbar hinter der Fichtenwand der See wallt und glänzt. Von grüner Welle, grüner Wiese, grünem Walde eingerahmt, ist dicht am See ein heimliches Plätzchen, wo jetzt auf den länblichen Tischen bald die Tassen dampften, und ein Kreis fröhlich plaudernder Menschen versammelt war. Die Jugend hatte ihr Glück in der Gegenwart gefunden, dem Alten blühte es auf in den Erinnerungen an eine längst entschwundene Zeit.

Außer der Helming'schen und Luckner'schen Familie befanden sich noch einige andere da, welche das heimliche Plätzchen zu besuchen pflegten. Auch Herr von Leith fehlte nicht und entzückte Ida durch einen besonderen Aufwand süßer schmeichlerischer Worte, während Wildhoff mit Irenen äußerlich ruhiger und doch innerlich bewegter sprach. Leichter als der Offi-

zier und Architekt, welche sich gegenseitig in den
Schranken kühler Höflichkeit hielten, hatten sich Ida
und Irene näher, wenn auch keineswegs innig, an
einander geschlossen. Wenn sie Arm in Arm über den
Rasen an der Fontäne vorüberschritten, so war man
in Zweifel, welcher von beiden man den Preis zuer-
kennen sollte. Es fehlte ihnen nicht an einer gewissen
Aehnlichkeit im regelmäßigen Schnitt des Gesichtes;
aber wenn Idas Schönheit blendete, so zog Irenens
Liebreiz mehr an. Ida war von höherer Figur, sie
riß zur Bewunderung hin, während die zarte Anmuth,
welche über Irenens ganze Erscheinung gegossen war,
gleichsam erquickend wirkte und dauernder fesselte.
Ueber ihrem Antlitze aber lag jene kindliche Reinheit
ausgegossen, die noch von keinem Männermund berührt, den unverletzten Hauch der holdesten Unschuld
verrieth.

Irene war von Ida aufgefordert worden, ihr in
den Berggarten zu folgen, der hinterm Schlößchen sich
hinanzog und eine kleine Capelle umschloß, welche sie
ihr zeigen wollte. Auch die andern Mädchen, ja selbst
die Frauen schlossen sich an. Und als sich später auch
Wildhoff erhob, um nachzufolgen, wollte Herr von
Leith nicht zurückbleiben, so daß Herr von Helming

und Frau von Luckner sich noch allein an dem Tische
gegenüber saßen und bald in eine lange Reihe von
Erinnerungen verloren.

Wildhoff und der Offizier gingen in der Rich-
tung, wohin die Damen verschwunden waren, — eine
Zeit lang schweigend neben einander, bis Leith die
Stille mit den Worten unterbrach:

„Jda führt ihre junge Freundin wohl an den
Ort ihrer stillen Andacht. Frömmigkeit macht die
Frauen nur noch schöner."

„Am schönsten jedoch Tugend," erwiederte Wildhoff mit einigem Nachbrucke. „Sie ist der Frauen
Kraft und Stärke."

„Nur brauchen die Frauen keine Stärke und
Kraft," meinte Leith. „Wir lieben sie ja schön und
schwach. Fromm sein beeinträchtigt nicht, was wir
an ihnen lieben. Selbst Lord Byron liebt die Frömmigkeit an den Frauen, — von der Tugend hat er
gar nichts gesagt."

„Dafür war er Lord Byron!" antwortete Wildhoff,
dessen Sache Prüderie sonst gerade nicht war, obgleich
er vom Weibe allerdings nur hoch denken wollte.
Und so fuhr er denn in der begonnenen Weise fort:
„Galt doch dem genialen Lord, die Frauen und deren

Männer zu betrügen, als Verdienst und nothwendige
Zierde eines feinen Mannes."

„Kein Mann von Welt, kein Edelmann wird
ihm ein Verbrechen daraus machen wollen," sagte
Herr von Leith keck lächelnd.

„Dann ist mein Begriff von einem Manne ein
höherer, als der Ihrige von einem Edelmann," sagte
Wildhoff ernst.

„Dazu gratulire ich Ihnen!" antwortete der
Officier etwas spöttisch, fügte aber, als er den Ernst
bemerkte, welcher sich jetzt über Wildhoffs Miene
breitete, in scherzend vertraulichem Tone hinzu: „Bei
einem solchen Betrug gewinnen ja oft beide Theile,
der Betrügende die Zierde des feinen, der Betrogene
den Schmuck des einfältigen Mannes, und letzterer
hat noch das Verdienst, daß er zur Heiterkeit seiner
Mitmenschen beiträgt."

Wildhoff sah seinen Begleiter auf dem ansteigenden Waldpfade scharf an, ehe er entgegnete:

„Und doch ist der Betrogene nicht immer ein
Narr, der Betrüger aber stets ein Schurke!"

„Ich habe nichts entgegen zu halten," sagte der
Höfling, noch immer in dem seitherigen leichten Ton
und sichtlich gewillt das Gespräch abzubrechen.

Wildhoff wußte wohl, daß Leith sich nur in dem Ton bewegte, der unter der „feinen Männerwelt" nicht so ungewöhnlich war. Dennoch fühlte er sich empört über so offen dargelegte Frivolität eines Mannes, der sich den Anschein gab, als strebe er nach Iba's Hand. Er wollte vielleicht den Höfling zu einer offenen Erklärung nöthigen, als er nach einer eingetretenen Pause sich wieder mit den Worten zu ihm wandte:

„Herr von Leith, Sie werden dem Vetter der Dame, welcher Sie unverkennbar Ihre Huldigungen darbringen, wohl den Wunsch gestatten, darüber unterrichtet zu werden, ob das Ihre wahren Anschauungen sind."

„Herr Wildhoff," entgegnete darauf der Officier, „statt aller Antwort gestatten Sie mir die Gegenfrage, ob Sie von der Dame beauftragt sind, sich darnach bei mir zu erkundigen? — Ihre Miene sagt Nein, und Ihr Mund ist aufrichtig genug, nicht Ja zu sagen. Das kann mir vollständig genügen. Jedenfalls existirt keine Verpflichtung für mich, jemand anderem als Iba selbst und ihrer Mutter, Aufklärungen über meine Ansichten zu geben, und beide verlangen nichts dergleichen, weil sie voraussetzen, daß ich genau wissex werde, was ich vor und nach meiner Verheirathung zu denken und zu thun habe. Es sind überhaupt Fragen von so discreter Natur, daß man meinen sollte, man müsse wenigstens durch Unbetheiligte nicht zur Erörterung derselben gedrängt werden. So urtheilt wenigstens mein Gefühl."

„Ihre Darlegung könnte mir genügen, Herr v. Leith," sagte jetzt Wildhoff weniger verletzt, als beruhigt. „Auch mein Gefühl sträubt sich vor Berührung so zarter Verhätnisse. Dennoch —"

„Dennoch," fiel der geschmeidige Officier ein, „waren Sie durch meine leichtfertigen Aeußerungen veranlaßt, ich weiß es. Lassen wir es nunmehr auf sich beruhen, lieber Wildhoff! Wir werden doch mit solchen Controversen nicht unter die Damen treten wollen. Sehen Sie doch! Welche reizende Gruppe!"

Und nun gesellten sich die beiden Herren zu den im Berggrase umhersitzenden Frauen und Mädchen. Daß sich Leith an die Seite Iba's niederließ, war selbstverständlich. Irene erröthete leise, als sich Wildhoff neben ihr in's Haidekraut lagerte und ihr froh in das glühende Antlitz sah, während die Abendsonne bereits ihre letzten Strahlen durch die grünen Wedel der Fichten herein warf und den anmuthigen Kreis, wie

ben Bergwald in rosige Pracht kleidete. So unbe=
fangen heiter wie einst konnte sie ihm jetzt nicht
mehr begegnen. Aber die leise Wallung des Bluts
in ihrem Antlitze verrieth, daß sie glücklich war. Und
so war der Abend gekommen. Als man zu den
Tischen zurückkehrte, war die Sonne schon hinter dem
westlichen Ufer des Sees hinab.

Herr von Helming und Frau von Luckner saßen
noch immer einander gegenüber in den grünen Fich=
ten. In ihrem Auge schimmerte es feucht; das sei=
nige war hinaus auf den See gerichtet, der jetzt in
wunderbaren Farbentönen, einem meilenweiten Metall=
spiegel gleich, draußen lag unter der Glorie des
Abends. Tiefe Bewegung spiegelte sich in der Miene
der schönen alten Frau. Draußen wogte und wallte
die Fluth wie geschmolzenes Gold mit Rubinen und
Topassen überstreut. Die Berge ragten violett in das
Abendfeuer hinein und schauten groß und hehr, wie
in schöner Stunde vor langen Jahren, auf die er=
glühende Landschaft herunter, durch welche der ver=
klärte See fluthete. Es war eine unbeschreibbare
Pracht, wie sie dort aufblüht, wenn der Tag zur
Neige geht. Und in diese Herrlichkeit sahen die Bei=
den noch still hinein, als sie schon von den Ihrigen

mit frohem Geplauder umringt waren. Was mochten sie sich erzählt, was anvertraut haben!

Herr von Helming ergriff jetzt die Hand seiner Gattin.

„Es ist Zeit zur Heimkehr," sagte er. Und man erhob sich.

Frau von Luckner hatte versprochen gehabt, den schönen Abend bei einer der anwesenden Familien, weiter unten am See zuzubringen. Sie fühlte sich jedoch zu ergriffen, als daß sie ihrem Versprechen nachzukommen vermocht hätte, darum schützte sie leichtes Kopfweh vor und erlaubte ihrer Tochter, allein die Gesellschaft zu begleiten und bei ihren Freundinnen zu verweilen, bis der Mond den Heimweg beleuchte.

„Da Heinrich kaum Zeit haben wird, Dich zurück zu geleiten," sprach sie mit einem fast wehmüthigen Lächeln, „werde ich Dir Jeanette schicken!"

Ueber Leiths Antlitz flammte es dabei in dunkler Gluth, als er nach Jda hinüber sah. . Diese glänzte vor Freude, da sie sich der scheidenden Gesellschaft anschloß, während ihre Mutter sich in die Gemächer des Schlößchens zurückzog, um den Abend in Einsamkeit und Stille zu verleben. Und nun ging man den kurzen Weg durch den Wald, bis zu den nächsten An-

fieblungen zurück, stets mit dem Blicke auf den flam=
menden See, deſſen Welle wie flüſſiges Feuer
an das Ufer ſchlug und die Kieſel deſſelben wuſch.
Der jenſeitige Strand ſtand drüben wie eine dunkle
Mauer in der Pracht des Abends und ſetzte, als
ſchwarze Linie, ſeinen Fuß in den flammenden Seeſpiegel.
Das dieſſeitige Ufer lag in Licht und Glanz. Und
Feuer und Flammen glüheten auch in den Augen
Leiths und Iba's, Licht und Glanz ſtrahlten aus
denen Wildhoffs und Irenens, da ſie ſo ſtill neben
einander am verklärten See hinunter ſchritten und
nur hie und da die Feier in ihren liebevollen Seelen
durch ein wenigſagendes und vielverhüllendes Wort
unterbrachen.

Balb nachher ſtand Wildhoff in der Dämmerung
des Abends allein am Strand und ſah hinaus in die
leiſe athmende Fluth, welche die Glorie des Himmels
und der Erde ſpiegelte. Da draußen in der Gluth
und Pracht ſchwammen hunderte von Gondeln und
Segelſchiffen; der Abend hatte ſie herausgelockt auf
den See in ſeiner ſchönſten Stunde. Aber nur
einem der Kähne folgten ſeine Augen in den unend=
lichen Glanz hinaus, einem, der all ſein Glück umfaßte.
Und der Abend ergraute mehr und mehr.

Schon liefen der Schifflein viele an den Strand, und Wildhoff stand und sah noch immer hinaus.

Da legte sich ihm eine schwere Hand auf die Schulter und eine kräftige Stimme dröhnte ihm in die Ohren, daß er sich rasch umwandte.

„Glücklicher Träumer!" sagte der Gerichtsrath Brand, der ihn vom Gasthause aus schon lange beobachtet hatte. „Sie holen nichts mit ihren Augen zurück, und andererseits werden Sie bei der übrigen Gesellschaft Ihres schönen Bäschens nicht vermißt. Also auf, und begleiten Sie mich den Strand hinan, den ich in solcher Stunde so gerne wandere. Wir wollen uns alles Erdenglücks und hesperischer Nächte erinnern. Trinken wir zuvor noch eine Flasche zusammen zum Gruße der Nacht."

Der Gerichtsrath wollte noch in der Nacht nach einem zwei Stunden oberhalb gelegenen Lieblingsorte am See wandern. Wildhoff willigte ein, ihn zu begleiten, wollte aber dem Gerichtsrath die Flasche allein überlassen und unterdeß von einem seligeren Tranke auf dem See draußen genießen. Leicht war ein Kahn gelöst und mit einigen kräftigen Ruderschlägen hinausgetrieben in die anprallende Fluth. Sein Ruder schlug in grünes Gold, denn noch

glühete der See fort, wenn auch allmählig vor dem
blafferen Lichte des auffteigenden Mondes erbleichend.
Wie ein Pfeil glitt der leichte Kahn über die glatte
Fläche hin, bis in's bewegtere Waffer, — ftets in
der Richtung, in welcher Irene mit ihren Eltern ge=
fahren war, als ob er fie noch ereilen, ihr nochmals
in die lieben, lieben Augen fehen müffe. Einzelne
Schifflein fchwammen noch an ihm vorüber; von den
meiften tönte Gefang, von andern Lachen und Kichern
aus Männer= und Mädchenkehlen. Dann wurde es
allmälig öder und ftiller auf dem Waffer.

Wildhoff fuhr mit allen Kräften zu, als die
Nacht fich fchon völlig über dem weiten See nieder=
gelaffen hatte und nur der Mond von Often her
die Fluth erhellte. Vor ihm in derfelben Richtung
tauchte ein Kahn auf, der ihm entgegen kam und,
vom weißen Schaum umfpritzt, eine einzelne
Dame trug, welche den Nachen gewandt leitete. Ein
Ausruf der Ueberrafchung entfuhr dabei der eleganten
Schifferin; ihr Kahn fuhr im Halbkreis um den
Wildhoffs und fuchte an feiner Seite anzulegen.
Als er die Abficht der Dame erkannte, gebot ihm die
einfache Artigkeit feine Ruder ruhen zu laffen, und
fo kam die fchöne Gondoliera rafch heran. An den

wallenden Locken, an der schlanken Gestalt mit der üppigen Fülle, an den blühenden Wangen hatte er die lebhafte Pauline erkannt, welche ihm den ganzen Sommer über hier am See häufig begegnet war.

„Ei, Fräulein Langenbècque, noch so spät auf dem See!" rief er ihr freundlich zu. „Fürchten Sie sich nicht in dieser Einsamkeit auf dem tiefen Wasser?"

„Ich habe keine Furcht!' sagte sie, als sie näher kam und nun an seiner Seite schaukelte. Es lag ein, bei ihr ungewohnter, Ton von Schmerz, ja von Verzweiflung in ihrer Stimme, da sie fortfuhr:

„Was soll ich fürchten? Die Tiefe des Sees? Ich wollte, ich läge da unten!"

„Um Gotteswillen, Fräulein Langenbècque," rief Wildhoff wirklich betroffen und erschrocken. „Was denken Sie? Was haben Sie?"

• „Nichts, als daß ich sterben möchte!" sagte das sonst so heitere Mädchen düster. „Sterben, jetzt gleich!"

„Ich bitte Sie!" rief er jetzt wirklich bestürzt über die verzweiflungsvolle Sprache des jungen Geschöpfes. „Wie kommen Sie auf solche entsetzliche Gedanken?"

„Meinen Sie," fragte sie herüber, „es sei so schwer zu sterben?"

„Gewiß, wenn man so jung, so liebenswürdig ist, so geschaffen zum Beglücken und beglückt zu werden!"

„Beglücken und beglückt zu werden," wiederholte sie indem sie mit einem langen traurigen Blicke herüber sah, „dazu sei ich geschaffen, sagen Sie?"

Wildhoff begann zu ahnen, was sie bewegte und quälte. Er konnte diesen Blick, diesen Ton nicht mißverstehen. Tief ergriffen, von Mitleid durchschüttert sah er auf das arme Mädchen, das jetzt die Ruder hatte sinken lassen und ihre Hände vor ihr Gesicht legte, um sich einem Ausbruch des Schmerzes zu überlassen, der leidenschaftlich wie ihr ganzes Wesen sich ergoß. Ihre Brust wogte und wallte stärker als die Seefluth, und krampfhaftes Schluchzen würgte ihre Kehle.

Eine Zeit lang ließ er sie gewähren, indem er in großer Pein nachsann, wie er ihren Schmerz bannen sollte. Er brauchte sie nicht weiter zu fragen, er wußte nunmehr, daß sie Irenen auf dem See begegnet war, daß sie ahnte, wo die Familie v. Helming den Abend verbracht und wem nun sein eigner Kahn nachstrebte.

Als endlich die Heftigkeit ihres Schmerzes sich wieder etwas gelegt hatte — und das geschah

zum Glücke balb — reichte er ihr die Hand hinüber,
indem er ihr in freundlicher, herzlicher, liebreicher
Weise zusprach, sich zu faffen. In beredter Weise
apellirte er an ihren Muth, ihren Verstand, an ihre
Jugend und Schönheit, welche sie zur Ueberwindung
jedes Leibes befähigen müßten, und er hatte die Ge=
nugthuung, daß sie das Haupt wieder emporrichtete
und die Ueberzeugung mit fortnahm, der, den sie
liebte, verachte sie wenigstens nicht und hege keine
Gleichgültigkeit gegen ihren Schmerz. Ihre Ver=
sicherung zum Abschied, daß er ihr nicht mehr so
spät auf dem See begegnen werde, schienen einen
bestimmten Entschluß auszubrücken, der ihn beruhigen
konnte, als er ihrem dahinschwebenden Kahne nach=
schaute. Leicht, gewandt und kräftig lenkte sie diesen
über den See hin, daß er balb seinen Augen ent=
schwand. Dann blickte Wildhoff an's westliche Ufer
hinüber, wo schon die angezündeten Lichter wie Feuer=
funken im Waffer sich spiegelten. Dort mußte
Irene jetzt schon angelangt sein. — Gab es denn
kein Glück auf Erden, das nicht auf andere als ein
Unglück wirkt? — Nachbenklich wandte er den eignen
Kahn und fuhr rasch dem östlich verschwimmenden
Strande zu.

Dort empfing ihn der Gerichtsrath Brand mit
Neckereien, die er ziemlich schweigsam hinnahm. Der
Aufbruch wurde nicht länger verschoben, denn längst
schon war der Mond über die Fichtenhöhe emporge=
stiegen und schien freundlich auf die Gärtchen der
Landhäuser am Wege. Beim Vorüberkommen fragte
Wildhoff in einer der Villen nach Ida und erhielt
die Auskunft, daß Fräulein von Luckner schon vor
einer Viertelstunde von dem Kammermädchen abge=
holt worden sei und bereits zu Hause angelangt sein
müsse. So schlug er denn mit dem Gerichtsrathe
Brand dessen Lieblingsweg hart am Ufer ein.

Es war eine wundervolle Nacht. Der See hatte
längst seine blendenden Lichter verloren, und seine
Fluth spiegelte nur noch den milden Schein des
Mondes. Die Waldbäume und Hecken warfen die
Zeichnung ihres Schattens auf den Weg. Leise ath=
mend pochte der See an den Strand, wollüstig strichen
laue Lüfte durch die säuselnden Fichtenwedel. Da wo
links ein Waldpfad sich von dem Wege abzweigte,
machte ein Geräusch Wildhoff zufällig aufschauen. Und
er glaubte im Schatten der Bäume eine Gestalt, ja
zwei sich bewegen zu sehen. „Warum soll ich nicht
nachschauen, was das ist?" sagte Wildhoff zu sich
18*

selbst, winkte seinem Begleiter, ihn für einen Augenblick zu entschuldigen, und trat etwas vom Wege ab
in den Pfad ein. Er hatte nur wenige unhörbare
Schritte auf dem grasigen Rande desselben gemacht,
als er wirklich zwei Gestalten, etwa dreißig Schritte
vor sich, in's volle Monblicht heraustreten sah. Augenblicklich verschwanden jedoch dieselben wieder im Schatten des Dickichts. Wildhoff blieb stehen, nachsinnend,
ob er sie weiter verfolgen solle, was ihm jedoch zuletzt kaum thunlich erschien. Und so kehrte er zu dem
Gerichtsrathe zurück und schritt mit ihm weiter.

„Wäre Jeanette nicht schon mit Ida heimge-
kehrt," sagte er zu sich selbst, „so wollte ich darauf
schwören, ich habe sie dort mit dem kleinen Arthur
Maier auf den Pfaden der Liebe gesehen! Wer mag
das Paar gewesen sein?"

Die launigen Bemerkungen seines Begleiters ent-
rissen ihn dem Nachdenken darüber, und bald fesselte
ihn ein heimliches Gemälde voll poetischer Anmuth.
Ein schöner Wiesenplan halb beschattet, halb im
sanften Lichte der Monbnacht, öffnete sich, — Fontänen rauschten und blickten wie flüssige Silbersäulen
her, hinter welchen das hohe Gebäude, welches Frau
v. Luckner nebst andern Sommergästen bewohnte, von

Fichten umstarrt emporstieg, — ein Gebilde der romantischen Schule, ein Tieck'sches Waldschloß, eine Eichendorff'sche Scene. Am Giebel des Schlößchens lag heller Mondschein und glänzte blendend in den zahlreichen Fenstern. Einige derselben waren roth beleuchtet, — wie von Karfunkelglanz blickten sie in die mondhelle Nacht und in den Schatten des Waldes heraus. Auch im Zimmer der Frau v. Luckner war noch Licht. Welchen Empfindungen mochte sie sich hingeben, welchen Gedanken nachhängen? Die Zimmerfenster Ida's waren dunkel, — das schöne Mädchen schlief also schon, — während aus andern Fenstern lockige Häupter schauten, dem schmeichelnden Klange der Cither lauschend, welche durch die Fichtenkronen von dem grünen Plätzchen auf der Seekante hertönte, wo Nachmittags der anmuthige Kreis von Herren und Damen geweilt hatte und nun junge Bursche sich mit Saitenspiel vergnügten. Die ganze Scene hatte mährchenhaften Reiz, zu welchem die magische Zusammenwirkung verschiedenen Lichtes und Schattens, das Rauschen der Springbrunnen und Wallen des Sees, das Sausen der Fichtenkronen und das sanfte melodische Spiel der Cither gleich beitrugen. Die Poesie des Ortes ließ auch den Gerichtsrath nicht ungerührt.

Die zwei Gesellen Eichendorffs fielen ihm ein, die
singend am Bergabhang hinwandern, daß ihr Lied
von schwindelnden Felsen, rauschenden Wäldern, stür-
zenden Bächen und wallenden Seen „die stille Gegend
entlang" klingt. Und laut sprach er nun im Vorübergehen die herrlichen Verse:

„Sie sangen von Marmorbildern,
Von Gärten, die überm Gestein
In dämmernden Lauben verwildern,
Palästen im Mondenschein,
Wo die Mädchen am Fenster lauschen,
Wenn der Lautenklang erwacht,
Und die Brunnen verschlafen rauschen
In der prächtigen Sommernacht."

So waren sie zwischen den Blumenbeeten hin am
Schlößchen vorüber gekommen, als der Gerichtsrath
wieder anhub:

„Solche Nächte erwecken in mir die alte Sehnsucht nach Italien, obgleich sie dort kaum schöner sein
können, als hier an diesem Strande. Denken Sie,
lieber Wildhoff, ich habe vorhin einen Höfling und
einen Gerichtspraktikanten beneidet. Wie der Mensch
doch herunter kommen kann."

„Und wo kamen Ihnen so niedere Gedanken und
weswegen?" fragte Wildhoff zurück.

„Herr v. Leith in vertraulichem Gespräch mit der kleinen Kratzbürste — beide für den ganzen Sommer im Genusse dieser herrlichen Seelandschaft, und nun der Eine noch mit der Aussicht auf einen Winter im Süden. Herr v. Leith wird ja in den nächsten Tagen schon den König nach Rom und Neapel begleiten."

„Nach einigen Wochen, wollen Sie doch sagen," entgegnete Wildhoff, dessen Aufmerksamkeit jetzt in unruhiger Weise erregt war, so daß er selbst mitten im Wege stehen blieb.

„In einigen Tagen, wie mir einer der Cabinetsräthe sagte, den ich unten im Kaffeehause traf," versicherte der Gerichtsrath.

„Und dort sahen Sie auch Herrn v. Leith im Gespräch mit Arthur Maier?"

„Mit dem kleinen kratzbürstigen, literarischen Rechtspraktikanten Arthur Maier," erwiderte der Gerichtsrath. „Und zwar, während Sie selbst in Andacht versunken am See standen und der reizenden Blondine sehnsüchtig nachschauten."

Nur noch wenige Schritte kamen die beiden miteinander, und wieder blieb Wildhoff stehen.

„Herr Gerichtsrath, ich muß mich verabschieden

unb Sie allein ben fchönen Weg zurücklegen laffen,"
fprach er, feine Hanb hinreichenb. Darauf kehrte er rafch
in ber Richtung bes Schlößchens um, währenb ber
Gerichtsrath ihm zuerft kopffchüttelnb nachfchaute unb
bann feines Weges fchritt.

Voll Unruhe kam Wilbhoff zum Schlößchen zurück. Er fah zu bem Stockwerke empor, wo feine
Tante wohnte. In beren Zimmer war immer noch
Licht, währenb viele vorhin noch beleuchtet gewefenen
Fenfter jetzt bunkel waren. Sollte er hinauf zur Tante
unb fie fragen, ob Iba fchon zurückgekommen? Sollte
er ihr feine eigne Unruhe mittheilen? Währenb er
noch unentfchloffen ftanb, klirrte oben ein Fenfter, als-
ob es geöffnet würbe. Seine Tante fchaute in bie
helle Nacht hinaus unb zwar in ber Richtung, aus
welcher Iba kommen mußte. So trat er aus bem
Schatten bes Gebäubes in's Monblicht auf ben Rafen
unb hatte burch bas Geräufch feiner Tritte ihre Auf=
merkfamkeit erregt. Sie fah fcharf herab.

„Tante," fagte er leife, „ich bin's, Heinrich."

„Bift Du ohne Iba zurückgekommen?" fragte
fie herunter, unb als er erwiberte, er habe fie nicht
wieder gefehen, bat fie: „So fieh' Dich boch um,
wo fie bleibt."

Der Auftrag beschwichtigte seine Bedenken, und mit raschen Schritten eilte er dahin, dem Orte zu, wo er Jeanette mit dem kleinen Arthur Maier gesehen zu haben glaubte. Er war noch nicht weit gekommen, als er da, wo der Weg auf ziemliche Länge hin übersehbar war, zwei Männergestalten vor sich herwandeln sah, die rasch zuschreitend bei der nächsten Biegung seinem Blicke schon entschwunden waren. Als er dann vor das Gehölz hinaus kam, wo die Ansiedelungen wieder beginnen, bemerkte er, daß dieselben Gestalten einen Kahn gelöst hatten und sich demselben anvertrauten. Näher kommend erkannte er die im Mondlichte blitzenden Epauletten einer militärischen Uniform. Der Kahn trieb jedoch schon in den See hinaus, und ein Gelächter tönte über das Wasser herüber, da Wildhoff's Gestalt auf dem Steg über dem Wasser auftauchte.

Die Nacht ward immer lichter, die Ruhe immer feierlicher, da er den Rückweg zum Schlößchen einschlug. Aber sein Gemüth nahm den Eindruck nicht auf. Die Fontänen vor dem Schlößchen rauschten „verschlafen" in das Wasserbecken, unter den Fichten war es still geworden, die Fenster des Schlößchens verdunkelt, die Lauscherinnen verschwunden. Nur die

Fenster von Ida's Zimmer waren jetzt beleuchtet, und ihre unverkennbare Gestalt erschien für einen Augenblick in demselben, um auf den Wald und See hinaus zu blicken. Sie war also inzwischen heimgekommen.

Wildhoff suchte jetzt sein eignes Zimmer auf und bedurfte lange Zeit, um einschlafen zu können. Dann träumte er jenen schauerlichen Traum Ida's, den ihm einst die Tante mitgetheilt hatte.

Als er andern Tags mit Ida zusammentraf, erröthete sie. Als er sie fragte, ob Herr v. Leith wirklich schon heute oder Morgen abreise, erblaßte sie. Und als später Herr v. Leith selbst kam, um in überraschender Weise anzukündigen, daß er schnell in die Stadt zurück müsse, da der König unerwartet seinen Reisebeschluß ganz plötzlich und rasch zur Ausführung bringen wolle, da weinte sie in beklemmender Angst. Aber Erwins süße, schmeichlerischen Worte trösteten sie wieder halbwegs. In vier oder fünf Wochen müsse er ohnehin wieder zurück in die Heimath, und dann — sie lächelte über das, was nach seiner Versicherung dann erfolgen solle. Auch Frau v. Luckner ward völlig beruhigt über die Abreise. Ida aber weinte doch bittere Thränen, als er ihr endlich die Hand entzog, um zu gehen.

Und als sie ihm dann noch vom Fenster aus unter Thränen nachwinkte, da warf er einen letzten, langen Blick zu dem schönen trauernden Mädchen empor.

„Es ist wirklich schade!" sagte er seufzend bei sich. „Aber — wer sagte es doch? er hatte leider Recht: man wird alles satt, mein Engel, — auch die Engel."

———

Zwölftes Capitel.

Erzählt, wie sich ein Aesthetiker versteigt.

Und der Herbst war gekommen, mit ihm lange Abende, kühle Nächte, nebelige Morgen und kurze, aber heitere Tage. Die meisten Sommergäste hatten die Ufer des schönen Sees verlassen und waren zur Hauptstadt zurückgekehrt. Auch Frau v. Luckner mit ihrer Tochter war heimgezogen. Nur die Besitzer von Landhäusern und wenige fremde Familien, welche sich auf den weiten Umfang des Sees vertheilten, wollten aushalten, so lange das Wetter es erlaubte. Zu ihnen gesellten sich Andere, welche gerade jetzt den wieder leer gewordenen See aufsuchten, um ihn in der herbst= lichen Pracht seiner Ufer zu genießen.

Auch die Familie Helming gefiel sich noch immer an der herrlichen Landschaft und bewohnte eines der freundlichen Häuser auf den westlichen Uferhöhen, aus dessen Fenstern man einen wundervollen Blick auf Gebirg und See hatte. Irene freute sich dieser

Natur von ganzer Seele, aber sie erschien ihr doch
allmählig nur an den Tagen in ihrer vollen Herrlichkeit und Pracht, wenn sie Wildhoff in derselben
wußte. Kam er, so schien die Landschaft ein Feierkleid
anzulegen, — ging er, so legte sich ein Schleier um
See, Matte und Berge und Alles erschien ihr grau
und ohne Glanz. An den Tagen, wo er nicht da,
war ihr Nebel und Regen einerlei und der Sonnenschein that ihr leid. So lebte sie dahin. Sie hatte
bereits gelernt, mit vollem Vertrauen an ihn zu denken,
auf seine Liebe zu bauen, wenn auch noch kein Geständniß über seine Lippen gekommen. Als er aber
eines Tages kam und mit glücklicher Miene sagte,
daß er sich nun auch auf längere Zeit Ruhe gönnen
dürfe und seine Arbeiten für's Erste zu einem Ab-
schluß gebracht habe, daß er nun Tag für Tag sie
sehen und sprechen könne, da kannte ihr stilles Glück
keine Grenzen.

Als Frau von Luckner zur Stadt zurückkehrte,
war der Neffe nämlich daran, auf einige Wochen ganz
an den See überzusiedeln. So weit sein Werk schon
veröffentlicht war, hatte es — trotz einiger hämischer
Besprechungen in Blättern, welche von Casimir Baber
und Arthur Maier beeinflußt waren — eine außer-

ordentlich günstige Aufnahme in urtheilsfähigen Kreisen
gefunden. Nachdem Wildhoff weder durch Gunst noch
Intrigue etwas zu erreichen gesucht, durfte er von
der Wirkung des Buches manches hoffen, wenn keine
sogenannte sichere Stellung, so doch eine auf die
Theilnahme des kunstsinnigen Publikums gestützte fer=
nere literarische Thätigkeit, welche in Verbindung mit
den Einkünften seines Vermögens ihm eine hinläng=
liche Basis für die Gründung eines eignen Heerdes
bot. So sah er die Zeit herannahen, wo er ohne
Gewissenszweifel und Bedenken das Geständniß aus=
sprechen durfte, das seine Augen schon längst gemacht
und das ihm eine Zukunft voll unendlichen Glücks
verhieß. Wohl wußte er, .daß Irene durch das Ver=
mögen ihrer Mutter in Stand gesetzt war, sich einst
ganz den Mann nach eigener Wahl und ohne Rück=
sicht auf dessen Einkommen zu suchen. Aber Wildhoff
war ein zu männlicher und stolzer Charakter, um das
auch nur im Geringsten in Berechnung zu ziehen.
Was das Leben zu gedeihlichem Fortkommen verlangte,
das wollte Er der Erwählten seines Herzens, seinem
geliebten Weibe bieten. Von ihr verlangte er nichts,
als Liebe.

Als ein Glücklicher kam er also zu längerem

Aufenthalte an den See. Denn auch die Besorgnisse,
welche er manchmal ob des Ausgangs hegte, den die
Leidenschaft seines Bäschens für den in Rom weilenden
Günstling des Königs nehmen würde, waren durch
die Zuversichtlichkeit von Mutter und Tochter allmäh=
lig beschwichtigt worden; und Pauline Langenbècque
trat ihm seit jener leidenschaftlichen Begegnung auf
dem See nicht mehr in den Weg und schien getröstet.
So konnte er mit heiterem Gemüthe all' seine Zeit
der Familie Helming widmen. Er plauderte mit der
Mutter, schwärmte und scherzte mit Tante Wanda,
besprach sich über Kunst und Archäologie mit dem
Vater und — neckte sich zumeist mit dem holden blon=
den Liebling Aller, wenn er nicht den innigen Worten
ihrer sanften Stimme über Natur und Poesie lauschte.
Dabei verlor er sich nie in bloße Galanterie. Ja,
bei Irenen vergaß er alle jene kleine Artigkeiten,
die er andern Frauen, welche ihm gleichgültig waren,
noch erweisen konnte. Und er mußte, daß sie der=
gleichen nicht von ihm erwartete, oder verlangte. Wenn
er aber mit ihr in die große, schöne Welt hineinsah,
auf die blaue Fluth, die grünen Matten vor ihnen
und die erhabene Gebirgsreihe in der Ferne, da las
sie in seinen Augen, daß ihm all die Schönheit nur

noch schön däuchte, weil sie ihr Freude machte. Der
See wallte nur noch ihretwegen da unten, die Sonne
kleidete sich nur noch ihr zu Liebe in die verklärende
Pracht des Abends, und er selbst bewunderte die Welt
nur noch, weil in derselben das holde Mädchen athmete, das da so glücklich und bewegt neben ihm in
das Alles hineinschaute.

Auch die einsamen Stunden in seinem Gastzimmer waren nur noch ihr gewidmet. Mit Vergnügen
erinnerte sich Irene an die reizenden italienischen
Villen an den lombardischen Seen. Nun zeichnete
er an einem Plan, wie er sich ihre künftige Wohnung
mit Altanen, Gärten und Terrassen dachte, führte
den Grundriß und Zeichnung mit Genauigkeit aus
und brachte das erdachte Haus auf dem Papier in
perspectivische Verbindung mit der Umgebung, indem er
reizende landschaftliche Architekturbildchen schuf, deren
Staffage immer wieder die holde Gestalt bildete, in
welche sich der ganze Inbegriff seines Empfindens,
seiner Liebe gekleidet hatte. —

Nun war es ein milder, sonniger Herbsttag. Die
große, feierliche Ruhe des Mittags lag von den
Alpen her über allen Wäldern des Hochlandes; gleichsam schlafend ruhte der weite See in seiner grünen

Wiege, wenn man von der belebten Terrasse des Gast=
hauses auf der Höhe hinein schaute in all' die stille
Herrlichkeit. Aber wenige von Denen, die dort aßen,
tranken und plauderten, sahen hinaus, sondern waren
noch allzusehr beschäftigt mit den materiellen Genüssen
des Platzes.

„Die Hühner waren ausgezeichnet. Du mußt
übrigens das da nicht auch noch anschneiden, wenn
Du keinen besondern Appetit mehr fühlst, lieber
Casimir!" sagte die Frau Professor Baber zu ihrem
Manne.

„Ich finde die Speisen doch gar zu schlecht zu-
bereitet. Wir sind es zu Hause anders gewöhnt,
liebe Frau von Fuchs!" sprach Frau Langenbècque
über den Tisch hinüber.

„Im Gegentheil, ganz im Gegentheil," bemerkte
Frau von Fuchs. „Versuche doch noch diesen schmack=
haften Braten, Felix!"

„Eine Flasche St. Julien!" sagte der Notar
Wolf laut zur Kellnerin und aß eifrig fort, während
Herr Arthur Maier ohne Laut sein leeres Bierglas
hinschob, wohl ein Zeichen, daß er seinen literarischen
Leistungen noch immer keine Pension, oder doch nur
eine sehr geringe zu verdanken hatte.

„Grand vin château Lafitte!" befahl ter Ban=
kier Berbelli, langweilig unb verbroſſen über ſeine
wohlbeſetzte Tafel blickenb. „Man muß ben Leuten,
wenn man's kann, boch etwas zu löſen geben."

„Ich benke genau ebenſo," fiel hier ber Kunſt=
verleger Langenbècque ein, inbem er ſich von ſeinem
Tiſche zu bem Bankier herüber beugte. „Das er=
innert mich an einen meiner Freunbe in Englanb, —
bie Geſchichte muß ich Ihnen boch erzählen, Herr
von Berbelli."

Haſtig ſprang Herr Felix von Fuchs von ſeinem
Stuhle auf, ber in Hörweite bieſer Geſchichte ſtanb.
Der junge Mann war überhaupt etwas verbrießlich.
Weber Pauline noch ſonſt eine hübſche Dame befanb
ſich heute hier, ſonbern nur Männer, Weiber, Kinber
unb kleine Mäbchen, beren Aufmerkſamkeit zu erregen
ſich nicht ber Mühe verlohnte. Unb boch hatte er
ein Paar Glanzſtiefeln an, welche bei jebem Tritte
ſeltene, auffallenbe Töne von ſich gaben. Das Knar=
zen ber Fußbekleibung hielt aber Herr Felix für ein
Haupterforberniß vornehmen unb eleganten Auftretens.
So ging er unb ſuchte ſich im Hauſe einen günſti=
geren Schauplatz unb ein ſeiner würbigeres Publikum.
Oben im Saale hatten brei Herren geſpeiſt, welche

am See heraufgekommen waren und nun etwas ab=
gemattet auf Stühlen und Bänken der Ruhe pflogen.
Felix hatte, trotz ihrer unscheinbaren Reisejoppen,
hauptstädtische Cavaliere in denselben erkannt und
ging nun mit Haltung und Miene eines Stutzers im
Saale auf und ab, um sich im Glanze seiner knarzen=
den Stiefeln zu zeigen.

„Saprifti!" rief jetzt einer der Cavaliere un=
muthig. „Was soll diese Musik hier? Wie, Schön=
thal? Kannst Du dabei noch schlafen? Geben wir
dem Jungen einen Groschen, damit er uns ver=
schone."

„Niedersitzen oder hinaus mit ihm!" brummte
der dicke Schönthal von seiner Bank her.

Felix ward zwar roth, fand es jedoch erst recht
nothwendig zu imponiren, indem er seinen lauten
Spaziergang im Saal fortsetzte. Da erhob sich der
dicke Schönthal von seinem ohnehin unbequemen Lager
und sprach mit drohender Miene:

„Wenn Sie uns mit dieser Ohrenpein nicht so=
gleich verschonen wollen, so —"

„Nun so?" fragte jetzt Felix keck.

„So laß ich Sie zum Fenster hinausfliegen!"

Auf dieses hin schien es Herrn Felix von Fuchs
19*

doch angemessen, lieber den Ausgang durch die Thüre
zu suchen. Er ging hinunter auf die Terrasse und
wandte sich alsbald an den Notar Wolf, von dem er
wußte, daß er ein alter Corpsstudent war.

„Herr Notar," sprach er mit bedeutungsvoller
Miene. „Ich habe Sie in einer höchst wichtigen An=
gelegenheit um Rath zu fragen. Sie kennen ja den
Comment?"

„Ja!"

„Nun, einer der Herren oben — Graf Sporn
ist dabei — hat gesagt, er wolle mich zum Fenster
hinaus fliegen lassen."

„Er setzte wahrscheinlich voraus, daß Sie fliegen
könnten, — das ist keine Beleidigung."

„Nein, er meinte schon: hinauswerfen."

„War's Parterre?"

„Nein, oben!"

„Nun ja!" sagte der Notar Wolf. „Sehen Sie
doch, vor den Fenstern läuft die Galerie hin, dort
liegen Decken zum Trocknen ausgebreitet. Sie wären
demnach nicht hoch und nicht zu hart gefallen. Es
hätte also nicht viel zu bedeuten gehabt."

„Sie meinen wirklich, daß ich's auf meiner Ehre
sitzen lassen könne?"

„Ganz und gar!" sprach der Notar und trank sein Glas aus.

Jetzt erschien Wildhoff, der im Gasthofe wohnte, auf der Terrasse und wählte sich seinen Platz an des Notars Tisch. Sie kamen bald auf den neuberufenen Balldirector zu reden und von diesem ab auf Politik, — für Felix ein langweiliger Gegenstand. Er suchte nach anderer Unterhaltung und konnte sie auch in dem Vortrage nicht finden, den eben Professor Baber über sein Lieblingsthema, das Walten der sittlichen Weltordnung, hielt. Mehr Spaß machte ihm, wie die Kinder des Professors mit dessen Hut spielten und ihn endlich am Rande der Terrasse liegen ließen. Da kam Herrn Felix eine ingeniöse Idee, welche ihm viel Kurzweil versprach. Harmlos ging er am Rande der Terrasse hin und gab dabei dem Hute des Professors mit seinem eleganten Stöckchen heimlich leichte Stöße, bis derselbe in den Hof hinunterrollte. Ebenso harmlos schritt Felix nun die Stufen hinunter, nahm dort unbemerkt den Hut und schlich sich damit hinterm Dorfe hin, wo er an einer Scheune einige Stangen bemerkte, von welchen er die höchste nahm und gegen einen Birnbaum im Felde hinschritt. Den Hut auf die Spitze der Stange setzend, hing er ihn an die höch

ften Zweige des Baumes, worauf er die Stange
wieder zurücktrug und seines Werkes froh auf die
Terrasse des Gasthauses zurückkehrte. Seine Abwesen=
heit war gar nicht bemerkt worden. Da Professor
Baber mit seinem Vortrage noch nicht zu Ende, war=
tete Felix mit Ungeduld auf den Schluß.

„Es ist Ihnen heiß geworden," fing er dann an
indem er gegen den Professor sich heuchelnd verbeugte,
„die Luft aber etwas kühl. Fürchten Sie nicht, sich
so mit bloßem Kopfe zu erkälten?"

Der Professor langte mechanisch nach der Stelle
auf der Bank, wohin er seinen Hut gelegt hatte, und
sah dann unter dieselbe, auch unter den Tisch.

„Wo ist denn meine Kopfbedeckung?" fragte
er jetzt.

„Ich weiß es nicht," sagte Felix mit der unschul=
digsten Miene.

„Trudchen, wo ist denn meine Kopfbedeckung?"
wandte sich jetzt der Professor an seine Gattin.

„Dein Hut, Casimir? Soll ich wissen, wo Du
Deinen Hut hast. Bist vielleicht in der Zerstreuung
ohne Kopfbedeckung gekommen."

„Nein. Ich habe sie vorhin an diese Stelle
gelegt."

„Ei," fing jetzt Felix an. „War es am Ende gar Ihr Hut, was die Katze vorhin im Hofe herum=zerrte. Später sprang sie hinter den Häusern in's Feld."

Auf diese Weise lenkte Felix die Aufmerksamkeit des im Hofe und hinter den Scheunen herumsuchen=den Professors allmählig auf den Birnbaum im freien Felde und sah von ferne zu, was der Professor be=ginnen werde, da dieser endlich seinen Hut in den Zweigen entdeckte. Natürlich griff der Aesthetiker zu dem nächstliegenden Mittel, Steine aufzuklauben und sie nach dem Hute zu schleudern. Jedoch welche Mühe er sich auch gab, welche Kraft und Gewandt=heit er auch aufwendete: er traf wohl manche Birne, daß sie herunter fiel, der Hut aber blieb hängen. So sah er ein, daß wenn er zu seiner Kopfbedeckung ge=langen wollte, die Ersteigung des Baumes eine uner=läßliche Bedingung war. Herr Professor Baber war von ziemlich kleiner Gestalt und hatte besonders kurze Arme und Beine, mit welchen er nun den Stamm umkrallte, um emporzuklimmen, — für Herrn Felix von Fuchs, der von fern zusah, ein höchst unterhalten=des Schauspiel. Nach einer Viertelstunde voller Mühe und Anstrengung war Professor Casimir Baber auch

bereits einen halben Schuh am Baumstamme empor=
gekommen.

Unterdeß hatte sich Wildhoff mit Notar Wolf
vom Tische erhoben, um die nahe Anhöhe zu be=
steigen, welche noch eine umfassendere Fernsicht bot,
als die Terrasse des Gasthofes. Der Notar hatte
seinen Begleiter gefragt, wie er zu den Bauprojekten
des Barons Buchberg stehe, was zu einem Gespräche
führte, in dessen Verlauf Notar Wolf sagte:

„Wollen Sie Geld verdienen, so nehmen Sie
seine Anträge an, — Sie haben ja nichts mit der
moralischen Seite der Speculation zu thun. Im
andern Falle haben Sie freilich Recht, Ihre Hand
davon zu lassen. Ich sage Ihnen, lieber Freund, die
Seele dieses Barons hat den christlichen Staat schon
viel, viel Geld gekostet und kostet noch immer. Und
doch ist er ein vollkommener Schöps, will z. B. ohne
Leidenschaft und Trieb galant und lüderlich scheinen,
weil es andere Aristokraten sind, und kommt seinen
Verbindlichkeiten gegen das Gemeinwesen jährlich
durch einen glänzenden Ball nach, auf welchem sich
die ganze hohe Welt einfindet und die Juwelen sei=
ner Frau, die trefflichen Weine seines Kellers be=
wundert. Das reicht zu seiner Zufriedenheit ein

ganzes Jahr lang. Ein ächtes Muster des Parvenu! Aber, ich bitte Sie, was macht unser großer Aesthetiker! Sehen Sie doch, mit welcher Inbrunst und Zärtlichkeit er den Birnbaum umarmt!"

In der That drückte Professor Baber noch immer den Stamm des Baumes in inniger Umarmung an sein großes Herz, war auch wieder einen Zoll höher geklommen.

„Was machen Sie denn da, Herr Professor?" fragte jetzt Notar Wolf mit Wildhoff näher tretend. „Haben Sie nach Birnen Gelüste?"

„Ach," sagte der Professor schweißtriefend, indem er zu Boden rutschte. „Denken Sie, die ebenso merkwürdige, als auffallende Thatsache: die Katze hat meine Kopfbedeckung in die Zweigen des Baumwipfels aufgehängt."

„Und Sie wollen nun hinauf zu Ihrer Kopfbedeckung?"

„Es wird die natürliche Consequenz sein müssen!" sprach der Professor, indem er seufzend die Höhe des Baumes maß.

„Gut, Herr Professor, Sie sollen hinauf. Steigen Sie über unsere Schultern in den Olymp."

Und die Beiden hoben in bester Laune den

Aesthetiker so hoch am Stamme empor, daß er mit
seinen Armen sich an den Aesten festhalten und den
Körper nachziehen konnte. Im Weitergehen sahen sie
nur noch, wie der Professor nun mit eifriger Vorsicht
von Ast zu Ast klomm und sich nicht ohne einige
Gefahr zu seinem Ziele emporarbeitete. In Angst
und Noth hatte er denn auch endlich dasselbe erreicht
und schaute triumphirend von seinem erhabenen
Standpunkte in die Welt hinein. Das Niederklettern
war in dem Astwerk der Krone nicht allzu schwierig,
wurde es aber desto mehr an dem ziemlich hohen
Stamme, als er beim Rutschen das Krachen seines
Beinkleids vernahm. Rasch zog er sich wieder in
die Gabel des Astwerks zurück und untersuchte den
Riß, wobei er zu der Einsicht gelangte, daß das
Hinunterrutschen an dem rauhen Baumstamme nicht
rathsam war. Was aber beginnen? Fliegen konnte
er nicht, ein Sprung hinunter war geradezu lebensge-
gefährlich; also blieb ihm nichts übrig, als zu warten, bis
vielleicht der Notar Wolf und Wildhoff zurückkamen, oder
sein junger Freund Felix von Fuchs sich zeigte. Jedoch
Niemand kam. Und in seinem Freunde Felix täuschte
sich Professor Baber ganz und gar. Denn dieser
brütete schwarzen Verrath und suchte mit Ungeduld im

Dorfe nach dem Besitzer des Birnbaums, um ihm mitzutheilen, daß draußen Einer in den Aesten sitze und sich an den reifen Birnen gütlich thue.

Der Tag war schön, der Blick auf Gebirg, See und Landschaft äußerst lohnend, allein die Aussicht, den Nachmittag auf dem Birnbaume zubringen zu müssen, dennoch keine verlockende. Wenn Professor Baber sich anstrengte, konnte er das lebhafte Lachen auf der Terrasse drüben hören, wo sich sein Trübchen jetzt unterhielt, ohne ihn zu vermissen, — während ihr Gatte wie ein schlechtgelaunter Buchfink in den Zweigen des Birnbaums saß. Er versank in tiefe Betrachtungen darüber, was die sittliche Weltordnung damit bezweckte, daß sie ihren eifrigsten Propheten an diesen luftigen Ort bannte. Vielleicht bedurfte es nur eines kühnen Entschlusses, mit der Opferung seines Beinkleides rasch hinunter und auf heimlichen Pfaden in den Gasthof zurückzukommen. Muthig schickte er sich dazu an und hatte schon den untern Ast umfaßt, um seinen Körper am Stamme hinunter zu lassen, als er zu seinem Schrecken zwei Damen bemerkte, welche auf dem Raine vom Dorfe herkamen. Schleuniger Rückzug in die Höhe war geboten. Die dichte Baumkrone verdeckte ihn sicher den ungelegenen

Spaziergängerinnen, und wenn sie vorüber, sollte das gestörte Unternehmen um so rascher ausgeführt werden.

Wer beschreibt aber seine Bestürzung, als sich jetzt die ältere Dame behaglich im Schatten des Baumes niederließ, während ihre junge Gefährtin am Raine nach Herbstblumen suchte, sie zu einem Sträußchen band, an den Busen steckte und dann sich ebenfalls auf den trocknen weichen Rasen setzte. Fast erstarrend wirkte aber auf ihn, daß er in der älteren Dame eine seiner begeisterten Verehrerinnen, die geistvolle Schwester des Herrn von Helming erkannte und in dem schönen blonden Mädchen deren bewunderte Nichte ahnte. Sie vor Allen durften ihn nicht in der wunderlichen Situation erblicken, in der er sich befand. Wenn noch etwas seine Pein vermehren konnte, so war es jetzt der Anblick Wildhoff's, der allein von der Anhöhe her kam und gerade auf den Baum zu schritt, auf welchem er und unter welchem die beiden Frauengebilde saßen. Der Architekt mußte ihn hier oben und unterließ sicher nicht, sich nach ihm umzusehen. Der Angstschweiß trat dem Professor auf die Stirne, als sein Nimbus in solcher Gefahr der Lächerlichkeit schwebte. Er krallte sich krampfhaft an den stützenden Ast, er rührte sich nicht und wagte kaum zu athmen.

Aber Wildhoff dachte nicht an den Professor in der Höhe, als er erst einmal Irene erkannt hatte. Auch sie hatte ihn bereits bemerkt, wenn er auch von der Rückseite herkam; die Liebe ist gar scharfsichtig. Höher wallte ihr Busen, und eine Blutwelle um die andere drang ihr vom Herzen her durch den zarten Hals in's schöne Antlitz, da sich Wildhoff rasch näherte, während sie sich nicht umzusehen getraute.

Jetzt stand er dicht hinter ihr.

„Wenn ich nicht eine brennende Cigarre bei mir trüge," ertönte seine Stimme, „so würde ich um die Erlaubniß nachsuchen, die Gruppe vervollständigen zu dürfen."

„Vervollständigen Sie doch," erwiderte Wanda. „Wir lieben das narkotische Aroma!"

Wildhoff blickte auf Irenens blütheweißen Nacken, der unter der reichen Fülle ihres goldnen Haares das leise Wallen ihrer Adern zeigte. Dann fing er an:

„Allein Fräulein Irene ist so zart organisirt, daß ich entweder das Rauchen lassen oder wohl vorübergehen muß."

„Ach ja!" sprach jetzt das junge Mädchen, mit
einer Mischung lächelnden Unmuths und holder Ver=
schämtheit die Augen halb zu ihm aufschlagend: „Ich
bestehe wohl aus lauter Aether, Duft und Mond=
schein."

„Wenigstens haben diese Elemente so viel An=
theil an Ihnen, daß ich wohl vorübergehen muß,"
sprach er und machte einige Schritte, als sei es
ihm Ernst.

Als er dann stehen blieb und sich umschaute,
sah' Irene so bekümmert zu ihm her, daß ihn sein
Scherz reute. Ihre Lippen waren geschlossen, ihre
lieben Augen ruhten mit einem so wehmüthig bitten=
den Ausdruck auf ihm, daß er ergriffen davon ward und
bei sich gelobte, niemals wieder, auch nicht einmal
im Scherze, diesem holden, liebevollen, jungfräulichen
Herzen einen kummervollen Augenblick zu bereiten.
Rasch kam er jetzt heran und sah ihr blos in die
wieder leuchtenden Augen, als er sich an ihrer Seite
niederließ.

Und nun hatte die Welt vor ihr wieder ihre
volle Schönheit gewonnen und spiegelte sich in un=
geahnter Pracht in ihren glücklichen Augen. Ihre Worte
trugen den Charakter heiterer Innigkeit, auf ihren

holden Zügen ruhte die lächelnde Seligkeit beglückter
Liebe. So war sie unvergleichlich schön, und Wild=
hoffs Augen hingen mit einem Entzücken an ihrem
Antlitze, das er kaum mehr zu verbergen ver=
mochte.

Während so über die Schönheit des jungen
Mädchens sich eine bräutliche Anmuth, ein ahnungs=
voller Reiz breitete, sprach Wanda ihr Leid darüber
aus, daß sich zwischen ihrer Familie und Professor
Baber, der seit Kurzem hier weile, noch kein näheres
Verhältniß angebahnt habe, ja daß Bruder Helming
und der geistreiche Aesthetiker sich noch nicht einmal per=
sönlich kennten. Wildhoff meinte, Irenens Vater
und Professor Baber würden auch kaum Gefallen an=
einder finden. Dort grünbliches positives Wissen,
scharfe Urtheilskraft und innerer Werth ohne Osten=
tation; hier unvergohrene Belesenheit, vage Phrase
ohne eigenes Urtheil und die schellenlaute Anmaßung
der Mittelmäßigkeit. Wanda widersprach; Wildhoff
beharrte in scherzendem Ernst dabei, daß der Professor
Baber vollständig sei, was er äußerlich scheine, wo=
rauf Fräulein Schuld ein „eben so wahres als schö=
nes" Wort aus Babers Schriften selbst zur endgül=
tigen Entscheidung citirte: „Ein schlichter Körper

zwar, jedoch ein hoher Geist!" Wildhoff erklärte sich
damit vollständig geschlagen, was Wanda ebenso vollständig befriedigte, so daß sie ihn nicht weiter plagte
und in seinen süßen träumerischen Genüssen des
glücklichen Momentes an der Seite Irenens ungestört ließ.

„Wissen Sie, was ich von Ihnen glaube?"
fragte er, indem er das schöne Mädchen glücklich
anschaute.

„Was denn?" fragte sie leise erröthend mit
ihrer sanften Stimme.

„Daß Sie aus Freundlichkeit mir eine Untugend
hingehen lassen könnten, der Sie innerlich widerstreben."

„Das muß ich bestreiten," sagte sie mit Sanftmuth.

„Ich könnte es beweisen."

„Zum Beispiel?"

„Zum Beispiel, daß Sie dennoch eine Feindin
des Rauchens sind."

Keineswegs. Ihre Gründe?"

„Warum wenden Sie so oft Ihr Antlitz von
mir ab?"

Er wußte wohl, daß es die duftigen Ringeln

nicht waren, sondern seine leuchtenden Blicke, denen ihre schüchterne, scheue, schamhafte Seele manchmal auswich, um nicht ihre eigenen Empfindungen zu deutlich zu verrathen. Eine Purpurwolke stieg aber jetzt vom Busen her in ihr Antlitz und füllte sein zartes Weiß mit glühenden Farben. Sie wendete das Haupt und sah in das Gras nieder. Rasch aber fügte er jetzt hinzu, indem er bittend zu ihr aufsah:

„Und doch, wenn Sie wüßten, Irene, wie glücklich mich Ihre Blicke machen, Ihr gutes Herz würde mir keinen derselben entziehen!"

Jetzt sah sie ihn an, daß ihr blaues Auge ihm einen ganzen Himmel von Wonne in die Seele goß. Rasch aber hatte sie es wieder abgewandt und ließ es hinaus schweifen über See, Landschaft und Gebirg wie einen Strahl göttlicher Liebe. Eine kleine Pause stillen Entzückens war eingetreten. Wildhoffs trunkene Blicke ruhten auf dem kleinen Strauße, der auf ihrem zarten Busen auf und nieder wogte. Er war ihr näher gerückt.

„Wo blühen so reizende Blumen?" fragte er dann.

„Ich habe sie vorhin hier gepflückt," sprach sie leise.

A. Becker, Bervehmt. II.   20

„Wenn Sie sich von einer derselben trennen könnten — dürfte ich bitten, Irene?"

„Sie sollen sie Alle haben!" sprach sie sanft.

Und sie löste den kleinen Strauß von ihrer klopfenden Brust; schon hatte er auch die kleine zarte Hand mit den Blumen gefaßt und drückte sie mit Inbrunst an die Lippen. Zum ersten Male berührte sie sein Mund, und eine süßbeklommene, beängstigende Wonne durchzuckte ihr Wesen, daß sie bebend da saß. Himmel und Erde schwammen vor ihren Augen. Er aber war ihr noch näher gerückt, hielt noch immer ihre Hand und sprach, sich zu ihr niederbeugend:

„Und wenn ich einst komme, Irene, wenn ich komme und um mehr als diese Blumen, um das Glück meines Lebens bitte? Irene, — wenn ich —"

Er hielt inne. Pflichtgefühl verschloß ihm wieder den Mund. Nicht wollte er sie, nicht sich binden, — kein Geständniß sollte über seine, über ihre Lippen kommen, bis er mit seiner Hand bieten konnte, was er um ihretwillen zu erreichen strebte. Als er jedoch ihrem abgewandten Auge wieder begegnete, lag eine vertrauensvolle Seligkeit darinnen, die ihm Alles sagte, was zu seinem Glücke nothwendig war.

Vielleicht hätte der Moment nun doch seine Zu-

rückhaltung überwältigt, wenn nicht urplötzlich die ein=
getretene Stille von einem geheimnißvollen geister=
haften Niesen eines Unsichtbaren unterbrochen worden
wäre. Die sich so vertraulich nah gerückt waren,
fuhren auseinander, sahen sich um — und entdeckten
Niemanden in ihrer Nähe.

„Ich glaube, es kam vom Baume," sprach jetzt
Wanda, und Wildhoff sprang ahnungsvoll auf und
sah in die lichte Krone des Birnbaumes, in welche
bei der ruhigen Luft die Rauchwölkchen seiner
Cigarre kerzengerade aufgestiegen waren. Nun rief er
staunend:

„Ja, um Gottes willen, Herr Professor, sitzen Sie
noch immer da oben?"

Auch die Damen hatten sich erhoben und wußten
kaum, was sie zu dem Phänomen auf dem Baume
sagen und denken sollten. Mit dem besten Willen
konnte Wildhoff nicht ernst bleiben beim Anblicke der
jammervollen Miene des Aesthetikers auf dem Birn=
baume. Dieser aber erglühte in holder Scham, als
er sich in seinem luftigen Verstecke entdeckt sah. Wanda
hatte sich zuerst wieder gefaßt und sprach:

„Ei, Herr Professor! Es freut mich, Sie zu so
guter Gelegenheit zu treffen, da ich ebenüber eine

20*

Stelle nachgedacht habe, wo Sie eben so wahr, als schön sagen, daß ein hoher Standpunkt dazu gehöre, um das Weltgetriebe zu übersehen. Glauben Sie nicht, daß ...."

„Verehrtestes Fräulein," fiel der Herr Professor auf dem Birnbaume ein, „die Erörterung dieser Fragen dürfte doch füglich wohl auf später verschoben werden können."

„Ich meine auch!" fiel Wildhoff ein und machte Wanda begreiflich, daß sie Irenen folgen solle, welche bereits den Rain gegen das Dorf hinan schritt, als ein mit einer Peitsche bewaffneter Bauer über das Feld gelaufen kam und sich anschickte, den Birnennascher zu züchtigen, so weit er ihn mit der langen Peitsche erreichen konnte. Eifrig demonstrirte ihm der Professor vom Baume herunter vor, daß er keine Birne angerührt, solche nicht einmal liebe, ferner ihretwegen gewiß keinen Baum ersteigen würde, sondern lediglich hinaufgeklettert sei, um seine Kopfbedeckung zu holen, welche von einer Katze hinauf geschleppt worden wäre. Der Bauer glaubte von Allem kein Wort, und war nur noch durch das Dazwischentreten Wildhoffs von thätlicher Bestrafung des vermeintlichen Obstdiebs abzuhalten.

Inzwischen war Felix auf die Terrasse des Gast=
hofes zurückgekehrt und fragte die Gattin des Pro=
fessors, ob sie denn nicht wisse, wo ihr Mann stecke.
Sie meinte, er werde auf seinem Zimmer stubiren.
Jedoch Felix bedeutete ihr, daß dies nicht der Fall,
da der Herr Professor drüben auf dem Birnbaum
sitze, wie sich jedermann mit eignen Augen überzeugen
könne. Die Nachricht brachte auf der Terrasse große
Sensation hervor; man sah mit bewaffnetem und un=
bewaffnetem Auge hinüber und bemerkte wirklich den
Professor Baber in den Aesten des Baumes und zwar
in lautem Streit mit dem entrüsteten Bauer. Seine
Gattin aber rang jetzt lebhaft die Hände und erging
sich in lauten Glossen:

„Ja, kann man denn den Mann nicht einen
Augenblick aus den Augen lassen! Bin ich doch eine
gestrafte Frau! Ja, Casimir, Casimir! Hat man denn
so etwas gehört? Setzt sich der Mann in der Zer=
streuung auf den Birnbaum!"

„Thut er das öfter, Frau Professor?" fragte der
Bankier Berdelli von seinem Tische herüber, indem er
sein Fernrohr zuklappte.

Die kleine lebhafte Frau hatte jedoch keine Zeit
zu antworten, sondern trieb den Wirth an, einige

Leute mit Leitern zu Hülfe zu schicken, woburch der vielgeprüfte Aesthetiker auch enblich aus seiner letzten Noth erlöst wurde. Den Anstifter aller dieser Leiden jedoch sollte die rächende Hand des Geschicks erst später ereilen.

Dreizehntes Capitel.

Die sittliche Weltordnung wirkt durch die Hand eines Dienstmannes.

Wildhoff war indeß Irenen und ihrer Tante in den Obstgarten bei der Wohnung der Familie gefolgt, wo die Mutter inmitten einer kleinen Idylle mit einem Buche saß, während der Vater im Hause verweilte über seinen Karten und Zeichnungen, Blättern und Schriften, welche er aus der Stadt mit herausgeschleppt hatte. Dann und wann erschien sein geistreiches Antlitz unter dem offenen Fenster und sah hinaus in die grüne Welt umher, in welche der Herbst erst wenige lebhaftere Farbentöne gehaucht hatte. Dabei strich er sich manchmal mit der Hand unbehaglich über das Kinn, das rauher sich anfühlte, als er gewohnt war. Es erschien ihm als eine glückliche Fügung, da er jetzt einen kleinen Mann mit großen Schritten die Gasse heran kommen sah, der etwas Weißes unter dem Arm trug und unverkennbar ein Barbier war.

„Hab' ich die Ehre, Herrn v. Helming vor mir
zu sehen?" fragte derselbe schon aus einiger Entfernung.

Mit einem einladenden Nicken des Hauptes be-
jahte der alte Herr unterm Fenster, und der Mann
kam herein.

Herr v. Helming hatte sich bereits auf den
Stuhl niedergelassen, und erwiderte auf die Worte,
mit welchen sich der Kleine vorstellte:

„Ganz recht! Der Herr Wirth hat Sie wohl geschickt und Sie kommen zu gelegener Zeit."

Der Fremde stand mit geröthetem Antlitz da,
während Herr v. Helming auf die Verrichtung seines
Berufs wartete.

„Herr v. Helming," fing jetzt der Fremde mit
hohler Stimme an. „Ich dächte, wir treten uns als
ernsthafte Männer gegenüber, als Männer ebenbürtigen
Geistes —"

Sind denn alle Baber überspannt? dachte Herr
v. Helming, während der Andere fortfuhr:

„Es besteht eine stille Gemeinschaft zwischen allen
Edeln, und darum hab' ich immer — und Göthe ist
ganz mit mir darin einverstanden — es nicht zu hoch
aufgenommen, wenn ein solcher gegen mich gefehlt."

„Das ist Alles recht und gut, lieber Freund,“ meinte Herr v. Helming etwas ungeduldig. „Aber meine Zeit drängt. Kommen wir zur Sache und seifen Sie mich einmal ein.“

„Einseifen!“ rief der Fremde jetzt im Tone höchster Entrüstung. „Ich wollte Ihnen zum Zeichen meiner Verehrung ein Exemplar meines neuesten Werkes überreichen, und Sie begegnen mir in dieser beleidigenden Weise!“

„Aber, Sie haben mir doch selbst gesagt —“ fing jetzt, ein Mißverständniß befürchtend, Herr von Helming unsicher an, und der Fremde fiel ein:

„Gesagt, daß ich Casimir Baber, ordentlicher, öffentlicher Professor Dr. Casimir Baber bin!“

„Gräßliches Mißverständniß!“ rief jetzt Herr v. Helming aufspringend. „Bitte tausendmal um Entschuldigung, ich bin ganz untröstlich . . .“

Professor Baber ließ sich durch so aufrichtiges Bedauern gerne versöhnen, und kam bald auf den wahren Beweggrund seines Besuchs zu sprechen, nachdem Herr v. Helming mit artigen Worten für das schöne Buch gedankt hatte, dessen weißer Umschlag mit zu dem Mißverständniß Anlaß gegeben hatte.

„Ich komme ferner, sprach der Aesthetiker, „um

dem Drange meines Herzens zu folgen und Sie vor einer großen Täuschung zu bewahren."

„Sehr gütig, Herr Professor, — worin besteht die Täuschung?"

„Ich fürchte, Sie vertrauen einem Manne zu viel," fuhr der Aesthetiker fort, und seine trivialen Züge belebte giftiger Haß, — „einem Manne, der sich in Ihre Freundschaft eingeschmeichelt, Ihrer Tochter Liebe heuchelt, und doch längst einer Andern bestimmt ist."

Mit Erstaunen hörte Herr v. Helming diese in leidenschaftlichem Tone vorgebrachte Eröffnung. Die unvorsätzliche Beleidigung, welche er dem Professor zugefügt, gab demselben Anspruch auf seine Geduld, sonst würde er sich diese unzarte Einmischung von vornherein gründlich verbeten haben. Der Professor Vater aber, tödtlich beleidigt durch die bittern Bemerkungen Wildhoffs unter dem Baume, glaubte noch mild und discret gesprochen zu haben und schrieb das finstere Schweigen des Herrn v. Helming dem überzeugenden Eindrucke seiner Worte zu. Endlich unterbrach der letztere die Pause, und gab sich Mühe ruhig zu sprechen:

„Sie meinen, wenn ich recht verstehe, Herrn Wildhoff, und unter der „andern" sein Bäschen,

Fräulein v. Luckner. So viel mir aber bekannt, ist
Fräulein v. Luckner die Braut eines Andern.“

„Nicht des Herr v. Leith,“ fiel der Professor
rasch ein, „wird's auch nie werden, wie ich aus guter
Quelle versichern zu können glaube.“

Helming hatte sich etwas verfärbt, mehr aus
Aerger und Verdruß über die Insinuation, als im
Glauben an die Wahrheit des Berichts. Er war mit
dem Professor aus dem Gemach in die Hausflur und
unter die Thüre getreten, welche in den Hof und auf
die Gasse führte, als eben Herr Langenbècque und der
kleine Arthur Maier wie zufällig des Weges kamen
und, von Professor Baber angerufen, hinzu traten.
Beide waren Herrn v. Helming schon bekannt. Der
Jüngere hatte ihm längst schon durch zudringlich kecke
Annäherung Widerwillen eingeflößt. Als nun der
Professor die Ankömmlinge vom Gegenstand des Ge=
spräches unterrichtete, sagte Herr Langenbècque mit
einer entsprechenden Geberde:

„Das ist ja eine bekannte Geschichte!“

„Es ist peinlich,“ fing auch Herr Arthur Maier
an, „aber da die Sprache darauf gekommen, muß ich
gestehen, daß ich schon lange mit Gram und Be=
trübniß bemerkt habe, Herr v. Helming, wie sehr

Ihre verehrte Familie —" er hielt hier inne, als er den finstern Blick des alten Herrn bemerkte und lenkte wie folgt ein: „Doch abgesehen davon, ist es Thatsache, daß Herr v. Leith weder Bräutigam der schönen Ida ist noch werden wird?"

„Von wem wissen Sie das?" fragte der alte Herr mit scharfem Blick und schlecht verhehltem Unmuthe.

„Von ihm selbst!" war die kurze Antwort.

„Von Herrn v. Leith?" fragte jener ungläubig zurück.

„Von Herrn v. Leith," erwiderte der Kleine jedes Wort betonend. „Er hat nie daran gedacht, Fräulein v. Luckner zur Gattin zu nehmen, und diese wird sich in der That mit ihrem Vetter begnügen müssen."

Der alte Herr zitterte vor Verdruß und Aufregung. Aber er hielt sich noch zurück und sprach blos mit einem Blicke der Verachtung:

„Und wenn Sie wirklich der Vertraute einer Niederträchtigkeit waren, warum warnten Sie nicht die Betheiligten?"

„Erstens," antwortete Herr Arthur Maler mit vollkommener Fassung, „erstens mochte ich nicht an einem Freunde Verrath üben, zweitens hatte ich keine

Veranlaſſung für die kluge Frau v. Luckner zu ſorgen
oder ihr eine Demüthigung zu erſparen, drittens hätte
ſie meine Eröffnungen ja doch als Verleumdung und
unbefugte Einmiſchung zurückgewieſen. Der Warner
iſt ja ſtets unwillkommen und verkannt."

Herr v. Helming war ſo leidenſchaftlich erregt,
daß er ſchon ein ſcharfes Wort der Verachtung auf
der Zunge hatte. Er faßte ſich jedoch noch zu rechter
Zeit, verbeugte ſich und ſprach:

„Da die Herren keinen Zeugen in ihrer weitern
Unterhaltung bedürfen, ſo erlauben Sie mir, daß ich
mich zurückziehe."

Während die außen, des rechten Eindrucks ihrer
Mittheilungen ungewiß, ſich etwas verblüfft wieder
zum Gaſthofe zurück begaben, ging Herr v. Helming
in großer Erregung in ſeinem Zimmer auf und ab.
Daß dieſe kommen, ihm dergleichen ſagen durften!
Wenn er ſich noch ſo ſehr erinnerte, welchen Werth
ſolche Mittheilungen bei Licht betrachtet haben, wenn
er auch die Beweggründe durchſchauen mochte, war
ihm doch ein Stachel in's Herz gedrückt. Der Teufel
ſagt eben ſeine Lügen, daß ſie wie Wahrheit aus-
ſehen. Nicht das mindeſte Mißtrauen gegen ſeinen
jungen Freund, den er in Gedanken wirklich ſchon

als Sohn in's Herz geschlossen, sondern Sorge um
Frau v. Luckner war es, was ihn bewegte. Sie hatte
ihm an jenem Abende am östlichen Seestrande einen
tiefen Blick in ihr Herz und die Beweggründe ihrer
Handlungsweise gewährt, — sie hatte vor dem Manne
ihrer Jugendliebe gleichsam gebeichtet und ihm die
Triebfeder ihres Lebens, ihr Streben und Hoffen blos
gelegt. Er war mit ihrem Ehrgeize, ihren Plänen be=
kannt gemacht. Und nun bangte ihm um sie, die einst
seine ganze Liebe, sein volles junges Herz besessen
und seine Hand, ihr beiderseitiges Glück verschmäht
hatte, um einem Phantom nachzujagen.

Endlich ging Herr von Helming in den Garten,
welcher sich hinterm Hause weit hinzog und fand da
seine Familie mit dem jungen Architekten in heiterer
Unterhaltung. Er nahm eine Gelegenheit wahr, ihn
ohne Aufsehn auf die Seite zu ziehen, und fing nun
nach einigen gleichgültigen Reden an:

„Setzen Sie, lieber Wildhoff, nicht bloße Neu=
gierde, sondern die innigste Freundschaft für Sie und
die Familie Ihrer Tante voraus, wenn ich frage: Ist
Herr von Leith der erklärte Verlobte Ihres schönen
Bäschens?"

„Nicht der erklärte Verlobte," antwortete Wild=

hoff etwas befremdet und befangen. „Doch wird er in der Familie als solcher angesehen."

Herr von Helming ließ eine Pause eintreten und fragte dann weiter:

„Herr von Leith ist ein Mann von Ehre?"

„Ich möchte nicht daran zweifeln," erwiederte Wildhoff betroffen.

„Ich auch nicht!" versetzte der alte Herr rasch.

Wieder war eine peinliche Pause eingetreten, welche jetzt Wildhoff unterbrach:

„Ihre Fragen, Herr von Helming, erinnern mich an ein altes Mißtrauen, das nur die feste Zuversicht meiner Tante beschwichtigen konnte. Er ist mir eben nicht sympathisch."

„So!" sagte Herr von Helming mit einem Blick, der seinem jungen Gefährten eine flüchtige Röthe über's Antlitz trieb und diesen hinzuzusetzen veranlaßte:

„Allerdings ist dies das Urtheil eines Besiegten."

„Ihre Cousine ist ein herrliches Geschöpf. So sah einst Ihre Tante aus, nur noch —" der alte Mann seufzte, während nun Wildhoff einfiel:

„Ich bin auch so stolz auf sie, wie ein Bruder auf seine Schwester sein kann."

„Sie gaben selbst zu verstehen, daß sie Ihnen mehr als das — war."

„War. Ich täuschte mich."

„In Ihren Gefühlen oder in denen Ihres Bäschens?"

„In beidem. Ich weiß jetzt, daß ich sie nie liebte."

Herr von Helming hatte durch einen innigen Ton das Indiscrete, was in seinen Fragen liegen konnte, glücklich zu mildern gesucht, — Wildhoff antwortete rückhaltslos offen. Und als jetzt sein älterer Freund mehr nur andeutete, als aussprach, daß sich jenes er= klären lasse, wenn er seitdem Pflichten der Liebe ein= gegangen und kennen gelernt habe, sagte Wildhoff aufrichtig:

„Ich halte es eines Mannes nicht würdig, Ver= pflichtungen einzugehen, so lange er nicht im Stande ist, sie zu jeder Zeit zu erfüllen, — oder ein binden= des Wort zu verlangen, wenn er nicht als Antwort sofort ohne Gewissensscrupel seine Hand bieten kann."

„Und darin liegt wohl auch Erklärung und Recht= fertigung des Verhältnisses des Herrn von Leith zu Ihrem schönen Bäschen!" fiel hier mit erheitertem Blicke Irenens Vater ein. „Und wenn Sie, junger

Freund, einmal Verpflichtungen eingehen und ein bin=
dendes Wort verlangen können, wollen Sie mich dann
zum Vertrauten Ihrer Wünsche und Empfindungen
machen?"

Er reichte seine Hand her. Wildhoffs Augen
sahen ihn glänzend an. Sie verstanden sich ohne wei=
teres Wort.

Kurze Zeit darauf verstummte die Gesellschaft,
welche noch vom Mittagsmahl her auf der Terrasse
des Gasthofs saß, inmitten des lebhaftesten Geplau=
ders, als der Architekt Wildhoff mit der norddeutschen
Familie erschien und unbefangen neben der reizenden
Blondine an der Balustrade lehnte, um ihr das Fern=
rohr nach den Bergen zu richten. Das Erstaunen
wuchs, als er ihr in den Blumenpark vor der Ter=
rasse folgte, wo sie beide verweilten, während Herr
von Helming mit Gattin und Schwester am Kaffee=
tische sitzen blieben.

Unbekümmert um die bedeutsamen Blicke, die
verzogenen Mienen und das wieder beginnende Ge=
flüster hinter ihnen, schlenderten die Beiden mit tän=
delndem, allmählig zärtlichem Geplauder zwischen dem
Gebüsch dahin, bis sie sich neben einander auf eine

Bank setzten, vor welcher Landschaft, See und Gebirg im schönsten Rahmen lagen. Weit hingedehnt
lag der Wasserspiegel im Lichte des Nachmittags, in
feierlicher Ruhe. Mit ihrem sanften Lächeln auf den
holden Zügen, mit bewegtem, sanftpochendem Herzen
saß Irene neben ihm.

Nun hörte er ihre sanfte Stimme nicht mehr.
Schweigend sahen sie hinaus. Minuten vergingen
darüber, und sie hatten noch kein Wort gesprochen
und sich doch schon so vieles gesagt, was ihre Seelen
verstanden. Ein und derselbe Gedanken waltete jetzt
in ihnen und wartete seines Ausbrucks.

„Wer immer hier bleiben könnte!" kam es dann
leise von ihren Lippen.

„Wohin sich Liebe und Treue folgen, da ist es
schön!" sprach er. „Wollen Sie einen Ort sehen,
Irene, wo es immer schön ist?"

„Zeigen Sie mir den," sagte sie sanft.

Und er zog sein Taschenbuch hervor und faltete
ein Blatt auseinander, eine Zeichnung, die im Hinter=
grunde schöner Gärten eine reizende Villa zeigte, —
im Vordergrunde aber stand ein eng umschlungenes
Paar auf einer Terrasse und sah in die vorliegende
Landschaft, die Umgebung der Heimath, hinein. Irene

mochte das Paar erkennen. Denn sie erglühte, als
sie sich auf das Bild niederbeugte.

„Gefällt Ihnen der Ort?" fragte er. „Gefällt
er Ihnen, Irene?"

Statt aller Antwort sah sie ihn an; er rückte
ihr näher, und sie wich nicht zurück. Da legte sich
sein Arm nur auf einen Augenblick um ihre zarte,
süße Gestalt, und sie lehnte leise ihr Haupt an seine
Schulter. Es war nur ein Augenblick, aber seine
Erinnerung erhellte ihm viele, viele nachfolgenden
schwarzen Nächte mit magischem Scheine. Es war
nur ein Augenblick, aber er blieb ihr für's Leben.
Und da saß sie an ihn geschmiegt, weltvergessen. Und
ihr Auge leuchtete, und ihre goldene Haarfülle glänzte
in der Sonne, und ihre Miene strahlte wonnig, und
ihre Seele träumte von einer unfaßbar seligen Zu=
kunft! — Es war nur ein Augenblick.

„Sie werden gesucht, Herr Wildhoff!" unter=
brach jetzt Tante Wanda's Stimme diesen Augenblick.

Wildhoff erhob sich, und er sah seltsam aus, als
er fragte:

„Und von wem werde ich gesucht?"

„Von einem Dienstmann, der einen Brief bringt."

Wildhoff wußte nicht, warum ihn bei dieser Nach=

21*

richt eine unerklärliche Bangigkeit überfiel. Das Herz
bebte ihm, als habe man ihm den Engel des Weltgerichts angekündigt. —

Und doch war es nur ein einfacher Dienstmann
in blauer Blouse und rother Kappe, der ein halbes
Viertelstündchen vorher schon im Wäldchen, durch
welches man vom See heraufkommt, den ersten besten
fragte, ob der Architekt Wildhoff im Gasthofe zu
treffen wäre. Und dieser erste beste war Herr Felix
von Fuchs, der, sich seines gelungenen Attentats auf
Professor Baber freuend, nunmehr an den See hinunter wanderte, um dort zu Nachen nach der lebhaften Pauline auszufahren, welche nicht mit zur Höhe
gekommen war. Von dem begegnenden Dienstmann
gefragt, antwortete er mit einer Gegenfrage:

„Was will man von dem Architekten?"

„Das ist so zu sagen mein Geheimniß!" war
die Antwort.

„Eins ist das andere werth," sagte Herr Felix
in hohem Ton. „Auskunft gegen Geheimniß, mein
Alter."

„Das werde ich so zu sagen bleiben lassen!"
kam als Antwort zurück, worauf Herr Felix von
Fuchs sein Spazierrohr erhob, dem Dienstmanne ver-

traulich derb damit auf die Schulter klopfte und
sprach:

„Mir scheint, man ist so zu sagen ein Schafs=
kopf!"

„Und mir scheint, man kriegt so zu sagen eins
hinter die Ohren!" sprach der Dienstmann gelassen
und schlug dem Herrn von Fuchs so gesund an den
besagten Ort, daß er den ganzen Wald um sich tan=
zen sah. Hierauf überließ ihn der Dienstmann seinen
Betrachtungen und stieg im Walde weiter hinan.
Schon war er nahe an dessen Rand, als er plötzlich
auf einen einzelnen Herrn stieß, der bei seinem Anblick
mit einem lauten Angstschrei zusammenknickte. Der
Dienstmann sah ihn verächtlich an und sagte:

„Ah, Herr Bankier Verbelli! Für Sie hab' ich
jetzt keine Zeit. Aber Sie können mir so zu sagen
einen Dienst leisten, den ich Ihnen bei unserm näch=
sten Zusammentreffen zu gut rechnen will: Ist jetzt
der Architekt Wildhoff im Gasthof zu treffen, oder
wissen Sie, wo er sonst weilt? Ich habe Eile."

„Er ist da!" kam es schluckend aus der Kehle
des Zitternden, der sich zu seiner Ueberraschung gleich
darauf wieder ohne weitern Schaden allein befand
und rasch den Waldpfad hinuntereilte. Es mußte doch

seinen Grund haben, daß der Anblick des schlichten Dienstmannes so entsetzend auf den reichen Bankier wirken konnte! Hatte der Schreck Wildhoffs, als er hörte, daß er gesucht werde, wohl eine ähnliche Ursache? Im Gegentheile beruhigte es diesen, als er, auf die Terrasse zurückkommend, in dem schwarzbärtigen Boten den Sozusagen wiedererkannte, mit welchem Irenens Mutter, in Erinnerung seiner Führung durch die Hauptstadt, einige freundliche Worte wechselte. Wildhoff aber fragte ihn nach seinem Auftrage.

„Hier!" sagte der Schwarzbärtige und zog einen Brief aus der Brusttasche, den er dem Architekten überreichte. „Wo ich Sie treffe, sollen Sie das Schreiben so zu sagen auf der Stelle lesen."

Wildhoff nahm das Billet entgegen. Es zitterte in seiner Hand, als er die Aufschrift betrachtete. Dann schritt er zur Seite und las.

Irene hatte sich an der Mutter Seite gesetzt und beobachtete ihn. Auch ihr stieg eine seltsame, unerklärliche Angst auf. Als er sich aber wieder zu ihr wandte, lächelte er; doch waren seine Züge bleich, seine Lippen blaß, da er mit erzwungener Ruhe sprach:

„Meine Tante verlangt mich zu sprechen, und

fo muß ich in die Stadt zurück — wie ich gehe und
ftehe. Noch nicht drei Uhr!" Er hatte die Uhr ge=
zogen und hielt fie in der Hand. „Mit dem letzten
Zuge bin ich wieder zurück."

Wie bemerkt, mit tröftlichem Lächeln fagte er
dies, indem jetzt feine Augen ftillen Abschied von
Irenen nahmen und die Hoffnung des Wiederfehens
kundgaben. Und da er unter der Thür verschwand,
begegnete feinem zärtlichen Blicke nochmals das fanfte,
treue Auge, in welchem er noch vor Kurzem fo viel
Glück leuchten fah, und das ihm nun bange nach=
blickte.

Am Tifche der Familie Helming war es fehr
ftill geworden. Defto lebhafter und lauter ward man
an einigen andern Tifchen. Auch die drei Cavaliere
im Reifeincognito, welche Mittags durch Felix geftört
worden waren, hatten auf der Terraffe Platz und mit
der Gefellfchaft flüchtigen Verkehr gefucht, wobei frei=
lich zumeift der Anblick der reizvollen Blondine feffelte,
welche fo ftill bei ihren Eltern drüben faß. Aeußerun=
gen der Frau Profeffor Baber zu Frau Langenbècque
veranlaßten einen der Cavaliere, fich galant mit der
Bemerkung hinüber zu beugen:

„Wenn Sie die Sache intereffirt, meine Ver=

ehrtesten, kann Ihnen wohl dieses sichere Auskunft geben!"

Die Damen nahmen ein Blatt, das er darreichte, entgegen, steckten die Köpfe zusammen und stießen nun ein lautes Ah! Ah! der Ueberraschung und Freude um das andere heraus. Das Blatt zirkulirte, die Herren waren freudig aufgeregt, lachten befriedigt, die Frauen schnatterten zusammen, und man hörte deutlich die Worte wiederholen: „Das war ja vorauszusehen!" Jetzt bat Herr Langenbècque den Cavalier um die Erlaubniß, das Blatt Papier auch Herrn von Helming zeigen zu dürfen, was mit Vergnügen gewährt wurde. Schweigend nahm es der alte Herr aus den Händen des Freudestrahlenden entgegen, mit gepreßten Lippen las er es, und schweigend gab er es wieder zurück. Bald darauf verließ er mit den Seinigen die Terrasse. Daheim schloß er sich allein in sein Zimmer ein und weinte.

Mit bekümmertem Herzen, voll unruhiger Spannung wartete Irene auf den Abend. Der kam und streute sein rothgoldenes Feuer über Berg und Thal und See, daß die Alpen in verklärtem Lichte standen und die Fenster der Villen jenseits des Sees in märchenhaftem Glanze wie Rubine blitzten. Für

Irene jedoch war all die Pracht nicht da und lag ein
grauer Flor um die Landschaft. Und die Nacht kam,
die stille Nacht. Da lag schon Alles im Hause in
Ruhe; nur ein Licht glänzte noch hinaus, ein Fenster
stand offen, und dann und wann erschien eine liebe
Gestalt unter demselben und blickte sehnend in die
Nacht, horchte auf jedes Geräusch aus der Ferne und
in der Nähe. Aber er kam nicht, den sie erwartete,
er kam nicht, um ihr noch einen trostspendenden Gruß
herauf zu senden. Mitternacht kam und ging vorüber,
— aber nicht Er. Da suchte auch sie Ruhe, und
konnte sie nicht finden. Früh, als die ersten Sonnenstrahlen im Thau glänzten, stand sie schon an Wanda's Lager, weckte die Tante und lockte sie hinunter
in die Schlucht hinter dem Dorfe, durch welche Wildhoff vom See herauf seinen Weg zu nehmen pflegte.
Dort stürzt der Bach murmelnd durch einen engen,
vielgewundenen, von Fichten und Buchen überschatte-
ten malerischen Grund, über das Rad einer Säge-
mühle hin abwärts zum See. Irene blieb auf einer
Bank sitzen, von welcher sie den Geliebten einst die
Schlucht heraufkommen gesehen. Die Tante war
Blumen pflückend, etwas zurückgeblieben. Und Irene
sah stille vor sich hin in die wilde Umgebung.

War es nun die Macht ihrer Sehnsucht, welche ihr plötzlich des Geliebten Gestalt vor die Seele zauberte, — oder war er es selbst: Dorten zwischen dem Dickicht erschien ein Mann wie gebannt an die Stelle, und sah starr zu ihr her. Aber die trübeflammenden Lichter dieser Blicke waren doch nicht seine freundlichen, gütigen Augen, mit welchen er sie so liebevoll anzublicken gewohnt war! Diese gramverzerrten, leichenblassen Mienen eines Verzweifelnden waren doch nicht die edeln offnen Züge mit der ruhigen Heiterkeit und dem schönen Ernste seines Antlitzes!

Und dennoch war er es — aber todtenbleich, mit hohlen Augen und eingefallenen Wangen. Seine Glieder bebten, wie von Leichenschauern durchschüttert, seine Lippen zuckten krampfhaft, als sie jetzt leise, fast unhörbar ihren Namen flüsterten. Ein ungeheurer, unfaßbarer Schmerz lag in seiner Miene!

Er hatte sich langsam, zögernd genaht. Dann stürzte er plötzlich auf sie zu, da sie seinen Namen nannte, — stürzte vor ihr nieder und ergriff ihre Hand. Sie durfte nicht mehr zweifeln, daß er es war. —

Als Wanda mit einem reichen Strauß von Herbstblumen nach der Stelle hinkam, wo Irene weilte,

saß diese allein mit tief niedergebeugtem Haupte auf
der Bank. Ihr Busen wogte krampfhaft, ihr ganzes
Wesen zuckte in Schmerz und Weh, ihr Antlitz lag
in den Händen vergraben, durch welche heiße Thränen
quollen. Erschüttert sah die gute bestürzte Tante auf
ihre holde Irene. Zärtlich hob sie ihr das Haupt,
drückte es an sich, küßte die bleiche Stirne und
sagte:

„Tröste Dich, Liebe, — er kommt wieder!"

Da sah Irene mit einer Miene unendlichen Leids
zu der Tante auf, ließ ihr Haupt an deren Schulter
sinken und sprach mit erstorbener Stimme und doch
herzzerreißendem Tone:

„Er war da — — und kommt nicht wieder!"

Vierzehntes Capitel.

Der Held unserer Geschichte gelangt vor einen Abgrund.

Als Wildhoff den Gasthof auf der Höhe verließ und durch das Gehölz nach dem See hinunter wanderte, um mit dem anlegenden Dampfschiffe zum Bahnhofe zu gelangen, ging er in solcher Aufregung dahin, daß er nicht einmal den Sozusagen bemerkte, welcher ihm in einiger Entfernung gefolgt war. Erst als er den vom Wege abwärts führenden Waldpfad einschlug, hörte er sich angerufen und wandte sich nach dem Dienstmann um.

„So, Herr Wildhoff," sagte dieser, „Sie können Frau v. Luckner selber sagen, daß ich meinem Auftrag getreulich nachgekommen bin. Ich habe mir für heute so zu sagen Urlaub genommen und will bei der Gelegenheit eine Schwester besuchen, deren Kindern ich etwas aus der Stadt mitgebracht habe. Und nun empfehl' ich mich bestens."

„Halt, Mann," sprach jetzt Wildhoff. „Hat man

Ihnen denn gar keine Andeutung darüber gemacht,
warum mich meine Tante heimruft?"

„Nein, Herr. Der alte Fridolin kam zu mir ge=
laufen so erhitzt, daß ich bei mir dachte, er habe
wieder so zu sagen etwas zu viel im Kopfe. Aber
nein, er gab mir nur den Brief, sagte, ich solle
augenblicklich auf den Bahnhof, mir ein Billet an
den See lösen, das Dampfschiff benützen und Sie
aufsuchen, wo Sie nur zu finden seien. Ich hatte
kaum noch Zeit für meiner Schwester Kinder etwas
zu kaufen, und war glücklich genug, Sie im Gasthof
zu treffen. Weiter weiß ich so zu sagen nichts."

„Gut!" sagte Wildhoff, lüpfte etwas zerstreut
seinen Hut und sprang die Knüppelstufen des Wald=
pfads hinunter, während der Dienstmann im geraden
Weg blieb. Etwas erhitzt kam der Architect an der
Haltstelle des Dampfschiffes an, — es war noch
nicht da. Er machte sich Vorwürfe, daß er nicht lieber
oben bei Irenen gewartet hatte. Es war ihm, als
müsse er nochmals zur Höhe zurück, um Irenen
wieder in die lieben Augen zu blicken, und wenn auch
nur auf einen Moment. Die Nachempfindung des
letzten schönen Augenblicks lag ihm noch wonnig im
Herzen, aber beklemmt von einem beängstigenden Ge=

fühle, in welches ihn die dringliche Botschaft seiner
Tante versetzt hatte. Was hatte sie ihm nur mitzu=
theilen? Vielleicht eine Kleinigkeit, die ihr als Frau
wichtig däuchte, während er durch dieselbe aus der
süßesten Stunde seines Lebens gerissen worden. Hätte
er nur Flügel gehabt, in kurzer Frist würde er wohl
wieder zu Irenen zurückzukehren vermocht haben. So
mußte er hier auf den trägen Dampfer warten. Schon
wollte er einen Kahn miethen, als gellendes Geläute
das Schiff ankündigte. Und bald saß er unter dem
Baldachin des Verdecks und sah nach der Richtung
zurück, wo sein Lebensglück aufgeblüht war. Eine
schmerzliche Wehmuth legte sich dabei um sein Ge=
müth, je weiter sich der Dampfer seewärts entfernte,
— eine große Angst drückte wieder seine Seele. Er
nahm das Schreiben seiner Tante nochmals vor; viel=
leicht gab ein übersehenes Wort Aufschluß oder doch
eine Andeutung des Zweckes seiner Heimberufung.
Aber er mochte es lesen, wie er wollte, da stand nur:

„Lieber Heinrich! Wo Dich diese Zeilen treffen
„mögen, eile alsbald zu Deiner Tante, die Dich sehn=
„lichst heute noch erwartet. Versäume keine Minute!
„Darum bittet Dich bringend Deine treue Tante

E. v. Luckner.“

Die Schriftzüge waren flüchtig; doch schien die Hand gezittert zu haben. Das Wort „treue“ war etwas ausgelöscht, wie von einem darauf gefallenen Thautropfen. Was mochte die Tante zu dieser dringlichen Aufforderung bewogen haben. Eine große Bangigkeit kehrte immer wieder zurück, bis das Gefühl wehmüthiger Sehnsucht nach Irenen und stille Träumereien über eine schöne freudige Zukunft ihn allmählig wieder ganz einnahmen, als er sich endlich allein in dem Coupé eines Eisenbahnwagens fand. Der kleine Strauß von Herbstblumen, der an ihrem Busen gesteckt, war ihm jetzt ein lieber Zeuge einer glücklichen Stunde und fand mehrmals seine Stelle an seinen Lippen. Endlich sprang er aus dem Wagen und eilte durch den Corridor des hauptstädtischen Bahnhofs an den Droschken vorüber, denn er glaubte zu Fuß schneller in das Haus seiner Tante zu gelangen.

, Da lag es so freundlich wie sonst zwischen seinen Blumenbeeten in der eleganten Straße. Die herbstliche Abendsonne glänzte heiter an seinen Façaden und warf blendenden Schein aus einigen Fenstern, während andere durch seidene Gardinen das volle Licht des Tages abhielten, in das Innere zu bringen. Er erinnerte sich dabei unwillkürlich des Tages, wo

er nach seiner Zurückkunft aus Italien auch nach
biesen Fenstern emporgeschaut und die prächtige Ge=
stalt Iba's unter jenem Dorten entdeckt hatte. Wie
hatten sich seitdem seine Hoffnungen und Gefühle ge=
ändert, — eine um wie viel wärmere Empfindung
hatte jetzt sein Herz ausgefüllt und strebte nicht nach
biesen Fenstern, sondern zurück, zurück zu ihr, die all
sein Lebensglück ausmachte, all' seine Liebe besaß.

Iba beugte sich heute nicht über das Gesims,
obgleich eben wieder ein eleganter Reiter vorüber
sprengte und mehrmals dabei nach den Fenstern ihres
Zimmers emporblickte. Diese waren dicht verschlossen,
die blauseibenen Gardinen ließen kein Auge hinein
bringen. Sonst sah Alles an dem Hause noch so
heiter, elegant und freundlich aus, wie ehemals. Den=
noch klopfte sein Herz, als er die Klingel zog und
ihr Ton im Innern des Hauses nachgellte. Jeanette,
das hübsche Kammermädchen, öffnete ihm, mit wirk=
licher oder erheuchelter Trauermiene. Er erschrak,
fragte jedoch nur:

„Ist meine Tante zu Hause?"

„Ja. Die gnädige Frau befinden sich im Zimmer."

„Und Iba?"

„Befinden sich ebenfalls in ihrem Zimmer."

Eine entsetzliche Beklemmung, von der er sich vergebens Rechenschaft zu geben suchte, überkam ihn und schnürte ihm das Herz zusammen, als hinter ihm die Thüre zufiel und er sich in dem kühlen Hausflur befand. Es geht ein düstrer Geist durch dieses Haus! wäre ihm eingefallen, wenn er nicht mit bangen Schlägen seines Herzens die Treppe hinangeeilt wäre. Oben angelangt empfing ihn der alte Fribolin mit den Worten:

„Gott sei Dank und Preis, Herr, daß Sie kommen. Die gnädige Frau hat schon mehrmals gefragt, ob Sie noch nicht da seien! Kommen Sie, kommen Sie nur gleich!"

Wilbhoff folgte dem alten Diener, dessen Miene unheilverkündend genug war, in das Vorzimmer und trat dann unter die Thüre, indem er rasch die Portiere zurückzog. Das grüne Boudoir der Tante war noch in demselben eleganten Zustande wie früher; freundlich hoben sich die weißen Sculpturen mit den zierlichen Consolen auf der grünen Tapete ab, und dort von der Wand über dem Secretär schauten die biederen Züge des verstorbenen Oheims in das Gemach seiner Wittwe. Dennoch fehlte diesem die sonstige Heimlichkeit. Die grünen Seidengardinen waren eben völlig geschlossen, und eine tiefere Dämmerung, als gewöhnlich, herrschte in dem Raum, so daß der Traulichkeit desselben einiger Abbruch geschah. Wild= hoffs Augen suchten nach der Tante. Er konnte ihre Gestalt nicht augenblicklich entdecken, da sich sein an das Tageslicht gewöhntes Auge erst in die hier herr= schende Dämmerung finden mußte. Auch empfing ihn nur ein unheimliches Schweigen. Jetzt aber ward er durch ein leises Stöhnen auf eine Frauenfigur auf= merksam, die sich in einer Ecke auf die Lehne eines Fauteuils stützte. Sie schien nur mit Mühe sich auf= recht halten zu können; ersichtlich zitternd stand sie dorten.

„Tante!" sprach Wildhoff jetzt, und er brachte das Wort bei ihrem Anblicke kaum aus der Kehle.

Die Gestalt schien aber von dem Klange so be= troffen, daß sie beinahe zusammengesunken wäre. Wohl mochte es ihr fast übermenschliche Anstrengungen einer starken Frauenseele kosten, um nicht der Qual und Aufregung des Moments und vorhergegangener Stunden völlig zu erliegen. Nur noch eine kleine Pause; dann rüstete sich die noch immer schöne, aber eben noch gebrochen gewesene Gestalt der Frau von Luckner zu ihrer vollen Höhe auf, ihr niedergebeugter

Nacken reckte sich wie früher empor, und so ging sie
dem Neffen entgegen, indem sie ihm die Hand hin=
reichte und sagte:

„Heinrich, ich danke Dir, daß Du so rasch meinem
Ruf gefolgt. Ich wußte es ja, daß ich mich in Dir
nicht täuschen würde.“

Bis zu diesen Worten war ihre Stimme fest ge=
blieben, nun aber bebte sie so sehr, daß sie endlich
fast erstarb, während wieder ihre Hand heftig in der
seinigen zitterte. Halb umfaßte sie jetzt plötzlich seinen
Hals, halb sank sie hin, von heftigem Schmerz durch=
schüttert. Sie klammerte sich an ihn, wie der Er=
trinkende im Kampf mit dem Tode den Balken um=
klammert, der ihn retten soll. Ein furchtbarer Kampf
peinigte ihre Brust, er fühlte es wohl, und die Worte
erstarben ihm immer wieder, so oft er nach der Ur=
sache dieser leidenschaftlichen Erregung fragen wollte.
Endlich brachte er doch die Frage heraus:

„Um Gottes willen, Tante, was ist geschehen?“

Aber heftiger, krampfhafter preßte sie sich an ihn,
als wolle sie sich vor dem Umsinken bewahren; und
es dauerte noch geraume Zeit, bis der tobende Kampf
in ihrem Innern sich so weit in bestimmte Grenzen
zurückzog, daß er nicht mehr den starken Willen über=

wältigte, der ihn allmälig wieder zu regeln versuchte. Als Frau v. Luckner sich endlich aus den Armen ihres Neffen loswand, behielt sie seine Hand in der ihrigen und führte ihn nach der Longchaise, auf welchem sie auch am Tage des ersten Wiedersehens eine ver=hängnißvolle Unterredung mit ihm gehabt hatte. Viel=leicht mochte sie sich derselben erinnern. Sie ver=mochte längere Zeit nicht dem, neben ihr in höchster, peinlichster Spannung sitzenden Neffen in's Antlitz zu schauen. Als sie's aber bennoch that, erschrak er vor dem leichenstarren Ausbruck ihres Gesichtes, das ihm um eben so viel Jahre gealtert schien, als es Tage waren, seit er es nicht wieder gesehen. Da sie noch immer schwieg und nur auf Fragen von ihm zu war=ten schien, kam endlich wieder über seine Lippen:

„Tante, was ist geschehen? Du marterst mich mit diesem unheilkündenden Schweigen. Wo ist — Iba?"

Durch ihr Gesicht zuckte etwas bei der letzten Frage, wie ein Schatten von Freude und erstarrender Angst. Dann aber sagte sie mit eigenthümlichem Tone:

„Iba ist in ihrem Zimmer. Sie wird sich freuen, zu hören, daß Du nach ihr fragst, lieber Heinrich. Ja, Heinrich, es macht mir selbst Freude, daß Du gekommen bist, Dich nach ihr zu erkundigen."

„Du haſt mich heimgerufen, Tante!" ſagte Heinrich, unwillkürlich berichtigend.

„Ja, guter Heinrich!" ſprach ſie jetzt mit erzwungener, unheimlicher Ruhe. „Ja. Ich habe Dich
heimberufen. Aber liebſt Du denn Iba nicht
mehr?"

Er ſah ihren Blick ſtier nach ſich gerichtet und
es ſchauerte ihn kühl an.

„Ich liebe Iba, ja, als mein Bäschen," ſagte
er, „als meine Schweſter."

„Einſt war ſie Dir mehr!" kam leiſe von den
Lippen der Tante.

„Einſt!" antwortete er, und um ſein Herz legte
ſich's immer kühler. „Einſt, als ich noch glaubte, es
ſei Dein Wille, Tante. Aber das iſt ja längſt vorüber und zwar, wie Du weißt, zu Deiner eignen
größten Genugthuung."

Es bedurfte keiner weitern Erinnerung an jenes
Geſpräch, das an jenem Nachmittage hier in dem
ſelben Gemache, auf demſelben Sitze unter den Augen
des ſeligen Onkels im Bilde ſtattgefunden und mit
einem vollſtändigen Verzicht ſeinerſeits geendigt, nachdem ſie ihm ihre Beweggründe enthüllt hatte. Einige
Sekunden lang lehnte die Tante mit geſchloſſenen

Augen und Lippen an die sammtne Lehne zurück und
athmete schwer auf, als drücke sie eine fürchterliche
Last. Dann aber begann sie wieder mit gepreßter
Stimme:

„Wir könnten ja auf den alten Plan zurück
kommen.“

Wildhoff saß jetzt aufrecht, mit verfärbtem Antlitz
und sah die Tante starr an, die kaum herüber zu
blicken wagte, um den Eindruck ihrer Worte zu be=
messen. Dann fragte er kalt:

„Auf welchen Plan?“

War es, daß sie ihr eignes Antlitz nicht zeigen
wollte, oder daß sie sich nicht im Stande fühlte, gleich
zu antworten, — vielleicht wollte sie auch nur sich
vollständige Fassung erwerben: genug, sie erhob sich
von ihrem Sitze, ging durch eine Thüre in ein Neben=
zimmer und verschloß dessen Ausgang, kam dann wieder
durch das Vorzimmer, von welchem sie den Schlüssel
abzog, unter die Portiere und in ihr Boudoir, um
ruhig ihren alten Platz einzunehmen. Mit zögerndem,
knickendem Schritte war sie gegangen, — ihr Tritt
hatte fast die frühere würdevolle Grazie und Elasti=
zität gewonnen, als sie wieder herein kam und sich
niedersetzte. Wildhoff war ihren Bewegungen mit

Herzensangst gefolgt; aber die kurze Zeit, welche diese
kleine Wanderung der Tante durch's Haus in An=
spruch genommen, hatte nicht blos zur Stärkung ihrer
Fassung hingereicht, sondern noch mehr zur Stählung
seiner Festigkeit in einem bestimmten Entschlusse. So
saßen sie sich jetzt wieder gegenüber. Und da die Tante
einige Zeit schwieg, baute der Neffe bereits die Hoff=
nung darauf, daß sie auf das fatale Wort nicht mehr
zurück kommen werde, das sich eiskalt auf sein Herz
gelegt hatte. Jetzt aber fing sie ziemlich laut und
mit einem erzwungenen Lächeln wieder an:

„Welchen andern Plan, lieber Heinrich, könnte
ich denn meinen, als — die Heirath.“

„Heirath? Mit wem?“ fragte er mit hervorge=
preßter Stimme.

„Wie Du fragst! Eine Verbindung zwischen Dir
und Ida!“

Sie konnte ihn dabei nur flüchtig ansehen.
Dann schlug sie die Augen wieder in den Schooß
und wartete mit peinlicher Spannung auf seine Ant=
wort. Diese erfolgte erst nach einer Pause.

„Tante,“ sagte er leise, „Tante, scherze nicht!“

„Ich scherze nicht. Seh' ich zum Scherzen aus,
Heinrich?“

„Um so weniger solltest Du solche Aeußerungen thun," versetzte er noch immer leise.

„Und wenn ich sie dennoch thue, was läßt sich daraus schließen?" fragte sie jetzt ebenfalls nach einer Pause.

„Daß Du Unmöglichkeiten verlangst. Was ist geschehen, Tante? Wie kommst Du auf einen Plan zurück, den Du selbst mit zerreißen halfst! Wo ist Er, der Deiner Tochter Alles und Dir der Grundstein Deiner Lebenshoffnungen war, — wo ist Herr von Leith? Warum erwähnst Du seiner nicht? Tante, Du zwingst mich zu diesen Fragen, — ich stelle sie ungern, — —"

Er hielt inne. Das Aussehen seiner Tante hemmte seine Zunge. Ein Ausdruck unbeschreiblicher, erschütternder Art verzog ihre Miene, und ein langes, schweres Aufathmen trieb ein lautes Stöhnen durch ihre schmerzhaft gekräuselten Lippen. Dann sprach sie mit erstorbener, harmvoller Stimme:

„Ich vergaß, daß Du es noch nicht wissest, Heinrich! Verzeihe mir. Lies hier. Es steht ja schon in den Blättern. Ein guter Freund hat mir dies da zugeschickt! Man wollte mir wohl — eine Freude bereiten."

Etwas vom todesſchmerzlichen Humor des bit=
terſten Seelengrams lag in dieſen Worten, als ſie
dem tiefergriffenen Neffen ein Zeitungsblatt hinſchob,
unter deſſen zahlreichen Localnotizen ſich auch folgende
befand:

„Nach telegraphiſchen Nachrichten vom Hof=
lager Sr. Majeſtät des Königs in Rom, iſt
der ſeitherige Ordonnanzofficier Hauptmann
von Leith zum Flügeladjutanten ernannt und
zugleich unter dem Beinamen von der Leithen,
in den erblichen Freiherrnſtand des Königreichs
erhoben worden.‟

„Aber, Tante,‟ fing Wildhoff an, nachdem er
dies geleſen, „ſo wäre ja der beſtimmte Termin für
Leith und Jda’s Verlobung gekommen. Ich verſtehe
nicht. Ich fürchtete etwas Schlimmes zu leſen und
ſehe ein letztes Hinderniß gefallen, wenn ſich dieſe
Nachrichten beſtätigen.‟

„Sie beſtätigen ſich,‟ ſprach die Tante mit lei=
ſem Nachdruck.

„Alſo Herr von Leith Flügeladjudant?‟

„Es iſt wahr!‟

„Und Freiherr?‟

„Es iſt wahr!‟

„Also?"

„Er ist für Iba verloren!" sprach Frau von Luckner kaum hörbar. „Lies weiter — das roth unterstrichene."

Wildhoff las die bezeichnete Stelle, welche lautete:

„Unter den vom königlichen Hoflager aus Rom hierher gelangten Nachrichten dürfte die von der Verlobung des königlichen Flügeladjutanten Freiherrn von der Leithen, mit einer Erbin aus den vornehmsten Familien unseres Landes auch in weiteren Kreisen Interesse erregen. Die jugendliche Braut, Gräfin Abele von Walbburg, ist Waise und befindet sich mit ihrer Tante, der Freifrau Hortense von Buchberg, seit einigen Wochen in der ewigen Stadt. Wie man vernimmt, wird die Vermählung selbst noch in Rom stattfinden und das junge Ehepaar erst nach Neujahr in die Heimath zurückkehren."

Wildhoff hatte die Mittheilung durchgelesen und starrte noch immer auf das Blatt. Es war ihm, als müsse er sich erst durch mehrmalige Durchlesung dieser Mittheilung überzeugen, daß sie deutlich ge-

druckt vor ihm stand. Und doch bestätigte sie nur,
was er immer insgeheim befürchtet, wovor er seine
Tante so manchmal gewarnt, wenn ihre vertrauens=
volle Zuversichtlichkeit von Leith wie von einem Fel=
sen sprach, auf den sie ihr ganzes künftiges Denken
und Handeln, alle ihre hohen Pläne bauen wollte.
Aber das Menschenherz ist so geartet, daß wohl sein
Mißtrauen wach sein konnte und dennoch das Be=
fürchtete, sobald es einmal eingetroffen, erschütternd
auf uns wirkt. So viel Falschheit und Treulosigkeit
schien dem edlen Wildhoff noch immer unglaublich,
wenn er sich auch sagen mußte, daß sie ihm stets als
letztes Resultat der Beobachtungen vorgeschwebt war,
welche er über Leith's Charakter, Denkungsart und
Handlungsweise angestellt hatte.

Nun flimmerte es ihm vor den Augen, da er
mit starrem Blick auf die verhängnißvolle Notiz
schaute, welche den ganzen stolzen Bau seiner Tante
mit einem Schlag zusammenstürzte und zwei Frauen,
welche seinem Blute wie seinem Herzen noch immer
gleich nahe standen, in eine Hölle voll unerdenklicher
Seelenqualen verstoßen mußte. Wenn er an Ida,
an seine Tante und deren Leid dachte, wie furchtbar
der Schlag sie getroffen, all' ihr Hoffen zerstört, ihr

Denken, Sein und Empfinden zerriſſen, ihr Leben
zermalmt haben mochte, zitterte ihm das Herz vor
erbarmungsvollem Mitleide, aber auch vor tödtlichem
Grimme gegen die Niederträchtigkeit, deren Opfer ihre
vertrauensvollen Seelen, ihre Leichtgläubigkeit geworden. Er dachte jetzt an keinen Vorwurf um letzterer willen. Er wollte ſeine Warnungen und Er-
mahnungen nicht in's Gedächtniß zurückrufen; er
dachte nur an die herbe, furchtbare Enttäuſchung und
deren Wirkung auf das Herz ſeiner Tante und ſeines
Bäschens.

Und ſo ſaß er da, mit ſtierem Auge auf das
Blatt blickend. Es war eine todesſchauerliche Stille
im Zimmer, ein fürchterliches Schweigen. Er getraute ſich nicht zu fragen, ob das Alles wahr, was
er da geleſen. Er getraute ſich lange nicht einmal
aufzuſehen nach ſeiner Tante, — er fürchtete ſich
gleichſam vor deren Anblick. Als er es dennoch that,
erſchrak er und ſein Herz zuckte in heftigem Schmerz.
Die Tante ſaß da, das Haupt auf die Hand geſtützt,
mit ſo gramvoll verzerrter Miene, daß er Mühe
hatte, ſie wieder zu erkennen. Der ſonſt ſo feſtge-
ſchloſſene Mund mit ſeiner ſchönen regelmäßigen
Linie, war wie im Todeskrampf geöffnet und gekräu-

felt, ihre Gesichtsfarbe war leichenblaß, die Augen
hatten den Ausdruck sprachloser Verzweiflung, und
auf der sonst so glatten freien Stirne hatte der Gram
einer Nacht und eines Tages schon Furchen einge-
graben, wie er es sonst in Jahren kaum vermag.
Er sah, dies so stolze Frauenherz war gebrochen.
Tiefes Mitleid und Erbarmen trieb ihm Thränen
in die Augen bei diesem Anblicke.

„Arme, arme Tante!" kam ihm leise von den
zitternden Lippen.

Er glaubte nicht, daß sie's gehört haben könne,
drum schauerte es ihn an, als sie nun mit dumpfer
Stimme erwiderte:

„Ja wohl, ich bin arm! Arme Tante, arme
Mutter! Unglückseliges elendes Weib!"

„Nicht doch, liebe Tante," fiel Wildhoff erschüttert ein. „Was ist's denn auch, als daß ein
Nichtswürdiger sich zum Glück noch frühe genug ent-
puppt hat. Für Ida ist es besser so, und zum Lebensglück bedarf es keines politischen Einflusses,
keiner Einwirkung auf die Geschichte des Landes, keiner hohen Stellung —"

Sie winkte ihm schwach mit der Hand, inne zu
halten. Ihre Geberde sprach aus, daß es sich nicht

mehr darum handle, daß ihr Alles das jetzt gleich=
gültig sei.

„Du weißt nicht, was ich dabei fühle,“ fing sie
dann an, indem sie sich den kalten Schweiß mit dem
Tuche von der Stirne trocknete, „was ich fühle, wenn
unsere Familie, — meine, unsere Familie, Heinrich,
— entehrt — —“

„Entehrt?“ rief Wildhoff mit bebendem Herzen.
„Tante, ist sie deswegen entehrt, wenn sie durch einen
Niederträchtigen getäuscht und betrogen wurde?“

„Dem Spotte, der Verachtung anheimgegeben,
ein Gegenstand des Gelächters für Alle! O!“ fuhr
sie stöhnend fort, „daß ich das erleben muß, das
Ziel ihrer hämischen Reden und Blicke zu werden!
O, ich weiß, die Meisten liebten mich nicht,
wenn sie mir auch schön thaten. Sie kannten meinen
geheimen Stolz, ahnten meine hohen Pläne, — sie
werden jubeln und mir den tiefen Fall gönnen.“

„Tante,“ fing Wildhoff beschwichtigend und
mahnend an, „Du, eine Frau von Deiner Seelen=
größe und Charakterstärke, — die nie den Schein für
die Sache gewollt, — Du wirst Dich doch nicht um
das Urtheil charakterlosen Gesindels kümmern!“

„O, ich weiß das,“ bemerkte sie wieder, während

noch immer der kalte Schweiß aus allen Poren ihrer
todesbleichen Stirne drang, „ich weiß dies Volk zu
tariren, ich habe mich nie über daſſelbe getäuſcht.
Es iſt auch das nicht, — es iſt ja gerade das Mitleid der Edleren, der Triumph des ſtolzen Adels
über die betrogene Vermeſſenheit der Beamtenwittwe,
wie ſie's nennen. O Heinrich, Heinrich, ich ſo gede-
müthigt, ein Gegenſtand des Mitleids der Beſſeren, des
Gelächters für die Andern — ich faß' es, ertrag' es
nicht. Und — mein armes Kind, meine Ida, die
hunderte beneidet haben, meine Tochter, mein einziges
Kind, mein Stolz, mein Alles — —"

„Tröſte Dich, Tante!" ſprach Wildhoff. „Für
Ida iſt nichts verloren, als ein Unwürdiger, der ſie
doch nie glücklich gemacht haben würde. Ida iſt
jung, ſchön, liebenswürdig und wird auch künftig für
Hunderte ein Ziel ſehnlichſter Wünſche ſein. Wie
viele werden ſich glücklich ſchätzen, daß Ida's Hand
wieder frei geworden."

„Wie viele!" kam jetzt von den Lippen der gequälten Mutter, und ein düſtrer Strahl ihrer Augen
traf ihn, Grauen erweckend, als ſie weiter ſprach:
„Warum nicht Du?"

Er ſchwieg. Das Wort hatte ihn wieder leichen-

kalt berührt und ihm alles Blut zum Herzen zurück-
gedrängt.

„Warum nicht Du?" tönte ihre Stimme noch
einmal, und ihre Augen ruhten mit dem Ausdrucke
tödtlicher Spannung auf seiner Miene.

Eine qualvolle Pause war eingetreten, qualvoll
für Beide. Wildhoff mußte sich die die ganze Erinnerung seiner Liebe, die volle Erscheinung Irenens
zurückrufen, um dem ergreifenden stillen Flehen ihrer
Blicke, dem Ausbruck von Seelenangst in ihrem Antlitze widerstehen zu können. Er mußte sich panzern
mit der ganzen Kraft seiner Liebe gegen die Wirkung
des erschütternden Anblicks seiner Tante. Endlich sagte
er doch, um etwas zu sagen:

„Iba liebte mich nie, Tante!"

„Sie haßt Dich nicht! Heinrich!"

„Ich hasse sie auch nicht, aber ich kann sie
nicht mehr lieben, wie —"

„Du galtest bei den Meisten noch bis in die
letzte Zeit als ihr Bräutigam," fiel jetzt Frau von
Luckner ein, da ihr Neffe wieder zögerte. „Es wird
nicht auffallen, wenn Du Dein Bäschen zum Altare
führst."

Jetzt mischte sich in sein Mitleid mit der Ver-

zweiflung seiner Verwandten, doch etwas Empörung
gegen die Zumuthung, welche in den Worten der
Tante sich aussprach. Er fühlte sein Herz nun vollständig gewappnet und seine Miene nahm wieder
einen kalten Ausdruck an.

„Heinrich," fing die Tante wieder an. „Sprich
ein zustimmendes Wort, ich bitte Dich! Du wirst
meinen Wunsch erfüllen, Heinrich?"

„Ich kann nicht!"

Wie ein Faustschlag traf das Wort die Tante,
daß sie an die Lehne zurücksank. Ihre linke Hand
fuhr an die Stirne, ihre Rechte an die Stelle des
Herzens. Als sie so eine Zeitlang verharrt, fing
sie mit der Entschlossenheit der Verzweiflung nochmals an:

„Sage das böse Wort nicht wieder, Heinrich!
Sohn meiner Schwester, nimm das Wort zurück.
Heinrich, Heinrich, Du wirst meinen Wunsch erfüllen.
Heinrich, Du wirst es! Sage, daß Du es wirst!"

Sie sah ihn dabei mit einem Blicke an, unter
welchem er sich wie in Todesqual wand. Und in
seinen Worten lag nun wie in seinen Zügen der Ausdruck entsetzlicher Pein, als er noch einmal erwiderte:

„Ich kann nicht, Tante! Tante, ich kann nicht!"

Mit angehaltenem Athem, wie eine zum Tode
Verurtheilte, sah sie ihn stier an. Dann erst ver=
setzte sie mit gepreßter Stimme:

„Und warum, warum kannst Du nicht? Warum
willst Du in dieser Stunde größter Noth Deiner
Tante, die Dich wie einen Sohn geliebt, die rettende
Hand verweigern? Heinrich, — bedenke, was Du
sagst, bevor Du das böse Wort wiederholst. Vergiß
Deinen verletzten Stolz, Heinrich, — folge nicht ge=
kränkter Eitelkeit. Du bist doch sonst keine kleinliche
Natur, Heinrich. Heinrich, Heinrich, Du kannst mich
nicht so flehen hören, ohne meine Bitte zu gewähren . . ."

„O Tante, sieh mich nicht so flehend an! Mei=
nen Stolz kann ich opfern, nicht aber — —"

„Was nicht? Ich verstand Dein letztes Wort
nicht. Was kannst Du nicht opfern?"

„Mein Herz ist nicht mehr frei, Tante! Alles,
nur meine Liebe kann ich nicht opfern."

„Deine Liebe," sprach die Tante, und wie ein
bloßer Hauch ging das Wort von ihren Lippen. „Und
— wen liebst Du?"

Mitten in der Qual des Augenblicks färbte sich
jetzt sein bleiches Gesicht mit leichtem Roth. Die

Tante aber fuhr in ihrer tödtlichen Spannung unge=
duldig zu fragen fort:

„Wen, Heinrich? Wen? Sein Kind, — ihre
Tochter?"

Er brauchte den Namen nicht auszusprechen.
Sie verstand ihn, sie las ihn aus seiner Miene, und
mit beiden Händen preßte sie die stöhnende Brust.
Sie schien noch mehr zu erbleichen, und ihre Augen
nahmen einen trüben Glanz an. Es schwamm ihr
vor den Blicken. Erst nach längerem Schweigen
fragte sie dann mit erstorbener Stimme:

„Hat sie Dein Wort schon? Bist Du verlobt?"

Wildhoff war wieder leichenblaß geworden. Er
hätte ein unwahres Wort sprechen können und wäre
damit wohl jeder weiteren Zumuthung überhoben ge=
wesen. Mit Bitterkeit gedachte er jetzt seiner stets
hinausgeschobenen und noch immer zurückgehaltenen
Erklärung gegen Irene und deren Eltern, — eine
Zurückhaltung, die ihm jetzt als eine Schrulle, eine
zu weit getriebene Ehrenhaftigkeit erscheinen mußte.
Ein „Ja" von seinen Lippen auf der Tante Frage
hätte ihn retten können. Aber mit einer Lüge, und
war sie noch so sehr eine Nothlüge, sich aus dieser
fürchterlichen Versuchung befreien und die Tante

hoffnungslos in den Abgrund stürzen lassen, das konnte er nicht.

Er schwieg.

„Bist Du verlobt?" fing die Tante ihre Frage von Neuem an, lauter, dringlicher. „Heinrich, ich frage Dich auf Dein Gewissen: Bist Du der Ver= lobte Irenens v. Helming?"

„Nein," antwortete er leise. „Noch nicht, aber —"

Ein hörbares Aufathmen, das ein nachdrückliches „Gott sei Dank!" bedeutete, entrang sich der gequälten Brust der Frau v. Luckner und übertäubte die Worte, die Wildhoff noch hinzusetzte. Dann legte sie ihm mit der alten Vertraulichkeit die Hand auf den Arm, sah ihn fest an und sprach nun mit festerer Stimme und stets zunehmender Sicherheit:

„Weißt Du noch, wie ich Dir hier auf diesem Sitze das Geheimniß meines Lebens offenbart habe? Sagte ich Dir nicht, Heinrich, sagte ich Dir damals nicht, daß ich — eine schwache Frau — stark genug war, mein Lebensglück dem — — ja, dem Ehrgeize zu opfern, um unsere Familie zu erheben, sie einfluß= reich und groß zu machen? Was ich damals that und vermochte für die bloße Aussicht weithinwirkenden Einflusses, das kannst Du heute um so eher, wo die

dringendfte Nothwendigkeit befiehlt — den Fall un=
ferer Familie zu verhüten, die Ehre derselben vor der
schadenfrohen Welt zu bewahren. Du bist ein Mann,
Heinrich, — ich kenne Dich von Deiner Kindheit an.
Ich weiß, Du wirst Dich von keinem Weibe, und
wäre dieses Weib auch Deine Tante, beschämen lassen."

Während so Frau v. Luckner sprach, hatte auch
Wildhoff's Miene ihre frühere Festigkeit wieder ge=
wonnen. Der Ausdruck seiner Züge verhärtete sich,
sein Blick ward kalt, als er sich jetzt erhob, so daß
die Hand der Tante von seinem Arme herunter in
ihren Schooß glitt. Und aufrecht stehend sprach er
nun nicht ohne Bitterkeit im Tone:

„Tante, ist die Ehre unserer Familie unberührt,
wenn auch das Kind durch uns die bittere Ent=
täuschung erfahren muß, welche einst das Herz des
Vaters zerriß? Spiele nicht mit dem Schicksale,
Tante. Sind dem Wahne, den du Ehre, Ehrgeiz
nennst, noch nicht genug Opfer gebracht?"

Frau v. Luckner hatte sich gleich ihrem Neffen
erheben wollen. Aber sie sank von diesen Worten
getroffen wieder auf die Chaise longue zurück, bedeckte
einen Augenblick lang das Gesicht mit den Händen
und hielt dann diese bittend zu Wildhoff empor, in=

dem sie, selbst zitternd, auf ihrem Sitze kauerte und in herzzerreißendem Tone mit dem Stammeln entsetzlicher Angst rief:

„Heinrich, sprich nicht so! Wenn Du wüßtest, — wenn Du wüßtest, welche Qualen mit jedem Deiner Worte auf mein Gewissen fallen! Wenn Du wüßtest, welche Lasten Du auf meine Seele wälzest! — Weiche mir nicht aus, Heinrich!" rief sie in steigender Angst mit gerungenen Händen. „Setze Dich wieder hieher, mir gegenüber, Heinrich, — ich vergehe, wenn Du mich so ansiehst."

Jedoch — er verharrte in seiner Stellung. Da erhob sie sich plötzlich und wankte auf ihn zu, indem sie seine Hände ergriff. Ihr Antlitz war qualvoll durchzuckt, — auf ihrer Stirne stand wieder der kalte Schweiß.

„Heinrich, Sohn meiner einzigen Schwester, — ich weiß was ich von Dir verlange, — ich weiß es! Aber sieh' die Angst meiner Seele und versprich, daß Du Ida heirathen willst."

Ihr Ton und Anblick war herzzerreißend. Wildhoff stand in tiefster Erschütterung, wandte aber das Gesicht ab. Man forderte von ihm die Zerreißung jedes Bandes, das ihn noch an die Freude des Da-

.feins knüpfte. Sich selbst sollte er seinen Himmel
zerstören, und um Anderer willen eine Hölle wählen.
Denn mit dem Bewußtsein der Täuschung seiner Liebe
war ihm ferneres Leben eine schwarze qualvolle Hölle.
So verharrte er mit abgewandtem Antlitz, während
die Finger der Tante in seiner Hand zitterten. Als
er es wieder herkehrte, lag seine Tante vor ihm auf
den Knieen, während sie mit einem entsetzlichen Jammer=
blicke zu ihm aufsah und seine Hände krampfhaft mit
ihren kalten Fingern umkrallte.

„Heinrich, sieh', Deine Tante kniet vor Dir, —
Deiner Mutter Schwester! Die Frau v. Luckner, die
noch zu keinem Menschen geflzht, Niemanden auf
Erden um eine Gnade gebeten, sie bittet, sie fleht auf
den Knieen zu ihrem Neffen."

Er wollte sie aufrichten. Aber sie sank immer
wieder nieder auf den Zimmerteppich.

„Hier, hier zu Deinen Füßen ist meine Stelle,"
sagte sie. „Hier will ich Dich anflehen, so lange
Dein Herz von Stein, — so lang' ich noch einen
Laut, so lang' ich noch eine Thräne habe. — Du
weißt noch nicht Alles! Erspar' mir, erspar' Deiner
Tante ein Geständniß, mit dem ihr Sein, ihr Ver=
stand entflieht! — — Heinrich, Heinrich — —"

„Und was ist es denn?" rief er jetzt, sich in
Verzweiflung krümmend. „Was ist es denn, warum
ich mein und ihr — ihr Lebensglück zerstören soll,
die ich über Alles liebe! Was ist es denn?"

Von einem Schauer durchbebt, schüttelte sich die
Gestalt der Frau v. Luckner auf ihren Knieen.

„Laß es unausgesprochen, Heinrich!" sprach sie,
indem sie das Haupt sinken ließ. „Ich bringe das
Wort nicht über meine Lippen."

Wildhoff antwortete nicht. Als die Tante ihr
mildes Haupt wieder zu ihm aufrichtete, stand noch
immer die furchtbare Frage in seiner Miene. Sein
Gesicht hatte einen starren, wilden Ausdruck. Seine
Züge waren wie in einer grauenhaften Ahnung verzerrt.

„Heinrich," rief sie in schneidendem Tone, „Heinrich — — ich werde wahnsinnig."

„Ich bin es schon!" erwiderte er mit tonloser
Stimme und fuhr sich über die jetzt ebenfalls in kal-
tem Schweiß gebadete Stirne.

Nun trat ein Schweigen ein, das nur das leise
Ticken der eleganten Uhr unterbrach. Dann aber be-
gann er — und sein Herzblut erstarrte dabei, seine
Adern stockten, als er mit einem unnatürlich ruhigen
Tone begann:

„Tante, nun muß ich Alles wissen. Was ist's?
Nur ein andeutendes Wort. Was ist Ida begegnet?"

Als hauche ihre Seele in einem einzigen stöhnen=
ben Laute aus, so kam es jetzt in einem schweren
Seufzen über ihre Lippen. Eine Weile erfolgte nichts
weiter. Todtenstille herrschte im Zimmer. Nur die
Stockuhr tickte eintönig fort. Wie verwundert blickten
die Augen des verstorbenen Onkels aus dem Por=
traite an der Wand auf die erschütternde Scene im
Boudoir seiner Gattin, wo der Neffe in tödtlicher
Spannung einer Antwort harrte, und die Tante mit
gerungenen Händen auf den Knieen einen furchtbaren
Kampf kämpfte. Endlich erklang ein Menschenlaut,
so dumpf und erstorben, als käm' er aus dem Geister=
reiche:

„Es wär' ihr besser, sie läge im tiefsten Grabe!"

Dann trat wieder das frühere Schweigen ein.
Die Tante war auf dem Teppich zusammen gesunken.
Die hohe Gestalt des Neffen stand, wie von wilden
Fieberschauern durchschüttert, in der Dämmerung des
Gemachs. Seine Hände waren auf die feuchte Stirne
gepreßt. Seine Züge drückten eine ungeheuere Ver=
zweiflung aus. So stand er lange. Nur einmal
kam von seinen bleichen Lippen ein leises Wort:

„Allmächtiger Gott!"

Als sich endlich, mit übermenschlicher Anstrengung Frau v. Luckner von dem Teppich des Gemachs wieder erhob, schleppte sie sich auf den Neffen zu. Ihre schwankende Gestalt sank ihm an die gequälte Brust, krampfhaft hielt sie sich an ihm aufrecht, um nicht wieder kraftlos nieder zu sinken. Sie näherte ihre Lippen seinem Ohre. Er sollte jetzt Alles wissen. Und kaum hörbar lispelte sie mit der Stimme einer Sterbenden:

„Meine Tochter — Ida ist — —"

Das letzte Wort blieb unausgesprochen. Dennoch verstand er es vollkommen.

Seine Arme legten sich um die schlaff zusammen= sinkende Gestalt der armen Mutter. Die letzte An= strengung hatte die Kräfte dieser Frauenseele erschöpft. Ihr Haupt hing todtenblaß und mit geschlossenen Augen herunter, als er sie auf das Sopha trug. Nur ihre kalte, feuchte Hand umkrallte noch krampfhaft die seinige, da die Bewohnerin des Zimmers ohne Lebens= zeichen auf den Kissen lag.

––––––––

Funfzehntes Capitel.

Erzählt von großem Leide.

Es war schon Abend geworden. Nacht und Dunkelheit herrschte in dem Boudoir der Frau von Luckner, und die, welche es sonst so reizend zu beleben wußte, lag still und bleich, einer Sterbenden gleich, auf dem Sammet ihres Ruhebetts.

Noch immer saß Wildhoff neben der Ohnmächtigen und starrte wie geistesabwesend vor sich hin. Wollte ihm als ein fürchterlicher Traum erscheinen, was er in dieser Stunde gehört und erlebt, so genügte ein Blick auf die Ohnmächtige, um ihm die entsetzliche Wahrheit, die furchtbare Wirklichkeit aufzudrängen. Und doch faßte sein schwindelnder Kopf noch nicht den vollen Umfang des Schrecklichen, das auf ihn einstürmte. Bewußt war ihm nur, daß er vor einem grauenhaften Abgrunde stand, der einen anderen Curtius verlangte, um sich über dem heldenmüthigen Opfer zu schließen. Was aber war der

Tod des patriotischen Römers gegen sein eigenes Schicksal, wenn er sich entschloß, den klaffenden Riß decken zu wollen, der durch die Ehre und das Dasein seiner Familie ging! Stürzte er sich in den Schlund, der seine Verwandten zu verschlingen drohte, so erblühte ihm kein glänzender Nachruhm daraus, wie dem todeskühnen römischen Patrizier, sondern viel eher ward das Gegentheil seiner That, seinem übermenschlichen Entschluß.

Ja! Der furchtbarste Tod war wenig gegen sein Loos. Nicht sein Leben, seines Lebens ganzes Glück sollte er hingeben. Er sollte leben, elend leben und nicht sterben dürfen. Er sollte alle die süßen Hoffnungen seiner Liebe, da sie eben erst herrlich aufgeblüht waren, für ewig begraben, — sollte nicht blos das eigene, sondern auch ihr Glück zerstören, die er so heiß, so innig liebte, sollte sie in ihrem innigen, freudigen Vertrauen täuschen, das seine ganze Seligkeit gewesen. Das Alles sollte er, um fremden Verrath, fremde Schmach zu decken, um eine Schuld zu sühnen, an welcher er völlig unbetheiligt war. Was Andere gefehlt, sollte er schrecklich büßen, — auf seine Schultern die Folgen eines Fehltritts nehmen, den seine Warnungen nicht verhindern gekonnt. Ihm,

dem Unschuldigsten, bürdete man die ganze Wucht
eines Unglücks auf, in das man gegen sein eigenes besseres
Wissen und Wollen gerannt. Und er sollte sich darum
aus dem Himmel seiner Liebe in einen Abgrund von
Höllenqualen für dieses ganze Erdenleben stürzen.
Es war empörend!

Solche Erwägungen zuckten dunkel in ihm. auf,
marterten sein Herz und brannten durch sein Ge=
hirn, als er so stumm und still dasaß, neben der
Ohnmächtigen in der Dunkelheit des Gemachs. Einige
Mal trieb ihn wilde Empörung auf, und er fragte
sich, warum gerade er, ohne irgend welche Schuld an
der Catastrophe, er, der Zurückgedrängte, Abgewiesene
das blutigste Opfer dieser Familientragödie sein solle.
Sein ganzes Wesen, all sein Bewußtsein kehrte sich
dann gegen diese Nothwendigkeit, indem er seiner
Liebe gedachte. Aber im Anblicke seiner Tante zer=
schmolz alle Entrüstung wieder zum innigsten Mit=
leide. Indem er sich vorstellte, was werden solle,
wenn er die arme Mutter in ihrer fürchterlichsten
Noth verließ; was sie beginnen würde, wenn er, ihr
natürlicher Vertrauter, ihr einziger Rettungsanker sie
hülflos sich selbst überließ; wenn er so die sonst so.
starke Frau, gebrochen, als Raub der herbsten Ver=

zweiflung vor sich sah: da flüchtete sich alle Bitter=
keit und Gekränktheit hinter sein Herz, das von un=
säglichem Erbarmen blutete.

Minute um Minute verging, ohne daß er sich
so weit zu fassen vermochte, um den Beistand der
Dienerschaft für die Tante anzurufen.

Es dauerte lange, bis sie ihr Auge wieder matt
aufschlug und es müde und lebenssatt auf dem Neffen
ruhen ließ, der in angstvoller Spannung zu ihr
niederblickte. In ihrer Miene lag ein leidvoller Vor=
wurf, eine bittere, herbe Anklage, nicht gegen den
Neffen, sondern gegen das Schicksal, das sie wieder
zum Bewußtsein des Lebens und damit ihres Leidens
geweckt hatte. Sie versuchte, ihre blassen Lippen zu
bewegen. Erst allmählig bekam sie jedoch die Kraft
zu den fast unhörbar leisen Worten:

„Sei ruhig, Heinrich. Aengstige Dich nicht.
Ich sage nichts mehr, wünsche nichts mehr, als mit
meinem armen Kinde zu sterben."

Nun aber beugte sich Wildhoff zu der unglück=
lichen Mutter nieder und sprach in seinem liebevollsten
Tone:

„Tante! Ich kann Dich nicht so leiden sehen.
Fasse Dich, — ich werde thun, was ich vermag.

Nur kein bindendes Wort verlange jetzt. Erhole Dich. Lebe wohl! Auch ich will allein sein."

Er wollte gehen. Eine schwache Bewegung ihrer Hand hielt ihn noch zurück. Matt und müde klang ihre Stimme, da sie sagte:

„Nur noch eine Bitte, Heinrich: führe mich zur Thüre des Zimmers meiner Tochter."

So richtete er sie denn auf. Beide schwankten durch den schwach beleuchteten Corridor bis zu der Thüre, welche zu den Gemächern Ibas führte. Wild-hoff hörte innen ein leises Wimmern und Jammern, das ihm durch die Seele schnitt. Als die Thüre sich öffnete und die Mutter hinein trat, sah er durch die Spalte flüchtig das schöne, jugendliche Antlitz eines Wesens, das nur zum heitersten Genusse des Lebens geschaffen schien und nun bleich, in Thränen gebadet, ein Bild des Jammers, da innen stand.

Die Thür schloß sich, und er befand sich allein im Corridor. Innen im Zimmer ließ sich ein herz-brechendes Schluchzen vernehmen. Da drückte er die Hände vor die Augen und schritt so nach seinen eigenen Zimmern. Hier schloß er sich ein.

Die Nacht rückte vor, Stunde um Stunde ver-floß und noch hatte Wildhoff kein Zeichen gegeben,

daß er irgend etwas bedürfe. Die Dienerschaft im
Hause wartete und wartete. Auf den Zehen schlich
sich die geschmeidige Jeanette durch den Corridor oben
und lauschte an den Schlüssellöchern. Im Zimmer
der Tochter des Hauses hörte sie weinen und schluch=
zen und klagen und sah sie die schöne Gestalt der
reizenden Ida von Luckner in den Armen ihrer ver=
zweifelnden Mutter, trostlos über die Seitenlehne ihrer
Causeuse gebeugt. Im Gemache des Architekten je=
doch war und blieb es still und dunkel. Das Kam=
mermädchen konnte nichts erlauschen, so lange sie
auch an der Thür verweilte, von welcher sie nur
durch einen unsanften Puff des alten Fridolin ver=
scheucht wurde. Dieser war überhaupt in letzterer
Zeit sehr grob gegen sie gewesen. Er hatte wohl
seine Gründe hierzu, der alte Fridolin.

Aber auch dieser Getreue lauschte an den Thüren
des mattbeleuchteten Corridors herum, wenn auch nur
aus wirklicher Theilnahme. Denn das Herz war
ihm gar schwer in diesen Tagen voller Unruhe und
bänglichen Dahinlebens; und vornehmlich an diesem
Abende trieb es ihn herum, treppauf, treppab, durch
alle Zimmer und Böden, nur nicht in den Keller.
Er hatte die dort liegenden Weinflaschen ganz ver=

geffen und überließ sie ihrem Schicksale und den
Spinngeweben, welche sich um dieselben zogen.

Es war unheimlich in dem sonst so freundlich
belebten Hause. Es war unheimlich — und still in
dem Zimmern des Architekten. Eine Stunde um die
andere floß hin, und der Glockenschlag klang von den
Hauptthürmen der Altstadt über die Alleen herüber,
von welchen das vergilbte Laub durch die Nacht zu
Boden wehte.

Um Mitternacht aber tönte mit einem Male ein
Schritt durch das Haus. Auch die Tante hörte ihn,
und er dröhnte ihr schauerlich an die Seele, da sie
eine Thür sich schließen und dann den Schritt draußen
hörte, während sie über ihrer Tochter wachte, welche
die thränenschweren Augen endlich zum wohlthätigen
Schlummer geschlossen hatte.

O, sie wußte, die so einsam über ihrem Kinde
wachte, was sie von dem verlangt hatte, dessen Tritte
außen im Corridore gegen die Treppe hinhallten, —
sie wußte, was sie ihm aufzuladen suchte, — sie
kannte die Wucht ihrer Forderung. Und ihr blu-
tendes Mutterherz entsetzte sich — im Gedanken an
seine Qual — vor der eigenen Selbstsucht. Gleich
einem Raben, mit quälendem Fittiche schwebte die

Reue um ihre Seele und wehte sie schauernd an, —
Reue, das bitterste und unfruchtbarste aller Gefühle,
durch welche das Unglück gefoltert wird.

Und da draußen ging Einer, das Haus zu ver=
laſſen, über welchem das Verhängniß düster brütete.
Wohin trieb ihn die Verzweiflung, die sie in sein
Herz gepflanzt? Sie wollte sich erheben, um ihm
nachzulaufen; aber die Füße verſagten der Armen
ihren Dienſt. Sie horchte und hoffte, die Tritte
würden sich wieder zurück zu den Zimmern ihres
Neffen wenden. Vergeblich. Und als nun die Schritte
allmählig auf der Treppe verhallten, als sich unten
die Hausthür öffnete, welche zur Straße führte: da
riß sie sich mit verzweifelter Kraft empor und eilte
an das Fenſter, an welchem sonſt Ida zu ſitzen und
die Huldigungen der vorüber reitenden Freunde des
Herrn v. Leith zu empfangen pflegte. In Todesangſt
drückte sie ihr bleiches, verhärmtes Antlitz an die
Scheibe. Da rang sie die Hände wund und ſah mit
bebenden Lippen flehentlich zum besternten Nacht=
himmel empor — und dann wieder auf die Straße
nieder.

Das Zufallen der Thüre unten tönte dumpf und
mit erschreckendem Nachhall durch das Haus und wie

Donner des Weltgerichts an ihr Ohr. Auf der
Straße tauchte dann eine hohe Männergestalt auf,
das Verschwinden derselben in der Nacht draußen
nahm der Lauschenden allen Glanz vom Sternen=
himmel hinweg.

Eine licht= und trostlose Nacht waltete über dem
Hause der Frau v. Luckner.

Und dennoch war es eine schöne Herbstnacht.
Der Ostwind führte wieder den Wellensang des Alpen=
stroms über die schlummernde Stadt hin in die west=
lichen Viertel derselben. Mitternacht war bereits
vorüber, die Straßenlichter erloschen. Nur die Sterne
funkelten aus der Ferne, und aus einem durch Ge=
büsch halbverdeckten Fenster fiel der rosige Glast eines
beleuchteten Zimmers auf das Laubwerk des Haus=
gärtchens vor demselben. An dessen Planken lehnte
Jemand und sah minutenlang hinüber nach dem hellen
Fenster. Der Mann hatte die Arme auf den Quer=
balken gestützt und seinen Kopf in die Hände gelegt.
So blickte er unbeweglich nach dem freundlichen
Schimmer und mochte in bittere, schmerzliche Er=
innerungen und Betrachtungen versunken sein. Denn
er stöhnte manchmal schwer und laut auf, lauter und
schwerer, als er einst von dem gehört, der nun in
24*

angestrengter Arbeit da innen saß und kaum ahnte, wer in stiller Nacht außen an den Gartenplanken lehnte — als ein Verzweifelnder.

Welcher Wechsel seit jenem Spaziergange auf der Uferhöhe, wo der heimgekehrte Architekt fast ungläubig Mittheilungen entgegen genommen, welche von dem Leid und den Sorgen dieser Erde erzählten! Unglück hatte ihm damals mehr nur hypochondrische Einbildung geschienen. Nun es ihn selbst gefaßt hatte, mit eisernen Armen umklammerte und packte, suchte auch sein zerrissenes Herz die Einsamkeit, und er floh selbst das Antlitz des Freundes, der in dem beleuchteten Zimmer dorten noch wachte.

Als Herbert nämlich zufällig an das Fenster getreten war, um die angestrengten Kopfnerven etwas ausruhen zu lassen, bemerkte er die Gestalt an dem Plankenzaun und öffnete alsbald in Erinnerung jener Mainacht die Fensterflügel. Hatte er doch den ganzen Sommer über sich an der dunklen Farbenpracht des Sammtveilchenbeets geweidet, welches ihm damals durch einen Unbekannten gespendet worden war, und in der Hoffnung diesen zu erkennen, lehnte er sich jetzt hinaus. Trotz der Dunkelheit fiel ihm jedoch sogleich der Unterschied der hohen Gestalt von heute

zu der unterſetzten von damals auf. Der an den
Planken entfernte ſich in demſelben Augenblicke raſch
gegen die Altſtadt hin, daß die Tritte hohl in der
veröbeten Straße nachklangen und allmälig in der
Ferne verhallten. Von Oſten über die Stadt her
tönte nur noch jenes ſeltſame Toſen, dem Herbert
auch heute wieder lange, lange lauſchte, ohne zu ahnen,
welche menſchlichen Klagen ſich in der feierlich ſtillen
Nacht mit den hehren Lauten mengten.

Stromaufwärts von der Stadt ſtürzt das grüne
Alpenwaſſer in zahlreichen Fällen über künſtliche
Wehre und rauſcht erquickend und erhebend — eine
Symphonie der lebendigen Natur — den Wanderer an
zwiſchen den Bäumen und Geſträuchen der Aue.
Doch auf das Gemüth des Einſamen, der nach
Mitternacht dorten hinwanderte, war die Wirkung
verloren. Das Schäumen und Wallen, das Spru=
deln und Rauſchen des erfriſchenden Elementes über=
täubte wohl deſſen Stöhnen, nicht aber den in ihm
brennenden wilden Schmerz. Stunde um Stunde
ging hin, und troſtlos, eine Beute des furchtbarſten
Seelenkampfes ohne Sieg, ohne Ende, ſtrich Wild=
hoff zwiſchen der Welt von rauſchenden Waſſern
umher und dann querfeldein — ohne zu wiſſen wo=

hin — an schlafenden Dörfern und Weilern vorüber, durch weite Forste und grüne Haiden, über kahle Fluren wieder in dichte Wälder.

Die Nacht war ungewöhnlich schön. Wäre es nur Sturm gewesen, es hätte seinem Gemüthe wohler gethan. Die Heiterkeit des Firmamentes that ihm wehe, wie ihm der Gedanke an den kommenden Tag Grauen erweckte. Er wünschte die Welt schwarz und finster, denn Finsterniß lag um seine Seele, ohne Lichtpunkt seine Zukunft vor ihm, wenn er, seinem Lebensglück entsagend, den Forderungen der Pflicht gegen seine Verwandten entsprach. Qualvoll war aber auch sein Glück, wenn er, es mit der Verzweiflung derselben erkaufend, jede andere Rücksicht der einzigen gegen seine Liebe hintansetzte.

Und während sein Gemüth unsäglicher Pein erlag, folterte die Wucht seines Leibs auch seinen Verstand. Vergeblich marterte er sein Gehirn nach einem andern Rettungsmittel, einem Ausweg aus dieser fürchterlichen Collision der Pflichten ab. So durchzuckte ihn der Gedanke, den Verführer aufzusuchen, zur Rechenschaft zu ziehen, ihm die Umkehr zur Pflicht gegen Iba aufzuzwingen, oder selbst des Königs Machtspruch zu Gunsten seiner betrogenen Ver-

wandten anzurufen. Trotz seiner schrecklichen Auf=
regung drängte sich ihm dennoch die Ueberlegung auf,
daß diese Wege durch ein Wirrsal von Sensation
dennoch nicht zum Ziele führen mochten. Er ver=
hehlte sich nicht, daß die Tante mit ihrer entehrten
Tochter lieber den Tod, als diesen Ausweg durch die
Scandalsucht und Medisance oder auch nur durch das
Mitleid der Gesellschaft wählen würde.

Schon graute der kommende Tag und Wildhoff
lief noch immer, als könne er seiner Qual entlaufen,
ohne zu wissen wo und wohin. Eben trat er aus
der Nacht eines weiten Buchenforstes, der vom Herbste
angehaucht sich bereits bunt färbte. Er stand am
Rande eines engen Thals, durch welches ein kleiner
Fluß sich hinwand. Traulich murmelte derselbe durch
die Morgenstille, da Wildhoff die Ufer entlang schritt.
Bald erschienen einige Hütten in malerischen Gruppen,
— die Bewohner schliefen noch. Nur die Mühlen=
wehre rauschten. die Räder gingen. Sonst keine Spur
von wachenden Menschen, als eine dünne Rauchsäule,
welche aus einem der Häuschen über die farbigen
Laubkronen des Ahorns an der steilen Wand der
Schlucht emporstieg.

Der Friede des Thals hätte wohlthätig auf

Wildhoffs zerrüttete Gemüthsverfassung wirken können, wenn seine Sinne für freundliche Eindrücke noch offen, seine Seele für solchen Trost der Natur noch zugänglich gewesen wäre. Aber, unempfänglich für die Außenwelt ließ er den beginnenden Tag die Reize der Landschaft erschließen, ohne daß er sie anders wahrnahm, als mit einer unangenehmen Empfindung des Schauerns und Fröstelns. Das Sonnenlicht mochte bald die Menschen herauslocken; er aber scheute Anblick und Begegnung derselben gleich einem flüchtigen Verbrecher. Eben öffnete sich die Thüre des Häuschens, aus welchem schon der Morgenrauch emporwirbelte und eine tiefe Männerstimme sprach:

„Laß die Kinder schlafen, Walli. Sag' ihnen, der Onkel komme bald wieder, wenn sie brav bleiben. Ich selbst will so zu sagen wieder in's Joch. Also, b'hüt Euch Gott."

„B'hüt Gott, Wendel. Grüße die arme Thekla!" antwortete eine Weiberstimme.

Wildhoff beschleunigte seine Schritte, ohne sich umzusehen, bis er, zufällig emporschauend, auf dem hohen Rand der steilen Thalwand die Gebäude einer Haltstation der oben vorüber ziehenden Eisenbahn bemerkte. Er blieb stehen und sah hinan. Er er=

innerte sich des Tags, wo er in wehmüthigen Empfindungen der Stadt entfliehend, aus einem Wagen
des Zugs in die grüne Schlucht niederblickte, in der
er jetzt in Verzweiflung selbst weilte, — erinnerte sich
des Moments, wo er zum See gelangend wieder das
holde Mädchen erkannte, deren Anblick ihm damals
jede Wunde heilte und wie die aufsteigende Sonne
die Dämmerung seines Gemüthes erhellte. Noch
wie ein Traum ging die Geschichte seiner Liebe durch
seine Seele, — die ganze Wonne ihrer Blüthezeit
füllte für einen Augenblick sein Herz, um einem unendlichen Weh zu weichen, wenn er daran dachte, wie
ihre liebe Gestalt noch Abends vorher von der reinen
Lust und Seligkeit ihrer Liebe durchbebt an seiner
Seite gelehnt. Nur wenige Stunden, eine einzige
Nacht lag zwischem seinem Glücke und seiner Qual.
Aber welche Nacht! Sie hatte Alles verschlungen,
was er je von der Wonne des Lebens geträumt, —
sie hatte sein Paradies für immer zerstört, vernichtet,
was seine schönsten Wünsche und Hoffnungen aufge-
baut hatten. Sein Herz zuckte im herbsten Weh,
wenn er der vertrauensvollen Hingebung ihres liebevollen Gemüthes, des unvergleichlichen Reizes ihrer
Erscheinung gedachte, da die holde Unschuld ihres

Wesens zum glücklichen Bewußtsein ihrer Liebe ge=
kommen war.

Wildhoff war eine starke, männliche Natur.
Dennoch überwältigte ihn die lebhafte Erinnerung
und Vorstellung so sehr, daß der Schmerz sein ganzes
Wesen durchschütterte und jeden Widerstand seines
Körpers gegen dessen Macht lähmte und niederwarf.
Er sank an den Rain in das welke Laub hin, — sein
oberer Körper krümmte sich gegen die Kniee, sein Ant=
litz barg sich in beiden Händen. Wie von Todes=
schauern geschüttelt, zuckten seine Glieder und krampf=
hafter Schmerz peinigte seine Brust und würgte ihm
an der Kehle, durch welche sich die bitteren Worte
rangen:

„Irene! Irene! Wie kann ich es ertragen!"

„Viel, so zu sagen Alles kann der Mensch,
wenn er nur will!" sprach eine tiefe, kräftige Stimme
neben ihm in theilnehmendem Tone.

Wildhoff schreckte auf, sprang hastig auf die
Beine und sah den unberufenen Sprecher streng an.
Der vor ihm stand trug einen vollen, schwarzen Bart,
eine blaue Blouse und Dienstmannsmütze. Er hatte
ihn sogleich als den „Sozusagen" erkannt, der ihm
gestern das verhängnißvolle Billet der Tante über=

bracht und wie sein böses Schicksal mitten in das Glück seiner Liebe getreten war. Wildhoffs Miene war harsch, sein Aussehen um so herber, als er schließen durfte, daß der Dienstmann schon seit einer Weile der Zeuge seiner tiefen Erschütterung und des Ausbruchs seines — wie ihm jetzt bedünken wollte — unmänn= lichen Schmerzes war. So fragte er denn in strengem Tone:

„Wen suchen Sie hier?"

„Niemanden," antwortete der Dienstmann ruhig, „aber mir scheint, ich habe sozusagen Jemanden ge= funden."

„Der jedenfalls Ihrer nicht bedarf," versetzte Wildhoff, indem er vor Scham und Unwille, in seiner Schwachheit belauscht worden zu sein, erröthete.

„Vielleicht doch," erwiederte der Dienstmann treuherzig. „Es mag Ihnen anders scheinen, aber man muß sich zuweilen sozusagen auch aufdrängen können."

„Wohl auch eines Aufbringlichen sich zu entle= digen wissen," sprach Wildhoff barsch, indem er sich zum Weitergehen wendete und ohne sich umzusehen, den Waldpfad, an den Windungen des Flüßchens hin, entlang schritt.

Er war jedoch noch nicht weit gekommen, als er bemerken konnte, daß der Andere nicht im Sinne hatte, sich so leicht abweisen zu lassen, oder zurückzubleiben. Denn er hörte dicht hinter sich Jemanden nachkommen und gleichen Schritt halten in dem von Laub verwehten Pfade. Nun kam wirklicher Unwille über die Zudringlichkeit hinzu, so daß er mit einem Male stehen blieb, sich umwandte und den Dienstmann ansah.

„Was wollen Sie?"

„Für's Erste sozusagen nichts Schlimmes, und dann zur Eisenbahn hinan," antwortete der Dienstmann mit vollkommener Ruhe.

„Ist das Ihr Weg, so gehen Sie voraus, ich werde dann zurück bleiben," sagte Wildhoff, seinen Unwillen mäßigend.

„Thun Sie das nicht, Herr Wildhoff. Lassen Sie mich an Ihrer Last sozusagen mittragen."

„Meiner Last? Was wissen Sie von meiner Last?"

„Sie scheint schwer genug, um bemerkt zu werden," versetzte der Dienstmann in treuherzig theilnehmendem Tone.

„Und Sie werden bemerken, daß ich sie selbst zu tragen weiß und keines Dienstmanns bedarf," sprach Wildhoff, indem er sich wieder zum Gehen wandte.

„Wer weiß es, vielleicht doch!" meinte nach= folgend der unverwüstliche Sozusagen.

„Darüber steht mir allein Urtheil und Entschei= dung zu!" erwiederte Wildhoff etwas gereizt, zugleich wunderlich berührt von der jähen Ausdauer des Men= schen und dessen Unempfindlichkeit gegen seine unzwei= deutigen Abfertigungen, welche jedoch sichtlich keiner Verhärtung des Herzens, keiner Rohheit des Sinnes, sondern wirklicher, theilnahmsvoller Empfindung zu entspringen schien.

„Wenn man unglücklich ist," fing jetzt der Dienst= mann an, „wenn man von Leid bedrückt ist, so" —

„Sie setzen das bei mir voraus," fiel Wildhoff ein, indem er etwas verächtlich und wegwerfend fort= fuhr: „Und da soll ich Sie wohl zum Vertrauten wählen."

„Ich wäre weder der Schlimmste noch Unwür= digste!" erwiederte der Dienstmann in einem Tone, der nicht ohne Wirkung auf Wildhoff blieb.

„Ich habe nichts mitzutheilen," sprach er etwas milder, als seither.

„Gut, dann lassen Sie sich gefallen, daß ich

Ihnen etwas mittheile, oder sozusagen eine Geschichte erzähle."

„Wenn Sie mein Herz rühren wollen, so können Sie die Geschichte sparen, hier ist meine Börse," sprach jetzt Wildhoff.

Aber der Dienstmann wies mit einer Handbewegung das Geld ab, indem er entgegnete:

„Ich habe Ihre Börse weniger nöthig, als Sie sozusagen meine Geschichte. Ich verlange nichts von Ihnen, als daß Sie dieselbe anhören oder mich wenigstens erzählen lassen. Sie ist weder lang noch verwickelt, Herr Wildhoff, und ich bin fertig, bevor wir auf diesem Pfade aus der Schlucht hinan zum Stationshause kommen."

„Nun, so erzählen Sie denn," sprach Wildhoff trocken.

„Sie kennen doch den Banquier Berdelli?" begann nun der Dienstmann, indem er dicht hinter Wildhoff drein schritt. „Ein reicher und — sozusagen — ein höchst angesehener Mann. Nicht wahr? Sie können daraus ersehen, wie viel die Meinung der Welt, ihre Achtung oder Mißachtung werth ist."

„Wie so?" fragte Wildhoff gleichgültig, doch verwundert über diese Folgerung.

„Wie so?" wiederholte der Dienstmann. „Herr
Berbelli ist sozusagen nicht schlimmer als andere an=
gesehene Männer, und doch ein Tropf. Ein Tropf,
wie es leider viele gibt. Und daß er dies sei, hat
er heute Nacht mehrmals von mir hören können, als
ich ihm zufällig nochmals hinter seiner Villa am See
begegnete."

„Und was haben Sie mit diesem Berbelli?"
fragte Wildhoff noch immer ohne besondere Theil=
nahme, wenn er sich auch einer früheren Scene er=
innerte, deren Zeuge er gewesen war.

„Hören Sie!" bemerkte der Dienstmann, in
seinem Berichte fortfahrend. „Ich fange jetzt sozu=
sagen märchenweise an: Es war einmal ein junger
Geselle, der hieß Wendel, und ein junges, schönes,
armes Mädchen, das hieß Thekla. Und der Wendel
hatte die Thekla lieb und wie er glaubte — sie ihn
nicht minder. Thekla war die Mündel von Wendels
Vater, lernte nähen und Kleider machen, um sich
ehrlich fortbringen zu können. Wendel sollte wie sein
Vater Gärtner werden, wäre aber lieber Künstler ge=
worden, und als sein Vater überschuldet starb, konnte
er gerade soviel, um als Gärtnergehülfe da und dort
aushelfen und in seinen Freistunden Fensterrouleaur

malen und kleine, zierliche Papparbeiten machen zu
können. Der einfältige Bursche sah nämlich jetzt Thekla
sozusagen als seine Mündel an, für die er sorgen
müsse und plagte sich Tag und Nacht, um ihr von
dem verdienten Gelde irgend eine Freude zu machen."

Und Thekla?" fragte Wildhoff.

„Die nähte damals um geringen Lohn bei vor=
nehmen Leuten. Es ist Ihnen gewiß schon das
große, viereckige Haus auf dem Königsplatz aufge=
fallen! Nun dort nähte sie auch bei der alten Frau
Berbelli. Der Herr Sohn, ein großer Leichtfuß, fand
bald Gefallen an dem schönen, gutmüthigen Näh=
mädchen und wußte sie endlich mit dem Versprechen
zu bethören, daß er sie heirathen werde. Sie hatte
ihn lieb, also glaubte sie ihm. Um den Wendel küm=
merte sie sich nicht mehr, seine Warnungen nahm sie
als Beleidigungen auf, und zuletzt sah sie den Gro=
bian so zu sagen gar nicht mehr an und bezog eine
hübsche, kleine Wohnung in der Vorstadt."

Wildhoff ging langsamer und horchte mit mehr
Theilnahme der einfachen Geschichte, obgleich er noch
immer nicht begriff, warum sie ihm erzählt wurde.

Und wie nahm der Wendel diese Sinnesänderung
auf?" fragte er.

„Nicht eben leicht, Herr!" antwortete der Sozu=
sagen. „Nicht leicht. Es kamen böse, böse Tage,
Wochen, Monate über ihn, bis er sich so zu sagen
wieder herausriß. Eine wohlhabende Gärtnerstochter,
die ihres Vaters Geschäft erbte, hatte ihn lieb ge=
wonnen, und da sie ein offenes, heiteres Gemüth
hatte, konnte auch er so zu sagen die Nanni gut lei=
den. Sie wollte ihn heirathen, und halb aus Trutz
und Verdruß, halb aus Weltklugheit und Neigung
war es ihm recht. Die Hochzeit war schon festge=
setzt. Da erfuhr er, daß auch der junge Berdelli an
demselben Tage getraut werde, und der Wendel
wünschte dabei der Thekla zu begegnen, um ihr zu
zeigen, wie leicht er ihre Untreue nehme. Ganz an=
ders aber ward ihm, als er hörte, daß die Braut
nicht Thekla heiße, sondern ein vornehmes Fräulein
sei. Auf und davon lief der Wendel, um die Thekla
aufzusuchen. Sie hatte ihr hübsches Quartier ver=
lassen, und es kostete Mühe, sie in einer traurigen
Kammer wieder zu finden, wohin sie sich mit ihrem
Gram verkrochen hatte, um in Schmerz und Ver=
zweiflung einem armen Würmchen von einem Menschen=
kind das Leben zu schenken. Es war eine Geschichte,
wie sie oft vorkommt, Herr! Das Besondere dabei

war nur, daß der junge Verbelli der armen Thekla
gegen reichliche Vergütung zumuthete, einen Ver=
wandten von ihm als Vater anzugeben, der für den
reichen Vetter in solchen Fällen einzutreten pflegte,
— auch so zu sagen ein ehrenwerther Mann. Thekla
wies die Zumuthung mit Verachtung zurück. Die
Arme wollte ihrem Verführer überhaupt keine Unge=
legenheit, auch nicht bei seiner Braut, bereiten, son=
dern nur büßen für ihre Schuld und in Scham und
Reue vergehen." —

Der Sozusagen holte hier Athem und ließ eine
kleine Pause eintreten.

„Und der Wendel?" fragte jetzt Wildhoff mit
Theilnahme, welche merklich durch seine Stimme bebte.

„Der Wendel gab seine Brautschaft auf, obgleich
er mit der Nanni hätte so zu sagen glücklich werden
können. Ein anderer ist es seitdem mit ihr geworden.
Gesegne es ihm Gott!"

„Und warum," fragte jetzt Wildhoff mit leiser,
zitternder Stimme, „warum gab er selbst sein Glück
auf?"

„Warum? Ja, sehen Sie, er war eben ein ein=
fältiger Kerl und hielt es für seine Pflicht, sich des
Mündels seines verstorbenen Vaters, der armen gott=

und weltverlaſſenen Thekla anzunehmen, ihre Ehre
vor den Menſchen zu decken, indem er ihrem Kinde
Vater werden wollte. Glücklich fühlte er ſich dabei
gerade nicht, das iſt gewiß. Aber man iſt ja ſo zu
ſagen auch nicht auf der Welt, um immer glücklich zu
ſein. Und dann dachte der Wendel, ſo jung er noch
war, an die Ewigkeit.“

„An die Ewigkeit?“ fiel Wildhoff jetzt erſtaunt
und in ſichtlicher Erregung dazwiſchen, indem er auf
dem laubverwehten Pfade für einen Augenblick ſtehen
blieb.

„An die Ewigkeit,“ wiederholte der Dienſtmann.
„Er war eben ein etwas kurioſer, ſo zu ſagen ein ein=
fältiger Kerl, wie Sie ſchon gemerkt haben werden,
las gern in Büchern und dachte ſein Theil darüber
nach. Nun rechnete er ſo: Gegen die Ewigkeit iſt
unſer Menſchenleben gar kurz, ſo zu ſagen kaum der
Millionſte Theil eines Augenblicks — Sie müſſen
das ja beſſer wiſſen, Herr Wildhoff — ſo kurz alſo,
daß es ſich nicht der Mühe lohnt, hier glücklich zu
ſein. In der That mag unſere Erde im großen
Weltall nur ſo ein Blatt ſein, wie ſie da auf den
Bäumen hängen, herunter wehen oder ſchon am Bo=
den liegen; und wenn man die Erde auch als Wald

25*

nimmt, so ist ein Menschenleben solch ein vergilben=
des Laubblatt, wie es eben da herunter fällt zu den
andern unter unsern Füßen, — einen Sommer grünend
unter Sonnenschein, Sturm und Regen, um dann zu
verwelken: vergänglich wie Luft und Leib des Menschen=
lebens. Meinen Sie nun, Herr Wildhoff, der Wen=
del könnte dem Ende seiner Tage ruhiger entgegen
sehen, wenn er sich um die arme Thekla nicht weiter
gekümmert, sondern die Gärtnerstochter genommen
hätte und ein gemachter Mann geworden wäre?
Mag unser Loos nach dem Sprung ins Dunkle sein,
wie es wolle, — es ist nicht schwer zu sagen, ob uns
die Freuden, die wir selbst genossen, oder das An=
deren ersparte oder gemilderte Elend die liebere Er=
innerung in der letzten Stunde sein wird."

Der Sozusagen schwieg, auch Wildhoff stieg
schweigend den Pfad empor, während das Laub unter
ihren Tritten raschelte. Er war durch so schlichte
Moralphilosophie bei einem Manne dieses Standes,
durch die Mahnung und Lehre, welche in dessen Wor=
ten lagen, durch die Aussicht, welche sie eröffneten,
tief ergriffen, ja erschüttert und beschämt, so daß sein
Erstaunen über die allmählig sich hebende Ausdrucks=
weise des Erzählenden nicht dagegen aufkommen

konnte. Erst nachdem die Mittheilung durch eine ganze Kette in ihm erweckter Betrachtungen zur Wirkung einer gewissen Entschlossenheit gelangt war, fragte er, da der Wald sich oben allmählig lichtete:

„Und so heirathete der Wendel die arme Thekla?"

„Nein, Herr! das nicht!

„Nicht?" fragte Wildhoff verwundert entgegen. „Warum nicht?"

„Weil Thekla so zu sagen als Gefallene nicht einwilligen wollte, die Frau eines ehrlichen Mannes zu werden. Ihr Kind starb bald, sie selbst trug einen siechen Körper für Lebenszeit davon. Was ihr von Schande blieb, das wollte sie allein tragen, und wenn man nicht zur großen Welt gehört, richtet Einen der Verlust der öffentlichen Meinung auch nicht zu Grunde. Genug, Wendel und Thekla blieben ledig, und wenn sie seine Stütze in Anspruch nahm, geschah es nur, wo es anders nicht mehr gehen wollte. Um aber stets für die Arme sorgen zu können, sah sich der Wendel nach einer festen Stellung um. Darum setzte er denn auch die rothe Mütze auf und zog die Dienstmannsblouse an. Und da, Herr Wildhoff, haben Sie so zu sagen die ganze Geschichte."

Damit traten sie aus dem Walde auf die freie

Höhe, an welcher die Eisenbahn vorüberzog und die
Schienen im Lichte des Morgens glänzten, während
in der Richtung nach Süden hin, in der weiten Vertiefung des Landes, sich der Seespiegel stahlgrau bis
zum fernen Gebirge, wo die Morgennebel lagerten
hindehnte. Wildhoff war durch die schlichte Geschichte
des Dienstmannes wenigstens zum Theil aus seiner
verzweiflungsvollen Versunkenheit gerissen und für die
Wahrnehmungen der Außenwelt empfänglicher geworden. Hatte sich in ihm auch ein bitterer Entschluß
durchgerungen, ein opfermuthiger Entschluß schmerz-
lichster Entsagung auf alles Glück, alle Freude des
Lebens, so zauberte ihm der Anblick des Sees doch
augenblicklich dieses Glück, diese Freuden, wie er sie
unter dem Glanze seiner jungen Liebe genossen, mit
den blendendsten Farben vor; und eine unbezwing-
liche, brennende Sehnsucht nach ihrem Anblicke, die er
über Alles liebte, wenn er ihr auch entsagen wollte,
ward in ihm angefacht. Während nun der Dienstmann auf das Stationshaus zuschritt, um sich ein
Billet zur Fahrt in die Stadt zu lösen, ließ Wildhoff
den vom See herauf kommenden Zug an sich vorüber
sausen und folgte den Eisenschienen, die sich zum
Wasser absenkten.

Seine Wanderung seit Mitternacht war planlos gewesen, wenn ihn auch ein unbewußter Zug ge= leitet haben mochte. Jetzt, wo seine Schritte ein be= stimmtes Ziel hatten, spürte er nichts von Erschöpfung und Ermüdung, während er zum See, der im Früh= lichte vor ihm lag, hinunterschritt und dann die Straße des westlichen Ufers verfolgte. Seine sich wider= streitenden Gefühle entflammten dabei, je näher er dem Ziele kam, zur früheren leidenschaftlichen Stärke. Während qualvolle Angst an seinem Herzen zehrte und abwechselnd dumpfe Verzweiflung alle seine Glie= der zu lähmen drohte, beflügelte glühende Sehnsucht seine Schritte, ohne daß er wußte, wie er zu dieser frühen Stunde durch Irenens Erscheinung beglückt wer= den, oder wie er in seiner Lage dieselbe ertragen sollte.

So feierlich die Morgenstille den See kleidete, hatte er doch allen Sinn für dessen Schönheit ge= schlossen, als er am Ufer hinstrich, bis er beklommen an der Stelle verweilte, von welcher die Wege zur Höhe hinan führten, wo er noch gestern so glücklich gewesen. Tödtliche Bangigkeit überfiel ihn und schien sich in seine Kniegelenke setzen zu wollen, während sehnsüchtiges Verlangen ihn weiter trieb, um auf dem verborgensten Umwege wenigstens zum Anblicke des

Fensters zu gelangen, aus welchem Irene früh den ersten Blick in die lichtvolle Landschaft zu werfen pflegte. So eilte er, ein Raub sich widerstreitender Empfindungen und entfesselter Leidenschaften, am Bache der Schlucht hinan. Diese zieht sich in einem wahren Wirrsale malerischer Windungen — von prächtigen Bäumen hoch überragt, von wildem Dickicht und Gesträpp durchrankt und von dem Geräusch des zum See eilenden Baches durchtönt — zur Höhe hinan. Gegen Osten geöffnet, lag der volle Glanz des Morgens in derselben, — die Wipfel der Tannen golden durchstrahlt, die Laubkronen des Ahorns und der Buche farbig angehaucht, in der Tiefe Thauglanz auf Gras und Busch, dazwischen nur die Wellenstimme des bergab taumelnden Wassers. Und mitten in dieser reizenden Wildniß stand Wildhoff plötzlich wie gebannt, als wäre ihm die Erscheinung Melusinens oder der Waldfee selbst geworden.

Vielmehr hätte die Begegnung weder der einen noch der andern auf ihn zu wirken vermocht, wie der Anblick, welcher ihm warb, als er bei einer der zahlreichen Krümmungen des Pfades aus dem Dickicht trat. Die enge Scene war vielleicht die wildeste der ganzen Schlucht. Inmitten derselben auf einer Bank

aus Baumzweigen faß ein junges Mädchen, schöner
als Melusine, holder als jede Waldfee. Denn es
war Irene.

Da ihre niedergefenkten Augen im thauigen Grafe
weilten, fah fie den bleichen, von Schmerz durch-
fchütterten Mann im Dickicht noch nicht, während fie
im vollen Liebreiz ihrer Jugend und Sanftmuth in
der Wildniß faß, wehmüthig finnend und fehnend,
ftill und traurig, als habe fie eine Ahnung von all'
dem Leid und Weh, das ihr nahte. Jetzt ftreifte ihr
Blick feine Geftalt und blieb an derfelben hangen.
Eine Blutwelle ftieg vom Bufen her durch Hals und
Antlitz, daffelbe bis zur Stirne mit einer Purpurfluth
färbend. Ebenfo rafch wich aber dann alle Farbe
aus ihren Wangen, — Irene erblaßte bis in die
Lippen. Und nun faß fie fo bleich, fo bleich wie der
Mann dorten mit der erregten Geberde und verftörten
Miene. Denn ihr Herzblut ftockte vor dem Weh, das
fich in feinen Zügen kundgab, ihre Adern erftarrten
vor dem Kampfe, der fich in feiner ganzen Erfcheinung
abmalte. Entfetzt fah fie zu dem hinüber, den fonft
nur ihr ftilles Entzücken zu begrüßen gewohnt war.

Wildhoffs Anblick war erfchütternd, fein Seelen-
zuftand bemitleidenswerth.

Was er sich zu sagen vorgenommen bei dieser
Begegnung, seine angestrebte Entschlossenheit, Fassung
und Besonnenheit — Alles schwand im Anblicke der
Geliebten seiner Seele, die ihm nie theurer und hold-
seliger erschienen, als in dem Momente, wo er ihr
entsagen sollte. Ein Weh ohne Ende füllte ihm die
Brust und drohte sie ihm zu zersprengen. Es war
ihm, als wende sich sein Herz, um zu brechen. Und
doch stand er stumm und regungslos dorten. Nur
seine Lippen zuckten, seine Züge verzerrten sich im
herbsten Ausdrucke unerhörten Leides, während Irene
mit bleicher Miene die lieben sanften Augen fragend
nach ihm gerichtet hielt.

Er schnappte nach Luft und rang mit verzweifelnder innerer Anstrengung nach so viel Stärke, um
sich ihr nähern und durch ein Wort dies entsetzliche
Schweigen brechen, sich selbst erklären zu können. So
schritt er denn langsam gegen die Bank hin, auf
welcher Irene saß. Herzensbang, voll trüber Ahnung
sah sie zu ihm auf. Er blickte in die sanften, frommen Augen, die ihm so oft selig und beseligend zu-
gelacht und jetzt voll Thränen standen, daß sie über-
flossen, als sie bange fragend zu ihm aufblickte.

Da war es mit all seiner Selbstbeherrschung

vorüber. Er hatte ihre Hände ergriffen und hielt sie schweigend. Er wollte sprechen und konnte kein Wort hervorbringen. Seine Kniee wankten, sein ganzes Wesen knickte ein, innerlich und äußerlich brach er zusammen. All seine Mannheit und Geistesstärke vermochte nichts gegen die Qual des Augenblicks, so daß er sich zu ihren Füßen hinwarf, ihre Kniee um= faßte und seine Stirn auf dieselben beugte, während seine Brust, sich krampfhaft hebend, laut stöhnte.

„Irene!" war endlich das einzige Wort, das über seine Lippen kam. „Irene! meine Irene!" wieder= holte er, und es klang wie Grabgeläute all ihrer Hoffnungen.

Von seinem und dem eignen Schmerze bezwun= gen, beugte sie sich zu ihm nieder. Auch sie war so bleich, so still geworden, — auch sie hielt in wort= loser Qual seine Hände, — auch sie litt den herbsten Schmerz ihres Lebens. Und heißer rannen ihre Thränen in der Angst ihrer Seele.

Wildhoff zog sie im Uebermaß seiner qualvollen Empfindungen näher an sich, und sie wehrte ihm nicht. Was er sich während der glücklichen Entwick= lung seiner Liebe nie erlaubt, that er jetzt. Einen Moment lang wogte ihr zarter Busen in leidvoller

Luft an seinem heftig pochenden, blutenden Herzen. Einen Augenblick ruhte ihre weiche Wange an der seinigen und lagen ihre Arme um seinen Hals geschlossen. Wenige abgebrochene Worte hatte er ihr zugeflüstert. Sie hatte verstanden, daß dieselben Trennung, Scheiden und Meiden bedeuteten. Und der überwältigende Schmerz hatte sie an seine Brust, an seinen Hals geworfen, daß sie sich einige Sekunden lang an den theuren Mann klammerte, dem sie so ganz angehören wollte, und den sie nun verlieren, aufgeben sollte, wo er ihr Alles geworden. Schluchzend, in bitterer Seelenpein, hing sie an seinem Halse — ihre liebe holde Gestalt zitterte und bebte in seinen Armen und schloß sich innig an ihn, als könne sie ihn nimmer wieder lassen, nachdem sie zum erstenmale an seinem Herzen gelegen. Er aber drückte seine Lippen — nicht auf ihren keuschen Mund — nur auf ihre weiße Stirne, auf ihre lieben weinenden Augen. Und dann sprach er in Worten, deren jedes ihm das Herz abstoßen zu wollen schien:

„Und Dich, meine Irene, soll ich lassen, — Dich aufgeben! Dich, mein geliebtes, holdes Mädchen soll ich verlassen! Dich zu lieben aufhören, Du mein einziges, einziges Glück, meine Wonne!"

Irene versuchte jetzt, sich seinen Armen zu ent=
ziehen. Sie fühlte, daß sie in diesem Kampfe die
Stärkere sein mußte.

„Es muß sein! Lebewohl!" sprach sie, mit Helden=
muth sich faſſend und nach Kraft ringend, indem sie
ihre Thränen trocknete und den geliebten Mann sanft
von sich wegdrängte. „Leben Sie wohl — für
immer!"

„Für immer?" rief er in verzweifelndem, herz=
zerreißenden Tone. „Für immer?! — Ja, ja, Du
Engel meines Lebens: es muß sein! So kurz die
Seligkeit! So unendlich schön das Paradies unserer
Liebe! Und nun verbannt daraus: für immer!"

Stöhnend kam es aus seiner Brust. Mit seinen
Händen preßte er seine Stirn. Dann sah er sie mit
einem Blicke an, der all ihre erzwungene Faſſung
brach, allen Schmerz des Augenblicks, alle Gefühle
ihrer Liebe mächtig in ihr entflammte. Er nahm ihre
Hände und bedeckte sie mit brennenden Küſſen. Er
konnte sie nicht loslaſſen und zog die Geliebte an
seine in wildem Weh zuckende Brust. —

Nochmals umschloſſen seine Arme die theure Ge=
stalt, — zum Letztenmale. Dann stürzte er fort und
war im Gebüsch verschwunden.

Irene aber sank auf die Bank zurück, bedeckte ihr Antlitz mit den Händen und weinte, weinte, weinte. Es wäre ihr Seligkeit gewesen, ihr junges Leben aus= weinen zu können, nachdem der schöne Traum ihrer Liebe zerronnen.

Wo Wildhoff an jenem Herbsttage — von Mor= gen bis Abend — auf seinen Knieen mit seinem Gotte gerungen, weiß Niemand außer ihm. Keine Menschen= seele hat ihn während dieser Zeit gesehen.

Sechszehntes Capitel.

In welchem die Dinge ihren Lauf gehen.

Der Sonnenschein jenes Herbsttages lag freund=
lich an den Außenwänden des eleganten Hauses der
Frau v. Luckner und gab demselben ein so heiteres
Gepräge, daß Niemand, der nicht die Geschichte der
letzten Tage kannte, geahnt haben würde, welch'
düsteres Leben innen waltete, welch' unheimliches
Wesen in dem schönen Hause eingezogen war.

Das Fenster, an welchem die schöne Tochter des
Hauses zu sitzen und als die leuchtendste unter den
Frauen den vorüber reitenden Cavalieren zuzulächeln,
Gruß und Huldigung derselben entgegen zu nehmen
pflegte, — dieses wohlbekannte Fenster war ge=
schlossen, mit Gardinen dicht verhängt. Innen lag
die reizende Iba zusammen gekauert auf der Otto=
manne mit verweintem Antlitze, gerötheten Augen,
Angst, Scham und Verzweiflung im Herzen. Neben
ihr saß auch die Mutter, ohne Trostworte, das gram=

gebeugte Haupt in die Hand gesunken, die Blicke
starr vor sich hin gerichtet und die Züge nur dann
von peinlich banger Spannung belebt, wenn unten
die Hausglocke ertönte. Diese erklang den ganzen
Vormittag öfter; aber vergeblich lauschte Frau von
Luckner jedesmal auf den Schritt desjenigen, den sie
in Todesangst erwartete, · der um Mitternacht ge=
gangen und um Mittag noch nicht zurückgekommen
war. Manchmal trieb sie die peinliche Unruhe auf,
an's Fenster, wo sie die Gardinen zurückhebend mit
angestrengtem Blicke hinaussah, dann durch das Haus,
wo sie an der Thür seiner Gemächer lange lauschte,
ob er nicht dennoch zurückgekommen. Vergeblich.
Trostloser, als sie gegangen war, kehrte sie immer
wieder nach dem Zimmer zurück, wo ihre Tochter in
dumpfer Angst und Verzweiflung hinlebte und nur
hie und da ihre verweinten Augen zu ihrer Mutter
erhob, Hülfe von ihr erwartend, die sie nicht ge=
währen konnte, Trost erflehend, den sie selbst ent=
behrte.

Da sah es finster aus in dem stolzen Sinne
der Frau v. Luckner, — die Eumeniden tanzten mit
schauerlichen Liedern um den Geist der armen Mutter.
Schrecklich büßte sie die Vermessenheit des Weibes,

das mit kühner Hand in die Geschicke des Staates
eingreifen, sie an ihren Familienwagen knüpfen wollte
und nun diesen am Rande des fürchterlichsten Ab-
grunds unaufhaltsam hinunter rollen sah, wenn nicht
noch Er kam, um den völligen Sturz aufzuhalten.
Und dieser, auf dessen rettende Hand sie noch allein
zählte, irrte seit Mitternacht auf unbekannten Wegen,
durch ihre Forderungen der Verzweiflung überliefert,
— ein unbarmherziges Opfer ihrer weitaussehenden
Pläne und ihrer Selbstsucht. In diesen düstern
Stunden qualvoller Einkehrungen und Betrachtungen
maß sie sich allein alle Schuld bei, die nun zum Theil
durch Andere, völlig Unschuldige, so schrecklich gebüßt
werden mußte. Und dennoch — was sollte werden,
wenn Heinrich ihr seine Hand entzog und ihre grau-
samen Anforderungen zurückwies? Es sah finster
aus in der Seele der Frau v. Luckner.

Da schellte unten wieder die Hausglocke. Frau
v. Luckner richtete ihre niedergebeugte Gestalt auf
und lauschte, ob nicht ein wohlbekannter Tritt sich
nahte. Wirklich näherten sich Schritte die Treppe
herauf durch den Corridor. Die Farbe ihres Gesichtes wechselte, ihre Züge verriethen die Spannung,
mit der sie zusah, als draußen leise gepocht wurde

unb auf ihr lautes „Herein" sich ein Männerkopf
zeigte. Aber es war ber bes alten Fribolin, ber an=
künbigte, baß Frau v. Fuchs ihre Aufwartung machen
wolle. Iba burchriefelte ein Schauer, auch die
Mutter zuckte zusammen. Ein Blick ihrer Tochter
traf sie, ber sagen wollte: Du wirst sie boch nicht
in bieser Stimmung unb Gemüthsverfassung em=
pfangen! Aber Frau v. Luckner blieb nur einen Augen=
blick unschlüssig unb sprach nach kurzer Ueberlegung:

„Der Besuch ist mir willkommen. Fribolin,
führen Sie die Dame in's Empfangzimmer."

Der Diener ging, seinen Auftrag zu vollziehen,
nicht wenig verwunbert, baß seine Gebieterin jetzt Be=
suche annahm. Frau v. Luckner jedoch hatte ben, in
ihrer Lage allerdings heroischen Entschluß, nicht ohne
weise Absicht gefaßt. Sie erhob sich, athmete einige
Male tief auf, strich sich mit ber Hand über die
Stirne unb ging zu bem Empfange ber Frau v. Fuchs.
Diese konnte sich nicht versagen, jetzt sich bei ihrer
„lieben Freunbin" einzuführen, zu welchem Zwecke sie
eigens vom See in die Stadt gekommen war, um
einige zarte Bemerkungen, wohlwollenbe Mahnungen
unb freunbschaftliche Lehren zu geben. Dabei war
sie sehr verwunbert, als Frau v. Luckner ihr zwar

etwas bleich, aber sonst völlig gefaßt entgegen kam.
So sah sie sich schon von vornherein um einen erwarteten Genuß betrogen: die Freundin nämlich ob
ihres zerstörten Aussehens zu bedauern, doch erholte
sie sich rasch von ihrer Verblüffung und begann nun
frisch weg zu beklagen, daß man nie ihrer freund-
schaftlichen Warnungen geachtet habe; sie habe diesen
Leith schon längst durchschaut, aber Mutter und
Tochter seien ja ganz vernarrt in ihn gewesen und
hätten ihre Warnungen noch übel genommen, und
nun müsse man solche Falschheit erleben! Sie sei
gekommen, zu condoliren, könne aber nicht verhehlen,
daß es hätte vorausgesehen werden können.

Darauf antwortete Frau v. Luckner mit einer
Miene, die ihr freilich große Anstrengung kostete:

„Ich verstehe Sie wirklich nicht, theure Frau
v. Fuchs.“

„Sie verstehen mich nicht? Weiß der liebe Gott!
Ja, beste Frau v. Luckner, wissen Sie denn nicht,
daß Herr v. Leith, jetzt Baron v. d. Leithen, sich
mit der Gräfin Waldburg verlobt hat? Das wissen
Sie noch nicht?“

„Das ist mir Alles bereits bekannt,“ erwiederte
Frau v. Luckner mit gut geheuchelter Ruhe. „Ich

26*

sehe darin nur keine Ursache zur Verwunderung. Baron v. Leith ist ja als feiner Cavalier so renommirt, daß es wohl begreiflich ist, daß er sich das Herz der Gräfin Waldburg gewonnen."

Frau v. Fuchs horchte mit offenem Munde und aufgerissenen Augen. Sie war wie aus den Wolken gefallen. Als sie sich von ihrem sprachlosen Erstaunen erholt hatte, rief sie:

„Ja, ich begreife nicht! Sie werden den Falschen doch wohl nicht darum loben, daß er Ihre Ida sitzen ließ! Es war doch hoffentlich ein schlechter Streich!"

„Beste Frau v. Fuchs," erwiederte mit einem Lächeln die Frau des Hauses, „ich habe darum nicht zu loben noch zu schelten, denn ich kann Ihnen versichern —" Frau v. Luckner stockte hier trotz ihrer Seelenstärke und Selbstbeherrschung dennoch — „ich kann Ihnen versichern, daß Baron v. d. Leith nicht die mindeste Verpflichtung gegen uns eingegangen war, dies auch nicht einmal konnte, da meine Tochter schon seit ihrer Kindheit einem andern bestimmt war."

So machte sich Frau v. Luckner in der Noth des Augenblicks kein Gewissen daraus, einer Frau v. Fuchs gegenüber Wahrheit und Dichtung zu vermengen, — ebensowenig Andern gegenüber, die später kamen, um eine erheuchelte Theilnahme kundzugeben, während sie nur durch die Neugierde und das Verlangen hergetrieben wurden, die „stolze Luckner mit ihrer hochmüthigen Tochter" in der neuen demüthigenden Situation zu beobachten, sich an deren Verlegenheit zu weiden und wohlfeile Trostsprüche, billiges Mitgefühl zu spenden.

Frau v. Fuchs indeß verließ in gereizter, ziemlich faffungsloser Stimmung das Empfangszimmer, wo sie so sehr in ihren Voraussetzungen getäuscht worden war. Sie hatte eine Verzweifelnde zu finden und freundschaftlich quälen zu können erwartet, und stand einer völlig Ruhigen, Unberührten gegenüber. Und mit der Königin Elisabeth in „Maria Stuart" hätte sie sprechen mögen:

> „Wer war es denn, der eine Tiefgebeugte
> Mir angekündigt? Eine Stolze find' ich,
> Vom Unglück keineswegs geschmeidigt."

Frau v. Fuchs sagte jedoch nichts dergleichen, sondern fühlte sich nur innerlich verletzt, ja beleidigt, daß man so gar nicht in der Lage war, ihre Trostgründe anzuhören. In dieser Stimmung hatte sie denn auch so rasch die Empfangsstube der Frau v. Luckner verlassen, daß sie erst auf der Treppe ihren

Sonnenschirm vermißte, den sie stehen gelassen haben
mußte. Kurz besonnen kehrte sie wieder in das Ge=
mach zurück, wo ihr sogleich auch das Vermißte in
die Augen fiel, daneben jedoch noch etwas weit Wich=
tigeres. Denn erschöpft von der unnatürlichen An=
strengung war Frau v. Luckner in das Sopha zurück=
gesunken, und wie ein flüchtiger Blick der Beobach=
terin lehrte, trug ihr Antlitz jetzt einen so ausge=
prägten Stempel ihres wahren Seelenzustandes, daß
für Frau v. Fuchs kein langer Schritt zur Lösung
des Räthsels mehr übrig blieb. Ohne weiteres Auf=
sehen zu erregen ging sie mit ihrem Schirme jetzt
die Treppe hinunter, nunmehr wahrhaft empört, daß
man sie so sehr zu täuschen gewagt. Im Flur unten
begegnete sie dem Kammermädchen des Hauses. Frau
v. Fuchs hatte ihre ganze Geistesgegenwart wieder
gewonnen und wechselte mit Jeanette so freundliche
Worte, wie diese es nie gewohnt gewesen, — ja Frau
v. Fuchs drückte dem Kammermädchen sogar liebreich
die Hand, und diese fühlte darauf noch etwas so
hartes in derselben, daß sie nicht auf die Vermuthung
kommen durfte, einer der knöchernen Finger der Frau
v. Fuchs sei in derselben zurückgeblieben. Es kostete
der Letzteren nunmehr nur noch einige unbefangen

scheinende Fragen, um aus Jeanetten heraus zu locken,
wie fürchterlich der Schlag gewirkt, welcher mit der
Nachricht der Verlobung des Herrn v. Leith die
Tochter des Hauses und ihre Mutter getroffen. Iba,
theilte sie flüsternd mit, wäre anfänglich ganz außer
sich gewesen, so daß die erschrockene Mutter den Haus-
arzt rufen ließ, und dieser habe, da er den Zustand
des Fräuleins untersuchte, so bedenklich und geheimnißvoll den Kopf geschüttelt und der gnädigen Frau
eine so merkwürdige Andeutung gegeben, daß diese
eine Zeitlang ganz starr im Zimmer gestanden habe,
wie Jeanette durch eine geheime Spalte mitange-
sehen.

Nunmehr dennoch befriedigt von ihrer Expedi-
tion und reich beladen mit Entdeckungen und Resul-
taten, verließ Frau v. Fuchs den Schauplatz ihrer
theuern Freundin, um noch selbigen Nachmittag in
den Kreis ihrer Gesellschaft am See zurückzukehren,
was mit der Eisenbahn gleichsam im Fluge geschah.

Unterdeß mußte Frau v. Luckner daheim noch
manche bange Stunde peinlicher Angst und Spannung
verleben, noch vor manchem unwillkommenen Besuche
die aufreibende Kunst üben, ruhig und gelassen zu erscheinen mit einer Hölle im Busen. Sie mußte sich

noch manchmal in der Erwartung, daß die Hausglocke Heinrichs Ankunft verkündige, getäuscht sehen,
— so auch, als man ihr Herrn v. Keller ankündigte.
Diesem würdigen Manne und Freunde ihres verstorbenen Gemahls gegenüber, fiel ihr die Durchführung
ihrer Rolle am schwersten. Zum Glücke war ihre
Verstellungskunst dabei weniger auf die Probe ge-
stellt; denn Herr v. Keller war nur mit einem Gedanken beschäftigt: der edlen Wittwe seines unver-
geßlichen Luckner gleich nach seiner Ankunft in die
Hauptstadt selbst die Nachricht mitzutheilen, daß mit
dem zuletzt aus Rom angekommenen Kouriere auch
sein Ernennungsdekret zum Minister des Unterrichts
erfolgt sei.

Frau v. Luckner konnte bei dieser Eröffnung
ihre innere Bewegung kaum verbergen. Welche bittere
Ironie wandte das Schicksal gegen sie an! Was
war ihr heute noch diese Ernennung, welche zu anderer Zeit sie mit der höchsten Befriedigung erfüllt
haben würde! Dennoch nahm sie sich soweit zusammen, um ihre Glückwünsche mit anscheinender
Wärme darbringen zu können. Als aber der neue
Minister, während der Abend niedersank, mit Genugthuung dabei verweilte, wie er nun das früher be-

sprochene Werk der Reformen anheben wolle, wie er
ihren Plan zur Neubelebung des geistigen Elementes
im Staate, zur Ermuthigung der Intelligenz im
Lande, zur Gewinnung derselben für das Staatsin=
teresse durchzuführen gedenke: da trat ihm doch all=
mählig die Ueberzeugung entgegen, daß Frau v. Luck=
ner entweder die alte Theilnahme für den Plan ver=
loren, ihr früheres enthusiastisches Interesse einge=
büßt habe, oder daß ihr Geist momentan mit andern
Dingen beschäftigt sein müsse. Da ihre Beklommen=
heit und Unruhe nicht mehr zu verkennen waren,
fürchtete der Mann durch längeres Bleiben lästig zu
fallen und verabschiedete sich ohne Ahnung, was die
Seele der armen Frau beängstigen, ihren Geist und
Körper martern mochte.

Es war Abend, dunkel und Nacht geworden, —
Wildhoff kam noch immer nicht. Von unsäglicher
Angst, von Todesbanglgkeit gefoltert, fand Frau von
Luckner keine Ruhe mehr. Durch das Haus und
wieder zu ihrer seufzenden Tochter getrieben, wan=
delte sie durch Zimmer und Corridore wie ein ruhe=
loser Geist. Sie setzte sich nieder und erhob sich
wieder. Und während ihren Körper die quälendste
Unruhe gefaßt hatte, fing die Thätigkeit ihres Ge=

hirns an zu erlahmen, dumpf lag es über ihrer Seele, die Verzweiflung schlich sich ertödtend zu ihrem Herzen hinan.

Es war entsetzlich, wenn er nicht bald kam, wenn sie noch eine solche Nacht der Ungewißheit, wie die vergangene, durchleben mußte.

Da klang die Glocke wieder gellend aus dem Flur herauf durch das Haus. Die Thüre öffnete sich unten, man hörte reden; darauf erschollen Tritte, welche von der Lauschenden nicht wieder verkannt wurden. Sie blieb sitzen, ohne die Kraft sich zu erheben. Angstvolle Spannung lähmte ihre Bewegung. Ihr Athem ward beengt, Furcht rieselte durch ihre Adern und der Hautkrampf überzog ihre Glieder bis zum Scheitel empor.

Er kam, den sie so lange erwartet hatte, — er kam langsam daher, den Corridor entlang: mit ihm ihr und ihrer Tochter Geschick. Vor der Thüre hielt eine kurze Zeit sein Schritt. Nun erschien unter derselben seine Gestalt, nun sah sie ihm, ohne sich erheben zu können, in's Antlitz, um ihr Loos aus demselben zu lesen. Und sie erbebte in ihrem Innern vor seinem veränderten Anblicke. Ueber die edeln, sonst so leidenschaftlichen Züge war seit gestern eine

ſchreckliche Verheerung gegangen. Der Ausbruck ſeiner
Miene war unheimlich ſtarr; eine büſtere Entſchloſſen=
heit lag in dem Geſichte, aus den tiefliegenden Augen
funkelte ein trübes Licht. Der Sturm, der in ihm
gewüthet, ſchien erſtarrt noch auf ſeinem Weſen, in
ſeiner Miene zu ruhen.

Frau v. Luckner hatte weder die Kraft noch den
Muth, ihm entgegen zu gehen. Bis in's Innerſte
erſchüttert, vermochte ſie nur zu ihm aufzuſehen. So
kam er denn ſelbſt auf die Tante zu und reichte ihr
ſchweigend die Hand. Zwiſchen ihren Händen hielt ſie
dieſelbe umſchloſſen und drückte ſie an ihre Bruſt.
Noch hatte er kein Wort geſprochen, noch ſchwieg er,
als er ſich neben ihr niedergelaſſen hatte; er ſah ſie
nur traurig an, während ſie nun in arger Pein ſeinem
Blicke auszuweichen begann. Endlich aber ſprach er
— und ſeine Stimme klang ſeltſam dumpf, wie in
einem Todesurtheil:

„Tante, ich werde Deinen Wunſch erfüllen!"

Schweigend hörte ſie den beſtimmt ausgeſprochenen
Entſchluß an. Kein Ausbruch der Freude war er=
kennbar, keine Regung endlicher Befriedigung zuckte
durch ihre Stirne. Wenn ſich jetzt ein Gefühl in ihr
regte, war es Reue, Entſetzen über die eigene Selbſt=

412

sucht, die das Opfer seines blutenden Herzens an=
nehmen konnte. Nur scheu und heimlich wagte sie
ihn anzusehen, da er nun wieder schweigsam neben
ihr saß. Vor diesem Todtengesichte war schon der
treue Fridolin unten an der Hausthüre erschrocken,
und sein Ausruf: „O Jesus, wie sehen Sie aus!"
war dem andern: „Gottlob, daß Sie wieder da sind!"
vorausgegangen.

Es war ein trauriger, unheimlicher Verlobungs=
abend. Es dauerte lange, bis Frau v. Luckner sich
stark genug fühlte, ihm die Hand zu drücken und leis
und schüchtern zu danken, worauf Wildhoffs verstörte
Züge sich bitter verzogen, als er mit einer abweh=
renden Handbewegung sagte:

„O, nur keinen Dank, Tante, nur das nicht!"

Aeußerlich war Ruhe in das Haus der Frau
v. Luckner während jener Nacht eingezogen, kein
Glück. Und dieser Nacht folgten noch eine Reihe
schöner Herbsttage, welche noch immer einen kleinen
Kreis von Naturfreunden am See festhielten. Auch
die Familie Langenbècque, Baber, Fuchs nebst Be=
kannten hielten noch aus. Die Herren hoben mit
Genugthuung gegen Herrn von Helming hervor, wie
richtig sie vorausgesagt, da Ida v. Luckner nach ein=

maligem Aufgebote ihren Vetter heirathe. Arthur Maier schwieg in Erinnerung jener Mondnacht, in welcher er auf dem Heimwege Jeanette, die Begleiterin Ida's, aufgehalten hatte. Dagegen ergossen sich die Damen in feinfühlenden und zartsinnigen Glossen.

„Wir sind in der Civilisation vorgerückt," sagte mit hämischem Lächeln die Professor Baber. „Früher heiratheten ehrgeizige Männer die landesfürstlichen Geliebten, heute genügen schon die von Günstlingen, um vorwärts zu kommen."

„Ah, das ist denn doch zu boshaft," fiel Frau v. Fuchs ein. „Ich erzählte Ihnen doch —"

„Komödie," wurde sie von Herrn Langenbècque unterbrochen. „Alles abgekartet, fein abgekartetes Spiel. Das weiß ich genau. Der Neffe der feinen Luckner ist ein abgefeimter Bursche, in kurzer Zeit Hofarchitekt, ein gemachter Mann. Was will man mehr? Man wird die Nase über ihn rümpfen, ehrliche Männer ihm ausweichen, — und endlich wird's vergessen sein. Eine ganz ähnliche Geschichte hat mir der Squire Littlehouse, mein Freund erzählt, als er —"

Glaubst Du denn wirklich, daß er so schlau war?" unterbrach jetzt Frau Langenbècque noch zur rechten Zeit ihren Gatten.

„Wer? Mein Freund Littlehouse?"

„Nein," antwortete Frau v. Fuchs für die an= dere, „Ihr Freund Wildhoff, von dem Sie so viel Rühmens machten, als er einige Mal mit Ihrer Pauline gesprochen hatte."

„O, ich täuschte mich nicht in ihm," fiel Pro= fessor Baber hier ein. „Ich hielt ihn stets für einen Menschen ohne Gewissen und Grundsätze. Warnte ich doch Herrn v. Helming noch ausdrücklich."

„Diesen Leuten geschieht vollkommen Recht," bemerkte des Professors Gattin. „Warum gaben sie sich so sehr mit dem Architekten ab."

Unterdeß hatte sich auch an einem andern Tische die Unterhaltung um dasselbe Thema zu drehen begonnen.

„Tante hin, Bäschen her — ich hätte sie ein= fach nicht genommen," sagte Maler Sturm. „Was geht mich das Alles an. Ich bin ich. Fremde Scharten auswetzen fiele mir ein! Und daß er deß= wegen das holde Kind aufgibt! Es ist mehr als schmählich, es ist lächerlich."

„Richten wir nicht nach dem Augenschein," be= merkte Maler Werner. „Wir kennen seine Motive nicht, wissen nicht, was er selbst darunter und unter falscher Beurtheilung leidet."

„Ah, was leidet!" meinte Maler Sturm. „Wenn ich einmal so handeln wollte, so würde ich mich darnach den Teufel um fremdes Urtheil scheeren. Ich begreife ihn weder so noch so."

In dieser Weise und noch liebloser wurde über die Angelegenheit gesprochen, während der schönen Herbsttage, welche über die Landschaft am See Licht und Glanz und eine wunderbare Farbenpracht ergossen, als sich der Laubwald einmal in sein buntestes Gewand zu kleiden begann. Für Irenens Augen war jedoch alle Schönheit der Natur seit jener Morgenstunde in der Schlucht erloschen. Sie hatte die schönen Hoffnungen ihrer Liebe, die Freude ihres jungen Daseins begraben lernen. Sie ersehnte nichts mehr, wünschte nichts mehr. Ihr Leben hatte seine Blüthe, ihre Sehnsucht das Ziel verloren. Theilnahmlos begleitete sie die Ihrigen noch durch die Landschaft, — still, ruhig, gelassen. Am liebsten weilte sie daheim, in der engen Einsamkeit ihres Zimmers. Und dann ward die stille Klage ihrer Augen doch manchmal gar beredt, und Fragen traten an sie heran, die ihre Ergebung tief erschütterten. Wie theuer der großmüthige Entschluß der Entsagung, von jenem Momente eingegeben, ihrem Herzen kam, sagte ihr jetzt jede einsame Stunde.

Und so war endlich der Tag der Heimreise ge=
kommen. Der Dampfer durchschnitt den flüssigen
Smaragd des Sees wie gewöhnlich. Die Passagiere
auf dem Verdecke sahen zumeist nach dem wunder=
schönen Mädchen, das ein Bild trauernder Sanftmuth
an der Galerie lehnte und immer nur über den See
hin oder in dessen wallende Fluth sah. Irene nahm
in Gedanken Abschied von den reizenden Ufern, wo
ihr das Leben in ungeahnter Fülle aufgeblüht war,
— von all den Plätzen, wo sie mit ihm geweilt, —
von der geheimnißvollen, grünen Tiefe, über welche
der Nachen in jener mondhellen Mainacht geschaukelt,
als ihr an seiner Seite das Licht des Lebens aufge=
gangen war, das einen schönen Sommer lang ihr
Herz mit allem Glanze, allen Wonnen erfüllt hatte,
bis es unter Thränen erloschen. Sie blickte tief hin=
ein in den leuchtenden Grund, auf die grünen Wellen,
zu denen jetzt eine ungesehene Thräne niederfiel. Und
später saß sie still und wortlos in der Ecke des Eisen=
bahnwagens. Vater, Mutter und Tante waren auch
nicht munter, aber sie sprachen doch hie und da.

„Irene ist so ruhig," sagte Tante Wanda. .

„Sie schläft wohl," erwiderte leise, mit einem
bekümmerten Blicke, die Mutter.

„Laßt sie schlafen," sprach der Vater, indem
seine Augen mit einem Ausdrucke innigsten Mitge=
fühls und väterlicher Sorge auf dem Kinde weilten,
während der Zug rasch dahin rollte.

Man verweilte nur einige Stunden in der Haupt=
stadt, um dieselbe mit dem nächsten Schnellzuge zu
verlassen. Wieder saß Irene sorgsam in ihre Shawls
gehüllt im Eisenbahnwagen mit niedergesenkten Augen=
lidern. Die Ihrigen flüsterten leise zusammen; aus
dem, was sie auffaßte, entnahm sie etwas, das ihre
Wangen hochroth färbte, um sie dann ebenso rasch
wieder erbleichen zu lassen. Sie zitterte, sie erbebte
in ihrem Innersten. Eine quälende Unruhe machte
ihr das bange Herz im Busen pochen; und doch be=
hielt sie äußerlich alle die Ruhe, welche ihr den Schein
des Schlummers gab. Irene hatte seit jener Morgen=
stunde in der Schlucht Selbstbeherrschung gelernt.

In der nächsten Stadt, wo die Bahnlinien sich
theilten, hielt der Zug ziemlich lange. Die Wagen
wurden gewechselt, man stieg aus. Irene warf nur
einen einzigen, scheuen Blick an der Fensterreihe hin;
sie war leichenblaß, als sie mit zitternden Knieen den
Ihrigen zu den Wartsälen folgte. In dem eleganten
Cabinete, das unter mächtigen Blättern und gewalti=

gen Fächern exotischer Gewächse einen höchst anmu=
thigen Ruheort bietet, saß Irene nach kurzer Zeit eine
Weile allein, denn Vater, Mutter und Tante fühlten
das Bedürfniß, sich draußen auf dem Perron der
Bahnhalle zu ergehen. An den kleinen Tischchen des
Cabinets erfrischten sich Damen und Herren für die
Weiterreise. Irene sah, in sich zusammen gesunken,
vor sich hin, als sich mit einem Male der lichte Raum
vor ihr verdunkelte. Es stand Jemand da. Sie brauchte
nicht aufzusehen, um zu wissen, wer da stand mit
auf der Brust gekreuzten Armen, festgeschlossener
Lippe, — wer zu ihr niedersah mit schwimmendem
Blicke und Verzweiflung im Herzen. Eine halbe Mi=
nute verstrich, und sie hatte noch nicht zu ihm aufge=
sehen, er noch kein Wort gesprochen.

„Irene!" kam endlich leise von seinen Lippen,
und der Laut zog ihre Augen empor, während ein
unsäglich schmerzhaftes Schaudern durch ihre Glieder
ging. Sie wäre gerne gestorben, wenn sie nur noch
einmal sich an dem Herzen hätte ausweinen können,
das mit dem ihrigen verblutete. Aber ein weniger
selbstischer Gedanke durchdrang sie gleichzeitig: ihn zu
sich selbst zurück zu führen. Sie nahm alle Kraft zu
dem Vorsatze zusammen, flüsterte seinen Namen, und

in haſtigem Lauſchen beugte er ſich zu ihr nieder.
Nun ſprach ſie ruhig, nur mit einem leiſen Zittern
der Stimme, daß ſie mit den Ihrigen auf der Heim=
reiſe begriffen ſei, daß ſie ſich freue, wieder zur Vater=
ſtadt zurückzukehren. Sie hätte ganze Stunden lang
fortſprechen können, Wildhoff würde nicht ein Wort
gehört haben. Seine Augen ſchienen in ihre Seele
einbringen und dorten andere Worte herausleſen zu
wollen, als die, welche in fremden, künſtlichen Tönen
in ſein Ohr erklangen.

„Irene,“ fragte er, als ob ſie noch kein Wort
geſprochen, „können Sie mir verzeihen?“

„O Wildhoff,“ ſagte ſie jetzt erſchüttert, aber mit
dem krampfhaften Verſuche, ihre Faſſung auch noch
ferner zu behaupten. In ihrem Tone lag alle Ver=
ſicherung, wie weit ihr Herz davon entfernt war, ihm
irgend welche Schuld an ihrem Leide anzurechnen.
Nun aber bat ſie mit beweglichem Ernſte: „Sehen
Sie mich nicht ſo an, — beruhigen Sie ſich. Gehen
Sie zu Ihrer Braut.“

Sie hielt inne, und mit einem Blicke namenloſer
Qual flehte er:

„Aber Sie geben mir doch noch einmal Ihre
liebe, liebe Hand!“

Einen Augenblick zögerte sie, tief erröthend. Dann reichte sie ihm dieselbe mit abgewandtem Antlitze. Er hielt sie sekundenlang umschlossen. Nun beugte er sich nieder und drückte, wie auf ein Heiligthum, noch einmal seine Lippen auf dieselbe. — Und dann ging er langsam gegen die Wagenreihe hin, öffnete den Schlag und setzte sich neben die schöne, bleiche Dame, die ihm heute angetraut worden war. Der Zug ging nach Süden; ein anderer ging nach Norden, und in demselben saß, verhüllt und mit niedergelassenem Schleier, sie, die er liebte und die, in Leid vergehend, so ruhig schien wie er selbst.

.

Ende des zweiten Bandes.

𝔉𝔞𝔪𝔬𝔲𝔰 𝔚𝔬𝔪𝔢𝔫 𝔖𝔢𝔯𝔦𝔢𝔰.

SUSANNA WESLEY.

By ELIZA CLARKE.

ONE VOLUME. 16mo. CLOTH. PRICE, $1.00.

The "Famous Women Series," published at a dollar the volume by Roberts Brothers, now comprises George Eliot, Emily Brontë, George Sand, Mary Lamb, Margaret Fuller, Maria Edgeworth, Elizabeth Fry, the Countess of Albany, Mary Wollstonecraft, Harriet Martineau, Rachel, Madame Roland, and Susanna Wesley. The next volume will be Madame de Staël. The world has not gone into any ecstasies over these volumes. They are not discussed in the theatre or hotel lobbies, and even fashionable society knows very little about them. Yet there is a goodly company of quiet people that delight in this series. And well they may; for there are few biographical series more attractive, more modest, and more profitable than these "Famous Women." If one wanted to send a birthday or Christmas gift to a woman one honors, — whether she is twenty or sixty years old need not matter, — it would not be easy to select a better set than these volumes. To be sure, Americans do not figure prominently in the series, a certain preference being given to Englishwomen and Frenchwomen; but that does not diminish the intrinsic merit of each volume. One likes to add, also, that nearly the whole set has been written from a purely historical or matter-of-fact point of view, there being very little in the way of special pleading or one-sidedness. This applies especially to the mother of the Wesleys. Mankind has treated the whole Wesley family as if it was the special, not to say exclusive, property of the Methodists. But there is no fee-simple in good men or women, and all mankind may well lay a certain claim to all those who have in any way excelled or rendered important service to mankind at large. Eliza Clarke's life of Susanna Wesley tells us truly that she was "a lady of ancient lineage, a woman of intellect, a keen politician," and profoundly religious, as well as a shrewd observer of men, things, and society at large. . . . Her life is that of a gifted, high-minded, and prudent woman. It is told in a straightforward manner, and it should be read far beyond the lines of the Methodist denomination. There must have been many women in Colonial New England who resembled Susanna Wesley; for she was a typical character, both in worldly matters and in her spiritual life. — *The Beacon.*

Mrs. Wesley was the mother of nineteen children, among whom were John, the founder, and Charles, the sweet singer, of Methodism. Her husband was a poor country rector, who eked out by writing verses the slender stipend his clerical office brought him. Mrs. Wesley was a woman of gentle birth, intense religious convictions, strong character, and singular devotion to her children. This biography is well written, and is eminently readable, as well as historically valuable. — *Cambridge Tribune.*

Sold by all booksellers. Mailed, post-paid, on receipt of the price, by the publishers,

ROBERTS BROTHERS, Boston.

Famous Women Series.

RACHEL.

By Mrs. NINA H. KENNARD.

One Volume. 16mo. Cloth. Price, $1.00.

" *Rachel*, by Nina H. Kennard, is an interesting sketch of the famous woman whose passion and genius won for her an almost unrivalled fame as an actress. The story of Rachel's career is of the most brilliant success in art and of the most pathetic failure in character. Her faults, many and grievous, are overlooked in this volume, and the better aspects of her nature and history are recorded." — *Hartford Courant.*

" The book is well planned, has been carefully constructed, and is pleasantly written." — *The Critic.*

" The life of Mlle. Élisa Rachel Félix has never been adequately told, and the appearance of her biography in the 'Famous Women Series' of Messrs. Roberts Brothers will be welcomed. . . . Yet we must be glad the book is written, and welcome it to a place among the minor biographies; and because there is nothing else so good, the volume is indispensable to library and study." — *Boston Evening Traveller.*

" Another life of the great actress Rachel has been written. It forms part of the 'Famous Women Series,' which that firm is now bringing out, and which already includes eleven volumes. Mrs. Kennard deals with her subject much more amiably than one or two of the other biographers have done. She has none of those vindictive feelings which are so obvious in Madame B.'s narrative of the great tragedienne. On the contrary, she wants to be fair, and she probably is as fair as the materials which came into her possession enabled her to be. The endeavor has been made to show us Rachel as she really was, by relying to a great extent upon her letters. . . . A good many stories that we are familiar with are repeated, and some are contradicted. From first to last, however, the sympathy of the author is ardent, whether she recounts the misery of Rachel's childhood, or the splendid altitude to which she climbed when her name echoed through the world and the great ones of the earth vied in doing her homage. On this account Mrs. Kennard's book is a welcome addition to the pre-existing biographies of one of the greatest actresses the world ever saw." — *N. Y. Evening Telegram.*

Sold everywhere. Mailed postpaid, by the Publishers,

ROBERTS BROTHERS, Boston.

𝔉amous 𝔚omen 𝔖eries.

MADAME DE STAËL.

By BELLA DUFFY.

One Volume. 16mo. Cloth. Price, $1.00.

It is a brilliant subject, and handled in a brilliant as well as an intelligent manner. — *The Independent.*

The biography of this remarkable woman is written in a spirit of candor and fairness that will at once commend it to the attention of those who are seeking the truth. The author is not so much in love with her subject as to lose sight of her faults; nor is she so blind to Madame de Staël's merits as to place confidence in the many cruel things that have been said of her by her enemies. The review of Madame de Staël's works, which closes this volume, exhibits rare critical insight; and the abstract of "Corinne" here given will be welcomed by those who have never had the patience to wade through this long but celebrated classic, which combines somewhat incongruously the qualities of a novel and an Italian guide-book. In answering the question, Why was not Madame de Staël a greater writer? her biographer admirably condenses a great deal of analytical comment into a very brief space. Madame de Staël was undoubtedly the most celebrated woman of her time, and this fact is never lost sight of in this carefully written record of her life. — *Saturday Evening Gazette.*

It treats of one of the most fascinating and remarkable women of history. The name of Madame de Staël is invested with every charm that brilliance of intellect, romance, and magnetic power to fascinate and compel the admiration of men can bestow. Not beautiful herself, she wielded a power which the most beautiful women envied her and could not rival. The story of her life should read like a novel, and is one of the best in this series of interesting books published by Roberts Brothers, Boston. — *Chicago Journal.*

We have Messrs. Roberts Brothers to thank for issuing a series of biographies upon which entire dependence may be placed, the volumes in the "Famous Women Series" being thus far invariably trustworthy and enjoyable. Certainly the life of Madame de Staël, which Miss Bella Duffy has just written for it, is as good as the best of its predecessors; of each of which, according to our reasoning, the same thing might appropriately be said. Miss Duffy has little to tell of her subject that has not already been told in longer biographies, it is true; but from a great variety of sources she has extracted enough material to make an excellent study of the great Frenchwoman in a small space, which has never been done before successfully, so far as we know. Considering the size of the book, one marvels at the completeness of the picture the author presents, not only of Madame de Staël herself, but of her friends, and of the stirring times in which she lived and which so deeply colored her whole life. Miss Duffy, though disposed to look at her faults rather leniently, is by no means forgetful of them; she simply does her all the justice that the facts in the case warrant, which is perhaps more than readers of the longer biographies before referred to expect. At the end of the volume is a chapter devoted to the writings of Madame de Staël, which is so admirable a bit of literary criticism that we advise the purchase of the book if only for its sake. — *The Capital, Washington.*

Sold by all booksellers. Mailed, post-paid, on receipt of price, by the publishers,

ROBERTS BROTHERS, BOSTON.

𝕱amous 𝖂omen 𝕾eries.

◆

MADAME ROLAND.

By MATHILDE BLIND,

AUTHOR OF "GEORGE ELIOT'S LIFE."

One volume. 16mo. Cloth. Price, $1.00.

◆

"Of all the interesting biographies published in the Famous Women Series, Mathilde Blind's life of Mme. Roland is by far the most fascinating. . . . But no one can read Mme. Roland's thrilling story, and no one can study the character of this noble, heroic woman without feeling certain that it is good for the world to have every incident of her life brought again before the public eye. Among the famous women who have been enjoying a new birth through this set of short biographies, no single one has been worthy of the adjective *great* until we come to Mme. Roland. . . .

"We see a brilliant intellectual women in Mme. Roland; we see a dutiful daughter and devoted wife ; we see a woman going forth bravely to place her neck under the guillotine, — a woman who had been known as the 'Soul of the Girondins ;' and we see a woman struggling with and not being overcome by an intense and passionate love. Has history a more heroic picture to present us with? Is there any woman more deserving of the adjective 'great'?

"Mathilde Blind has had rich materials from which to draw for Mme. Roland's biography. She writes graphically, and describes some of the terrible scenes in the French Revolution with great picturesqueness. The writer's sympathy with Mme. Roland and her enthusiasm is very contagious; and we follow her record almost breathlessly, and with intense feeling turn over the last few pages of this little volume. No one can doubt that this life was worth the writing, and even earnest students of the French Revolution will be glad to refresh their memories of Lamartine's 'History of the Girondins,' and again have brought vividly before them the terrible tragedy of Mme. Roland's life and death." — *Boston Evening Transcript.*

"The thrilling story of Madame Roland's genius, nobility, self-sacrifice, and death loses nothing in its retelling here. The material has been collected and arranged in an unbroken and skilfully narrated sketch, each picturesque or exciting incident being brought out into a strong light. The book is one of the best in an excellent series." — *Christian Union.*

◆

For sale by all booksellers. Mailed, post-paid, on receipt of price by the publishers,

ROBERTS BROTHERS, Boston.